珍物

中国文艺百人物语

《生活月刊》编著

上海译文出版社

序

李宗盛

是的，我承认。

我就是那种习惯留东西的人。

于是当被邀请对这些对象的其中一些作描述的时候，我乐观极了。我的确有乐观的理由！

家里到处都是这样的东西。随手挑一件就足够吹嘘半天，写一篇文章实属等闲。

何况这些年我的珍物有增无减；这样的邀约让我甚至有了写一本书的念头。

虽然我最终交出的稿件里选择了作为音乐人创作时用的笔与制琴师用的刀具为主题，但在此之前，我已经用了三个星期试着去说明八颗干瘪的糖炒栗子对我人生的意义。

而决定写栗子，是忍痛排除了小女儿的口水巾、写词用卡式录音机、几十首歌词手稿、打工的钱买的第一张黑胶唱片、老情在我遭逢困境时送我的书之后，所作的决定。

我知道这看似荒谬，但是绝对真实。

我遭遇的情况是往往还未动笔，思绪已经开始神游。对往事的感怀挂念，淹没取代了交稿的紧迫感。

老实说，我因此对我的书房进行了一次考古发掘。

现在您就要开始读这本蕴含深情的小书。

您马上要发现书里被作者提起、牵肠挂肚视为珍宝的，没有一样是世俗见解所谓的价值高的东西。

但是我以为这些个文章所透露的讯息是极有意思有价值的。

因为不管您对书中作者的认识了解是如何形成的，这些文章会是最诚实的增补。

它透露了作者的心性，人生的样貌，经历的曲折。

其中的蛛丝马迹必然会带领您与您先前了解的作者映对，暗合。

是的，我的珍物有增无减。

我决定留下我给娘捏脚时用来装乳液的塑料罐子，制琴时音梁凿下来的刨花。

我认真地想，等我更老了，我的珍物会是身上的老人斑。

那是时间专属给我的，平凡却无价的

岁月的勋章!!

二〇一六年十一月

目录

辑一 唤醒：时空隐语

辑二 印刻：光阴迭变

辑三 传承：家的秘密

辑四 追寻：光耀生命

辑五 灵犀：人生旅伴

辑一

唤醒

时空隐语

钟繇字帖

王澍
建筑师

我练字是有一个过程的。最早练字没有帖子。小学四年级，老师要求我们描红（楷书），我在家里翻出一个隶书帖子，就照着写，本以为没有按老师要求写楷书会挨骂，没想到老师说写得好。因为被老师表扬，我就整天狂写。一个帖子里的字不够用，我就自己搜集，比如看到一本书的书名，在街上看到哪儿的隶书，我都记住，拼出一个自己的“隶书字典”。而且我写得非常熟练。

到中学，我们班上的黑板报都是我包办。大概我很早就有那种搞创作的意识吧，每一期都要憋出别人没有见过的黑板报，一期一个主题，我记得有一期跟火车有关，画的那个火车头好像要从黑板里冲出来一样。整天我都在那里想一黑板的内容。基本上呢，全校也都在期待那期黑板报，等出来以后，我们班教室肯定是人山人海。当然，对我的字也印象很深。我们家对门住着我父亲剧团的一个话剧导演，他见我一小孩儿整天写字，问:“你有字帖吗？”“没。”“那我送你一本字帖。”那是我真正的第一本字帖。是“文革”前出版的欧阳询《九成宫醴泉铭》，非常好的宋版。第一次拿到一本字帖，确实有种肃然起敬的

（左图）
「楷书之祖」钟繇的字帖，陪伴王澍多年，是他在工作室和家里的常备之物。

感觉。因为那个字明显跟我以前练的不一样，呵，我以前就是野路子。但它呢，有一种气质，到今天你能明白，那是一种君子之气、学堂之气。因为欧阳询的字是非常标准的，后来科举写卷子基本是从欧体演变出来的。以后我就练这个字，我大概是属于容易痴迷的人，一旦练起来，就废寝忘食。一九七六年唐山地震对西安也有很大影响，大家不敢回家，全都住在大地震棚。闹哄哄的忙乱气氛中，能看到一个小孩儿整天蹲在桌子边练字。我们在地震棚住了一年。那时候我大概十二三岁吧。也没有纸，我最喜欢在《参考消息》上写，因为比较接近写书法的纸。

乱练之后你会形成一些毛病。重新临帖之后你就像重新跟一个老师，练这个新字（欧阳询）的过程就等于在改毛病。是不容易改的。我一直写，也不清楚自己是否长进。但是知道自己写了之后，眼睛开始“好”起来。那时候我开始跑西安碑林。如果不写这个《九成宫》，我对唐碑不会有兴趣。从我们家走到碑林，去三个小时，回来又三个小时，没有钱坐车，都是步行。我整天在那儿看。没有带纸笔。其实是用心读。几乎每个周末我都去，持续了整个中学阶段。养成了一个习惯，除了看整体的气象，还会一个字一个字读，会在心里头写…… 所以到现在为止我都说：字是在心里写的。那不是一个形容。毛笔只要一在纸上，那个微妙的变化，直接的感觉是这个地方（心）有一张小小的纸，毛笔尖儿会在这儿噌地来一下。

我练字真正算有老师的话，是在上大学以后，参加了学校的书法社团，书法社请了南京艺术院的研究生黄惇（现在是著名的书法家）当老师。他看我的字的时候，我才第一次知道别人眼里我的字是什么样。因为那时《九成宫》这个碑很少有人临，临得最多的是柳公权，少一些人临颜真卿，几乎没人临欧阳询。清朝写八股文都用欧体，把他名声搞坏了，后来人把他的字越写越僵，越写越匠，所以学书法的人很少临他。但黄惇说：“这个年代，还有人把欧阳询写成这样，我没有见过。”没有任何私心杂念，一片清纯之气——其实是我也不知道其他的。黄惇非常典型的，持康有为之后的书法观念，讲究朝更古的去学。我跟他学篆书、汉隶，还学金文。我练了很长时间《张迁碑》。基本整个大学期间都在练高古时期的书法，直到一九九〇年代末我还在写篆书。体会当然不一样。唐人有法，法度，但有个问题，我们对这个世界的最直观的或者最原初的浑然一体的认识，唐人显然是不具备的。因为到唐代的时候，这些事情已经开始分工，开始专业化，这件事开始一件一件地被拆开，由拆开之后才有道理，由拆开之后才有法度的产生，开始变得有规矩、清楚、明朗。最原初的那种浑然一体的带有一点点神性的东西，在唐人那儿是没有的。唐人有庙堂气，但没有自然的神性。这就是通过练习这些书法得到的感受。

大学毕业之后，事情太多，我写字没有那么连贯。有时几个月也不写。我只是爱好，是业余。我没有那种意识：我是在写书法。有一段时间我兴趣转移了，就把它放下，一度有好几年我都没有写。重新捡起来是我到上海同济读博士的时候。我读博士很重要的原因就是，需要……生活再自律一下。然后你像学生一样更加井井有条，会整理，你的心会更平静。我也特别安静，很少有人知道我在那里，我相当于隐居在同济。那时候我练的字，主要是《散氏盘》，青铜器上的，比篆书还要早。青铜器上只有小拇指盖那么大的字，我是把每个字写得像拳头那样大，用大张的纸，写好我都挂在墙上，朋友来了就摘两张走。

而说到钟繇字帖，是从二〇〇〇年我回到杭州做象山项目开始临习。它也基本伴随着整个象山项目。其实……这里有几个变化吧。我开始对精微的东西有关注。因为我一直把字写得像拳头那样大，突然感兴趣把字写得像指甲盖儿那么小。这是一个人的心相的变化。字写得小，就像电脑一样需要的运算量却要大得多。你开始对这个事儿感兴趣。再有呢，我对规矩的有和无之间的事感兴趣。钟繇，我们都说他是楷书之祖，他大概是第一个把我们今天认为的楷书写出来的人。之前，他把隶书写出来，有点儿像楷书，但是按唐人的标准，这又太像隶书，他就是那么一种字。也有人把他的字叫真书。再有很重要的，性情。因为这是魏晋时代的字，《世说新语》时代的，所以他的气质不一样。他知道有规矩，同时他也敢放浪形骸。我对那个时代有一种向往。向往需要途径。钟繇是帖学这一路，我以前临的是碑，碑上的字是在石头上用刀刻过的，你再怎么练，都会有一种碑气，或者说是一种“刀刻气”。写很大的字，用很大的力气，力透纸背，恨不得把纸写烂了，这就是典型的碑学。尤其清朝康有为特别推崇碑学，贬低帖学。帖学的字从来是不大的，是要写在纸上的，学的字也是在纸上的帖，能看到毛笔在纸上的那种微妙之处。从这里开始，相当于我就改宗了，自己给自己换了一个老师，转到帖学上去。整个的气息就开始变得温润、柔软。

我只要是不看书，或者没有做设计，写字就是用来填空的。所以经常，我中间一会儿做设计，一会儿休息个二十分钟，纸一摊开，就写。每个工作室的纸墨笔都是摆在案头的。跟喝茶一样，一会儿要喝一口茶，过一会儿要写一会儿字。今天写不到古人的水平，是因为写得不够。“熟能生巧”，就是你要想达到那种自然的自由的状态，要烂熟于心，有法如无法，坐忘的前提是，你把这件事做到烂熟于心之后，你才能到那个境界。说起来赵孟頫这样的大家，每天要写一万字以上。我试过，在我的胳膊不疼的情况下，一个早上也就是一千来字。下午一千来字，晚上一千来字，一天也就三四千字吧。所以我佩服得不得了，日出万字以上！那是一种什么样的刻苦的精神。不写到一定的分上量上，你不可能气韵连贯、生动。

中国的艺术特别好玩儿，既要想又不能想。你得写的时候，不能多想。可是你又必须同时很清醒地意识到你在写。就像一个人分裂成两个，你在写的时候另外一个你站在旁边看着你。就是这样一种艺术。像传统戏曲，除了唱之外还要关照动作，所以分神；如果按现实主义完全入戏的话就不可能做出动作。所以这种艺术是中国的介入主客观之间的很特别的一种文化传统。既不能说纯主观，也不能说它不客观。我写，我知道我在写，我又不能太知道我在写。我不能停滞。

钟繇的字我就很佩服，你把他的小字放到一拳大，一点儿问题都没有。这个小不是绝对的。包括园林也是一样。园林的核心就是八个字，"小中见大，大中见小"。所有的方法，最简洁的概念，就是这八个字。其实书法一样适用。那么他对我的影响也是很直观的。比如我练钟繇之前，欧阳询《九成宫》的影响其实是很深的，所以之前我的建筑都做得比较高俊，重心高，俊秀挺拔。好像看到一个清俊的书法字站在那里，很帅。但是钟繇不一样，他（的字）朴厚，重心低。到我做整个象山校园，就有一种蹲的感觉，基本的气质就改变了，有横，有润。要说舒展嘛，魏晋这个时代是比较有舞蹈气质的时代，宽袍大袖。比如画这么长一根线，唐朝可能画这么长，魏晋要画这么长！整个儿气甩出去的长度长得多。做象山校园，尤其二期做完之后，有一个教艺术史的老太太，说："这个时代还能用出这么长的线，这个线比沈周的线还长！"因为沈周的线比文徵明的长，他是能接得到前面时代的特殊的人。

我记得我们校园里面那个水塘中的那幢（十四号），一条线一开始做四十八米，做做做，反复地改，我又把它改成了六十米，最后图纸出图之前，我又改了一遍，改成七十二米。这个不是简单的物理的长度，它是指比如你待在一个院子里，你感受那个宽面儿，那个空间的长度，就是，当我站在院子里往外看的时候，就像我呼吸一样，这口气到底有多长。你也不能长到气断掉。比如四十八米，没有问题，但是感觉和远处的山的关系，没有完全建立起来就结束了。所以再长。再长的时候所有元素都要随之变动，要重新整理一遍。后来想来想去，再长，七十二米，这个长度已经超过了人的视觉。人的眼睛看的时候，对它已经不能把握，开始有一点儿恍惚，这个时候正好。这种体会就是和写字有关的。

在我的体验里，经常是临了两天帖之后，再到那儿东看西看，因为你的意识在变化。怎么讲？就是希望达到准确，是超出了常人的想象之后，还要让感觉达到的一种准确。这个准确一定有人体会到，但体会到的人不多。很多人会喜欢，莫名其妙地被感动，但是这样的被"准确"的体会，很少的人会有。

（口述：王澍 | 采访：夏楠 | 摄影：祝君）

《三顾茅庐图》黄杨笔筒

收藏家，翦淞阁主
黄玄龍

二〇〇四年，我收到一件清代吴之璠的《三顾茅庐图》黄杨笔筒，是我的文房收藏中最珍爱的笔筒之一，关于这件作品以及收藏它的故事都很值得一说。尤其值得说的，是它的作者。

吴之璠（字鲁珍，号东海道人），中国竹刻第一高手。他的真迹存世近三十件，刻竹年款多在康熙初叶。有意思的是，他的作品早在康熙朝已被贡入内府，却在乾隆四十年（一七七五年），偶然于内府宝库中才被发现，镌刻"槎溪吴之璠"，一印"鲁珍"。乾隆皇帝当时一看非常喜欢，问身边侍臣：鲁珍何人？大臣们竟没有一个答得出来，只好遍翻群书，这才从一位文人的笔记中得知吴鲁珍是嘉定人。乾隆于是亲自题诗赞赏吴鲁珍的高超技艺，交由造办处御匠刻在其作品上，作为稀世珍品永宝天府。更有御题诗云：刻竹由来称鲁珍，藏锋写像传有神，技哉刀笔精神可，于吏吾当斥此人。正是由于乾隆的推崇，当时官方民间掀起了一股收藏吴鲁珍作品的风潮，也使他名满天下。

鲁珍早年师法朱沈，以高浮雕与透雕为主，中年变法，兼采洛阳龙门浅浮雕，创薄地阳文刻法，在有限的高度与空间内，善用景物彼

黄玄龍所收藏清代吴之璠的《三顾茅庐图》黄杨笔筒。

此的叠压遮掩，表现深浅透视、凹凸起伏与阴阳向背，创造出比高浮雕更丰富的层次与意境。然他更高明之处，是运用留白手法，萃集精力只在全器的局部刻画一事一物，其余部分则仅大片刮及竹理，露出竹丝的素地，以虚衬实，意在笔外。因此主题突出，宾主分明，相映生色，令人称绝。鲁珍既善竹刻，又是丹青翰墨能手，工于人物花鸟，行草秀媚遒劲。他的竹刻展开来，都像是一幅幅立体的水墨画，是真正的笔墨与刀笔功夫。

可是吴鲁珍的生平却像谜一样。由于他长年在外，作品少在本乡流传，嘉定人对他并不熟悉。因此，这样一位技艺超凡的竹人与工艺大师，无论是离他还很近的乾隆，或隔了几百年后的我们，对他的了解还是不多。《竹人录》称誉他的竹刻，所制薄地阳文最为工绝，但对鲁珍的生平，仅得寥寥数语，大意是说，天津有位官员名叫马令，仰慕鲁珍的才华，将他延为上宾，后来马令去官，鲁珍感念知遇，因而从之偕往，遂不知所终。“不知所终”，古代常用以形容一些隐逸的名人或文士，无论是官场失意或者顿悟得道，最后飘然而去，没有人知道他们去了哪里，或本是文曲星下凡，或得道成仙，最后都回天上当神仙去了。几句话不仅道出了鲁珍为感知遇之恩而透露出的高逸人品，其实也赞赏了他的艺术已然达臻非凡人所能及，犹如仙工的境界。

当年我有缘得到鲁珍的《三顾茅庐图》黄杨笔筒之后，真是欣喜莫名，马上送去和王世襄先生一起鉴赏，王老也为我有缘得宝，高兴不已，向我拱手祝贺。那天在王老家中，我们从刘备三顾茅庐访诸葛亮的三国典故谈起，一直聊到明清竹刻艺人的构图技法。这一聊，完全忘了时间，等到我告退，从他家走出来时，这才发现一整天居然已经过去了。

我们认为鲁珍的作品好，被他的艺术感动，说它是珍品，是绝技，但是究竟好在哪里呢？这就关乎鉴赏，你必须要说出一个道理来说服其他人。要知道，刻笔筒最难的地方，就是必须在圆形或椭圆形的器面上构图，如以人、物众多的历史故事为题材，那就更难了。如何兼顾观者于持握赏玩时“看面”的情景、气势完整，又能使整体画面泯然无痕地相接、浑然一体？又如何呼应原著，使人一望即知故事主题？要言之，就是谢赫六法所说的“经营位置”：鲁珍巧妙地运用屋舍内诸葛孔明的姿态、动作与眼神视线，引导观者看见屋外刘、关、张三兄弟之所在，衬以山石长松延伸、过场，使其连贯成气；又能以简洁有力的艺术技法，描绘出人物最显著的个性、特征，如转头似有嘱咐的刘玄德、长髯的关羽、腰际佩刀的张飞等，从这些微妙的细节中就可见出鲁珍大师的功力所在了。

我还记得那时王老的《锦灰三堆》刚刚编好，随即就要付印了，当他知道我有这件笔筒后，要我尽快拍照速寄给他。王老特别嘱咐说，他要将这件鲁珍的精品著录到他的书里，并写了一篇《清吴之璠〈三顾茅庐图〉黄杨笔筒》文字，搭配这件笔筒的四面照片，详细分析了它巧妙的构图与精湛之技巧，书后面还附了一张笔筒展开图的彩色照片，以志此作此事。

由这件事上，你可以看到王老对艺术与文物有多么大的热情。他对自己的每件收藏，都作了身世、来历的考证，更不用说他那影响深远的明式家具研究，是他与妻子袁荃猷女士多年来寻觅、修复与探索一件一件古家具所得来的成果。王老对于文物的热情与用功让我无比的敬佩，这种人格特质，现在多数收藏家身上几乎已经找不到了。

近年来，我多数的时间、精力都投入对于明末清初工艺名匠的研究，尤其是集中在包括竹、木、角、漆、石以及文具、香具、茶具等与文房艺术相关的这块领域，这也是我多年来的收藏重心。基本上，我非常重视实物的上手研究，配合史料、文献的比对查考，我认为唯有如此，才能真正去感受艺匠在创作时的经营与用心，而越是深入了解，对他们在艺术上的成就便越发由衷赞叹。

我常引述晚明张岱在《陶庵梦忆》里的一句话，他称誉这些良匠：“其良工苦心，亦技艺之能事。至其厚薄深浅，浓淡疏密，适与后世赏鉴家之心力、目力针芥相投，是岂工匠之所能办乎？盖技也而进乎道矣。”一个真正的艺术收藏与赏鉴家，对待这些经过岁月淬炼，有深厚文化积淀的文物与艺术品，必须用“心眼”去看，才能发掘其中蕴藏的巧思绝技与苦心孤诣。我最有感触的，是这些良匠创作时所秉持的刀笔精神。什么是刀笔精神？或可称为“刀不苟下”的创作态度。竹人、艺匠手下的每一笔、每一刀，就像文人笔下的书法，都是通过多年的苦功与千锤百炼，才能沉淀出来的。当达到炉火纯青的境界，犹如庖丁解牛，技进乎道。

更吸引人的是，我们看书画，欣赏的是笔墨趣味，其实牙角木竹刻与漆器也讲究刀趣，无论是书画雕刻，笔踪、刀势或手作痕迹，都能表现艺术家的意志与个性，因而能成趣。所以工艺雕塑中的刀笔和中国书画的笔墨功夫，其实是相通的道理。我们看嘉定朱侯与吴鲁珍，他们同时都是具有诗书画涵养的文人艺术家，他们刻竹，犹如是在竹节上创作一幅立体的书画，但他们面对的质材不是纸，而是坚韧细厚不一的竹节或竹根，其下刀常在纸发之隙以及倏忽之间，每一刀的力道与分寸，皆可谓牵一发而动全身。所以若说作画者是成竹在胸，那么竹刻则应当是成画在心，谋定而后动了。

《竹人录》里，清人程穆衡对竹人创作时的情境，是这么描写的：“逮其成器也，则挼挲循手，摩练服膺，昼一哺而数起，夜十寐而频兴。”意思就是说，竹人在创作时，全神贯注于作品上，尤其刻竹将成器之时，必须凝神静思、反复琢磨，于是连吃一口饭都要起身数次，夜里辗转反侧无法成眠，只为要求完美。竹人、艺匠尽心创作时是这样的专心致志，以至废寝忘食。那么，难道不能要求我们欣赏时，投以更深刻的用心与理解吗？

这样苦心孤诣、孜孜矻矻于完美的追求，在当代艺术中已经非常少见了。我们身处在一个要求速成、注重效率与利润的时代，当代部分的工艺或艺术家下笔或奏刀可能是非常荒率的，他的目的可能已不是追求完美与至善了，或许更多的是追求商业利益。以收藏来说，亦复如此。很多人只看到古董文物表面呈现的价格与利益，可是古董真正的价值在于它的美感与人生涵咏，它带给人们审美与精神层面上的享受可以说是无穷无尽的。我认为一个真正的收藏家对于他收藏的文物应是发自内心的喜爱，有绝对的热情，追求与古人神交之趣、并俦比肩、把酒言欢的快乐，那是源自于个人不断积累的知识、修为与文化涵养，这样的收藏才是有趣的，具有生生不息的动力。

（撰文：黄玄龍 | 摄影：近藤悟（Satoru Kondo））

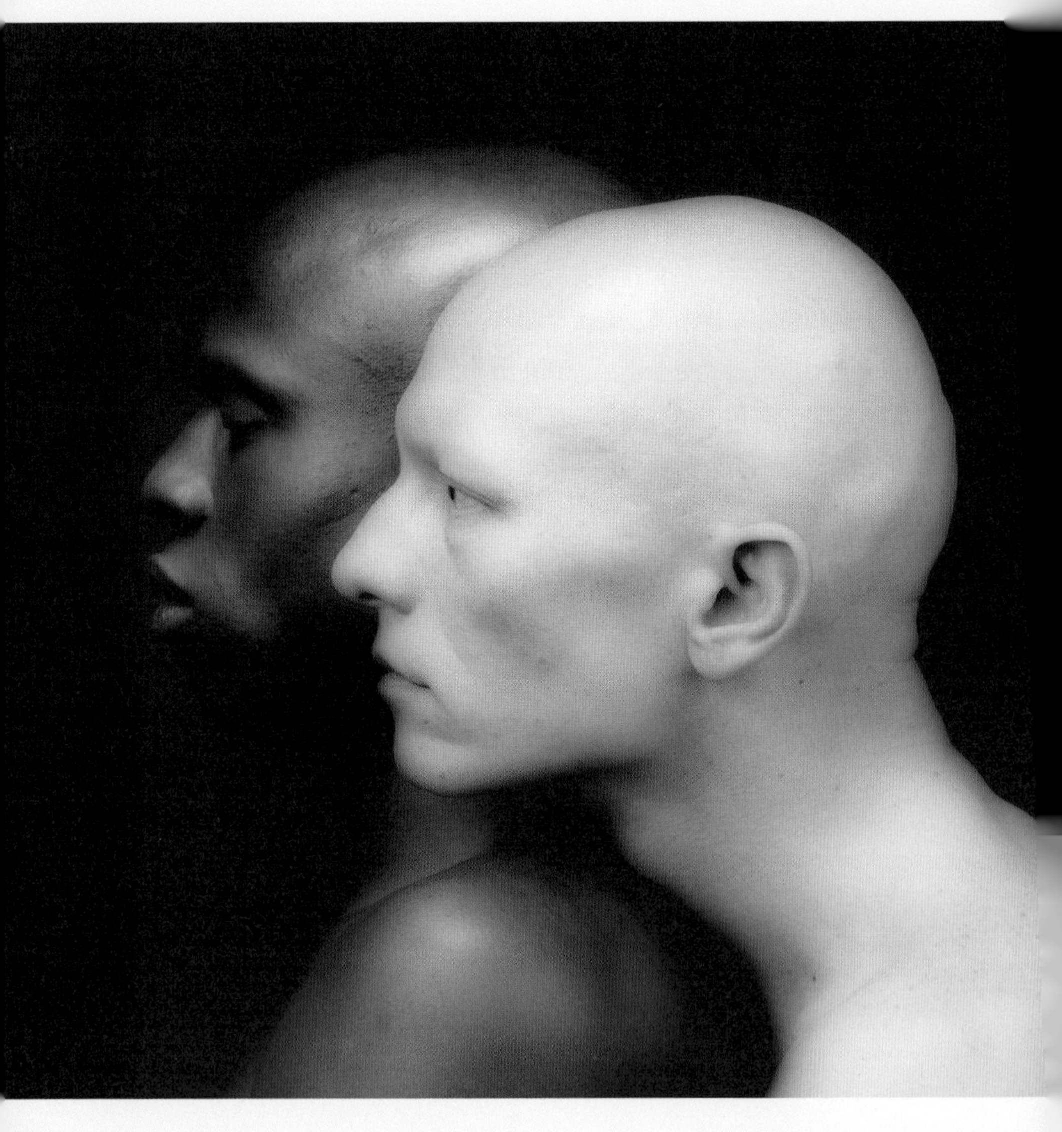

ROBERT MAPPLETHORPE 原作

靳宏伟
摄影收藏家

（左图）美国二十世纪最富争议的摄影家Robert Mapplethorpe于一九八四年拍摄的作品原作，也是摄影家的扛鼎之作，限量十张。

二十四年前深秋的一天，一个留着小平头的家伙出现在美国马里兰艺术学院摄影系的教室里，正在教世界摄影史的系主任杰克彬彬有礼地跟同学们介绍：“这是我们学院一百六十三年历史上第一个从中国大陆来的学生。”当同学们惊诧的目光稍稍地得到点平息，杰克就开始问话了：“你知道除中国以外的世界摄影家吗？”“知道一点点。”他用蹩脚的英语回答。

“能说出他们的名字吗？”“Ansel Adams（亚当斯）、Cartier-Bresson（布勒松）。”他几乎不假思索地脱口而出。“还有呢？”“没了。”“在你们的国家里，这二位就是世界上最最伟大的摄影家了？”他肯定地回答：“应该是的。”大家笑了…… 杰克是他所见过的最有人品和风格的美国人。

一天，正在摄影暗房里打工的他被一只强壮的臂膀给按住了肩。“嗨，小伙子，周末有空来我家坐坐。”他转身一看，原来是系主任杰克。“这在中国就是书记请咱去他家啊”，他心想，这不是在做梦娶媳妇吧？到了杰克家，他彻底傻了。简直就是刘姥姥进了大观园。原来杰克跟他太太芭芭拉，从一九六〇年代起就大范围地进行了摄影收藏，那时，他跟他的太太还都是芝加哥艺术学院的学生。生活并不富裕，他们把每一块节省下来的铜板都用于收藏的“革命事业”。

见到了眼前的那一切，他的脑子豁然开朗。“噢，原来这就是我们常说的走向世界啊。”杰克那时的收藏已经相当了得，据当时《巴尔的摩太阳报》报道，杰克收藏的很多摄影作品的价值都超过了巴尔的摩博物馆的收藏。杰克曾是大师哈里·卡拉汗的学生，不但是一个精于技术的摄影专家，还是一个为人师表到几乎很少见到任何私心的男人。学生没钱买胶卷，他花钱买了给你，没钱买饭吃，他把手里的三明治掰一半给别人。

杰克还跟他的导师威廉·拉森是曾经的硕士同学，威廉又跟大师艾伦·希斯金德、温·布洛克学过摄影。后来，他知道威廉也很早就收藏摄影作品，跟杰克不同的是，他只收藏莫霍利·纳吉一人的作品。多少年以后，威廉大概出于两次离婚的原因，将他手里绝大多数的作品卖给了休斯敦博物馆。人可以不为五斗米折腰，要是米多了呢？五万、五十万、五百万以至五千万斗米呢？那时恐怕有太多的人难以顶住了。

有人说爱好收藏的人，不论男女或多或少都具有一番野心。他从杰克跟威廉的身上却得到了相反的结论。一个人书读多了，你会干些什么呢？你自然而然地就想到了写。一个人见过顶级的收藏就未必能做成同样的事。大师林语堂好像说过：“男人不能没有癖。”静下来的时候，他在那里持久地发呆，问自己：作为一个男人，吃的有了，喝的也有了，多出来的钱，能干些啥呢？人可以有各种各样的爱好，为什么偏要费时费力地玩摄影收藏呢？

二十二年后，那个当年的“他”变成了今天的我。因为我已不再年轻。也许是曾经有过的年轻，见识并经历过了西方的世界，也许是相机成为了我认识世界的又一只眼睛，才有可能带来那些人生不可多得的财富。所以“挟摄影，伴孤寂，携良友，会大师”，成了我后半生的嗜好。八年下来，我收藏的二十世纪的摄影大师作品也渐成气候，到目前为止已有一千二百多幅。

一个真正好的摄影家，他的心一定是个流浪者。真正有天赋的摄影家更多的时候是在消遣中创造出杰作的。事实上，伟大的摄影家跟任何一个艺术家一样，首先是个心胸开阔的人，他们从未想过用摄影来改变世界，却用他们的作品改变了人们对世界的看法。这是我学摄影到今天悟出的一点点道理……假如思想是一种艺术，思考是一门哲学，那么摄影就该是一种用相机来延伸思考的艺术。我多么企盼自己有着这样的能力。

（撰文：靳宏伟 | 供图：靳宏伟）

七张油画小照片

刘丹　艺术家

《生活》：在你收藏的艺术品当中，有中国宋元的绘画及欧洲文艺复兴时期的作品。何以你对这几张少年时代保留下来的油画小照片珍爱备至？它们的意义何在？

刘丹：这些照片大约从我十四岁左右跟随我至今已有四十多年。当时正值“文化大革命”中，知识青年的上山下乡运动。在那个年代，对于一个艺术的学习者，最困难的是学习资料的获取。当时西方艺术的参照系统几乎完全被禁止，任何通向世界艺术的路，也包括通往中国自身传统的路皆被堵死。这对一个十几岁立志学画的青少年，自然是件残酷的事。可巧有位一同下乡插队的同学，手里有一部国产的135照相机，他就用这部照相机悄悄拍摄了一批“文革”抄家运动中流散到民间的艺术图册。当时因为相纸昂贵，所以这批照片只能根据胶片的尺寸洗印，当然，它更便于隐藏和传递。我无意去描述当时这场文化浩劫在人的心里造成的紧张和恐惧，总之，我记得只能于夜间在乡村步行十几里去观摩这些吉光片羽。我这位同学是位有心的人，即便是在那样严峻的意识形态的控制下，除了勇气外，仍能对艺术的美学价值保持着相当的感知能力。这是至今都令我敬佩和感激的事情。说到这些小照片的意义，我想今天所有我对艺术的热情和志向甚至创作方法，在当年正是通过它们而确立的。

《生活》：你当时是怎样取得它们的？

刘丹：是我用香烟换来的。那时我经常求我一道在农村插队的姐姐，在我们的生活费中挤出点钱来买烟，就是为了这目的。当时换到手的大概有几十张，现在只剩这七张了。

《生活》：其余的都丢失了？

刘丹：丢失？谁敢丢失？它们大多是借给其他热心于艺术的同学了。留下的这几张中，有一张西班牙画家戈雅的那幅有名的《玛哈》画像，记得当时还有另一张《裸体的玛哈》，就是被一个比我更热衷于裸体研究的朋友借去不还。

《生活》：听说你刚去了西班牙马德里的普拉多美术馆见到戈雅的原作了？

刘丹：是的。这一对《玛哈》画像并置挂在一面墙上，间隔了四十六年，才看到原作。其余小照片里的作品，大多数已在世界各大美术馆里验明正身。每次都有点像是去见一个素未谋面的老朋友。

《生活》：你当年是怎样向这些小照片学习的？

刘丹：田间劳动回来，夜里在灯光下极尽目力阅读图像，试图穿越背景的黑暗去发现另外的世界。

《生活》：这和你目前的创作方法似有相通处？

刘丹获得这批油画小照片的时候，
正值「文化大革命」。

刘丹：对，这个我刚才已经说过。

《生活》：今天东西方艺术画册的出版和印刷质量都相当可观，你为何还觉得这些小照片特别珍贵呢？

刘丹：我当然不是一个喜欢怀旧的人，但人的天性总有点重难轻易。我今天也有很多机会去世界各大拍卖会买古典大师的原作，这也是少年时代不敢梦想的事。可那是两回事，不能同日而语。

《生活》：所以也就是说，它们对于你一路至今的艺术探索，仍具有不同寻常的意义。

刘丹：也许是吧。我记得摄影艺术家吕楠对我的一个朋友说过：如果你走在正确的路上，渐渐地，你会发现没有别的路。

（采访：夏楠 | 供图：刘丹）

贵州蜡染布

黄永松
《汉声》杂志创刊人

在北京见黄永松老师，临近年关，与他讲起对春节的记忆。记忆是从年糕开始的。身在台湾桃园县一个小村子，却什么年糕都吃得到，是黄老童年的一大乐事，这让他很早就明白什么叫“知味有乡亲”。这大概与他二十八岁后开始在乡野大地上奔走，收集整理民间工艺有隐约的联系。这些年寻找到的印迹里，黄老的珍物是一块贵州蜡染土布。每一幅古法蜡染都只能印一张。这种蜡染被当地人视作生命的礼物。

“我有一个选材是做贵州的土布，最大宗的是蜡染布，上面的花样都是蜡画出来的。在贵州各地方搜集的结果都齐备了，我们想办一个大展览给城市的居民看看。后来读了资料，说这些技艺中有一个古法，叫做竹刀木蜡，相对于铜刀蜂蜡的技艺，后者是进步了，但更早的时候，做这些的人没有铜，只有用竹片蘸蜡去画。在采访过程中获知瑶族地区还有这样的工艺存在，所以我们就过去，果然找到了。”黄老说。

由于使用竹刀，蜡很快就会凝固，所以用蜡画花纹的时间很短。因为木蜡不能拉长，所以也就显得笨拙了一点。“今天的眼光来看，笨拙也有笨拙的美，挺好的。”黄老说，“我们很高兴找到这个地方，当采访做完了，我们要离开的时候，我问地陪，有没有可能给我们买一小块，因为我们要在城市里面办展览，希望丰富这个展览的展品。他说没问题，他们现在都还在使用这种技艺的，那我就放心了——因为我们不是去淘古董，不能让人误解。他弄了一块围裙给我，算好钱要走的时候，突然，一个老太太冲过来。老太太满脸皱纹，但手脚很灵活——她一手给抢过去了。地陪说，这就是他的曾祖母，一百多岁了，那条围裙是她九十岁时做的。年轻的地陪把围裙抢过来，老太太又夺走，如此几番。他跟在后面追着老太太。我就说，我们不买了，因为老太太不愿意卖，我们不能夺人所爱。之后，我们就上车了。等了一阵子，地陪又过来，老太太跟在他后面。年轻人把那块围裙给我，说老太太答应卖给我们。我很开心地接过来，问，老太太为什么现在肯卖？老太太跟她的曾孙讲了些土话，她曾孙翻译给我听，说，这一块可以给你了，下面的边角被剪去一小块，但不影响画面全局，剪了也无伤大雅。我问为什么剪了呢？他说，我曾祖母说，‘我把身体给你，灵魂留下来。’我当场就愣在那里了，不只是感动，而且是被打了一棒。”

黄老说：“我采访那么多贵州的蜡染布，一圈圈的花纹可能是小花，一个点可能是河里的鱼子，一个叉叉可能是人身边的野草……所有的花纹都和当地的生活有关系。细点的可能是天上的星星，大点的可能是苍蝇。我问为什么是苍蝇，当地人说因为你一个人走在荒漠的地方是很心慌的，有苍蝇就告诉你有人烟，你就能心安了。一些尖角的纹样，有的可能是高山，有的可能是狗牙板。狗叫的时候咧出来牙齿；听到狗叫，就像看到苍蝇一样，就有人家了，你也可以放心了。每一块蜡染布都和生活有关系，但每一块放到水里一煮，它的蜡花纹样就没有了。每一块蜡染布都是只有一块，没有第二块的。”

（撰文：徐卓菁 | 供图：《汉声》编辑部）

萬芳
揀選名

光绪年间武夷岩茶

吕礼臻
茶文化工作者

（左图）在迪化街的臻味茶苑，吕礼臻为我们介绍了这个经过岁月淘洗的木箱和完好存放于木箱内铁盒中的武夷岩茶。

农历新年前夕，位于台北市迪化街的年货大街上，叫卖声起起落落，人潮络绎不绝，年节的浓烈气氛暗示人们庆祝的欢乐感。外头的吆卖声始终没停过，坐在臻味茶苑里，却能享受这一方舒缓与平静，正如茶主人吕礼臻长期以来强调的：“其实品茶不必太过复杂或追求形式，想要真正融入生活，就是要简单，简单到只需要一把壶、一只杯，也就够了。”当人们一旦过于追求形式、过于要求细节时，经常会忽略了最该正视的本质，对吕礼臻而言，透过茶汤，更能提醒自己这点。

位于迪化街上的臻味茶苑开业于二〇一二年八月，而建于咸丰元年（一八五一年）的建筑物本身，散发着故事感的历史韵味，当初为了搭配古迹建筑，吕礼臻走访许多古董艺品店，寻找可用得上的古董家具、家饰，还没有找到合适的家具便碰上了茶：一箱光绪年间的武夷岩茶。价格自然不菲，但吕礼臻最后还是为自己保留下了这份因缘。

吕礼臻说，在台湾的茶文化发展可分成几个阶段，第一个阶段是清末光绪年间，第二个阶段是民初以及日据时期，第三个阶段走向外销，直到一九七五年左右，外销市场开始下滑，便转向鼓励内销，并举办各种茶竞赛，正是此波潮流将台湾茶文化引向精致化的方向发展。如今眼前这只经过岁月淘洗的木箱和完好存放于木箱内铁盒中的武夷岩茶，恰巧足以作为第一个阶段的代表文物，能有该时期的茶叶留存下来，其背后的意义与历史价值，已远远超出品茶这件事本身，因此，吕礼臻购藏下这箱茶之后，亦尽可能地将它留住。

武夷山的特点包括“三十六峰、七十二岩、九十九洞、一百零八寺”，无论山峰还是岩壁都各有特色，加上茶叶的不同品种，造就了茶汤特殊的口感与香气，尤其当茶树长于泥土较少的地方时，茶汤里的“岩韵”自然溷有泥土、矿物等气味，待粗犷的表面随入口而淡去，喉咙处的回甘滋味竟可以如此细腻且轻盈。“我们希望把各不同品种的特点都保留住，都让它们呈现出来，而不是把很多品种溷在一起，通通俗称为大红袍。无论什么品种，应该都要忠于特点，这才是做茶的人该做的事，而不是靠技术去改变茶。”吕礼臻说。

喝茶，要喝出茶汤里头没有的滋味。只要是茶，一定有其优点跟缺点，如同人一样，喝茶的人必须懂得去欣赏茶的优点，包容茶的缺点，完全就像人跟人之间的相处。透过如此的态度与理念，人跟人之间的尊重，同样应该运用在人与茶之间。吕礼臻目前正致力于“十二金钗”系列，借由十二款相异的茶叶，着重于突显该品种的香气，还原茶叶最本质的特性。“不是说技术要多好，能把茶变成什么样才叫做好，我觉得那对茶不够尊重。不应该用虚伪或不真实的角度去看待茶。”茶，是吕礼臻耕耘了一生的事业，好的生态、好的做茶心态，才能有好品质的茶，至今积累了数十年的专业，但吕礼臻却更强调回到单纯的起点，一份对茶的“真”，对人生的“豁达”。

（撰文：李依依 | 摄影：杨镇豪）

《心经》线装本

易菁
禅修者，华夏传统文化学校校长

运动之前，我家住北京城城东，祖父在大学任教，跟李大钊他们同年共事。那个年代，教授家有一大片院子，几十口家眷共同居住，也只算是平常事。家中的藏书，许多都已算是国宝，却几乎在后来全都烧掉了。我小时候，家人并未鼓励我读书。一方面是政治原因。另一方面，我后来想，他们一定也认为今后读书不再有什么用处。那时的我极其孤僻，胡同里的小孩没有一个愿意跟我做朋友。在学校里，我也几乎不跟同学说话。只有回到家，跟哥哥和姐姐一起讨论当天看完的几节《红楼梦》，是我那段犹如被灰色玻璃封死的童年生活中为数不多的几块亮色的菱形光斑。对父亲的回忆，是一次红卫兵来抄家时他不言不语地用京胡拉一支曲调极其悲怆的曲子，周遭发生的变故，似乎跟他没有丝毫的干系。那也是唯一一次，红卫兵没有再砸坏什么家具，全都默默离开了。父亲爱好京剧。从前兴致一来，便邀请三五好友来家里，吹奏弹唱起来。那几折曲子，被拦在回忆中的旧宅中那几片不透光的厚窗帘里面，再没有人听。

已经常常有与长辈相识的故友亡故的消息传来。“某人去了，”又有

金剛經
心經

（左图）易菁家藏的《心经》线装本。

人在餐桌上说，其他人并不接话，咀嚼餐桌上方停驻的沉默。住在水晶塔里的人，等到最后一点尊严和希望都被敲碎时，恐惧就立即像毒气一样从缝隙里渗进来。可那些老先生们，即使第二天决心要死了，也要穿笔挺的藏蓝长衫。一九六〇年代，我还是个小孩子，只长到挨近大人们外衫袖口的高度。我不知道是什么真的保护了我。后来，父亲下放。家中的其他亲人也陆陆续续地下放各地。只剩我与祖母相依为命，我们从城东的家搬往城南，再去城西，屋子越住越小。即使这样，我并不敢称自己不幸，祖母笃信佛教，这本《心经》是当时家传的旧书中为数不多逃过劫难的一批——家中的孩子将旧书混藏在自己的课本当中，背着大人偷偷读。经由这个动作，保持某种与旧有精神世界的联络。

一九九〇年代初我在徐州，在国有企业当会计，一份稳稳当当、许多人羡慕的职业，儿子也刚出世。没有波澜，也不缺什么。听到我决定辞职去北京游学的消息时，娘婆两家都炸了窝，所有人都觉得我疯了。那时人们都在忙着下海，练气功。而我决定给自己的生命一个出口，即使在今天回想起来，那仍是我为自己做出的最好抉择。《心经》仅短短二百六十八字，可它却是整六百卷《大般若经》的心脏。我自己的生命，也曾收缩在一起，由痛苦、疏离和迷惑所形成的硬壳包裹着。可是现在，它如我希望的那样，自由，并扩展到无限。从决定创办一所传播与延续中国传统文化的学校到今天，从无到有，已经二十年。许多当时的天方夜谭已经成为现实。莱布尼茨也说，历史不作飞跃。没有脱离与历史的精神联系的人能真正自豪而适宜地生活。我的愿望，是缓缓重建这种联系。至于到达的途径，我只想守株待兔。

（口述：易菁 | 采访：吴晓初 | 摄影：祝君）

汉瓦

吕永中
建筑师，室内设计师

我的书房边柜中，藏了朋友送的汉代板瓦一枚。青灰陶土色，质地粗糙，凹面呈麻布底纹，背部较为平润。长约一尺一寸，宽端七寸二，窄端六寸。通体素面，没有任何纹饰图案。在当时可以说是最为寻常之物，细细品味，其中却蕴藏着丰富的内容。

软软薄薄的土质曲面，若是现代人用模具浇铸，怕是很费工夫。古人却有妙法：凭借一个上窄下宽的柱形木坯，木坯外壁凸起四或六等分的棱，外部用黏土围出厚约半寸的空心大筒；一筒叠一筒，垒好晾晒；略干之后，沿着内壁上的凹痕，一筒便能分成数片，入窑烘制。这样的巧思妙想之下，条件简陋也能大批量生产。而后宽窄相间，整齐地架在木构屋顶的椽子上，覆以半圆形筒瓦、瓦当。简单的瓦片就这样通过富有逻辑的组织，解决了基本的屋面下水问题。

雨水沿瓦面缓缓倾泻，挟带着浮尘瓦砾，又回归土地。瓦片表面虽不精致却能呼吸，吸收了些许水汽，日久而色变，甚至生出茸茸的青苔，也是细腻的生机。

制瓦的黏土取自土地，易于获得，制作过程又简便易行。老百姓

吕永中收藏的汉代板瓦一枚。青灰陶土色，通体素面，没有任何纹饰图案。在当时是最为寻常之物，却蕴藏着丰富的内容。

的居室便这样修筑成型，三五成群，并渐渐扩散为粉墙黛瓦的村落。东方的气息与韵味，便隐藏在这样的细微之处……

现代与古代，High-tech与Low-tech，有时候现代高科技不易解的难题，不妨学一学古人，究一究本源，来点“奇技淫巧”吧。我时常在郊区小镇的旅舍窗边俯望那一片片鱼鳞般的瓦片屋顶，觉得又很像某些大师的“建筑表皮”作品，比如彼得·卒姆托（Peter Zumthor）的布雷根兹美术馆。“形式”的表象与“功用、结构”的合理性，或可追求和谐圆满，如画的样貌之下亦是骨骼清奇。

正如先贤所言，“原天地之美，而达万物之理”。

（撰文：吕永中 | 摄影：刘志怀）

苔藓

马岩松
建筑师

马岩松说，自己不是一个留恋旧物的人。虽然也怀念在老北京城里度过的童年，但更多是出于人与人之间的情感和那种层次丰富、自由自在的胡同生活。

“我记得我们院子里，一下雨，蜗牛就爬得到处都是，还长蘑菇呢，我就一直在外面玩。还可以去什刹海学游泳、钓鱼，那时候的鱼好像也没有现在的鱼精明，你随便下个钩子，它就咬。作为小孩，你肯定不知道老北京是什么，城市规划得怎么优秀，让你喜欢，只是觉得好玩儿，有你自己的空间，有你自己的自由。这是我对那个时候有点怀念的原因。”

因此他的珍爱之物既不是旧物，也不贵重，只是下过雨之后的胡同里随处可见的苔藓。长在墙面上和地砖缝里，你不会特别留意到它，直到越来越多的胡同被高楼大厦取代，才发现连苔藓都成了稀罕的东西。“苔藓有一种很生活的感觉，很多人觉得它脏兮兮的，跟那种光鲜亮丽的东西不一样。你看那些规划馆的模型，都是塑料做的大方格、摩天大楼的玻璃、塑料树、铁丝窝的，建出来的城市也是一样。一种

马岩松的珍爱之物既不是旧物，也不贵重，只是下过雨之后的胡同里随处可见的苔藓。在MAD事务所的展览《山水城市》里，他把苔藓加入了概念模型。

没有生机、没有人的城市。”

在MAD事务所去年的展览《山水城市》里，他把苔藓加入了概念模型，放在一个清代四合院的园林里展出，让这些细小的生命把模型这件冷冰冰的东西变成了一个有天有地、活的盆景。明确提出“山水城市”的概念是这两年的事。马岩松把它称为一种有别于古典城市和现代城市的“新的城市文明”。有意思的是，这四个字的来源并不是马岩松本人，也不是哪个大建筑师，而是科学家钱学森。“两年前，我看到钱学森的亲笔信，很有感慨。他看到了西方城市的发展，从环境出发，以批判性的态度指出一条新的道路。我认为它是近代中国城市理论里唯一一个有先锋性的，它的先锋性就在于，他在一九八几年提出来没人理他，但是又是对当时、对当今都有那么大的批判作用。现在大规模的城市化已经进行一半了，他担心的事情基本上都发生了。”

“我猜钱学森的出发点跟我是非常像的，我们说山水城市，都不是想去复辟中国的传统文化。今天有今天的挑战，人多了，高密度城市都是新问题。所以山水城市谈的不是审美，不是复兴传统文化，而是在未来现代化的超级大城市里边，怎么以整体环境和人跟自然的关系作为建城的出发点，而不是所有人在城市里生活，却都在抱怨这个城市。它解决的是现实的当代的城市问题。”

（撰文：陆茵茵 | 摄影：李冰）

羊头瓦当

在造工作室
建筑师工作室
张　波　建筑师
张清帆　画家，建筑师

二〇〇六年从“非常建筑”辞职之后，张波开始单干。一边零零散散接一些诸如室内设计和建筑方案之类的小活儿，一边开始正式发展他的业余爱好：古玩。

可自由支配的时间一下子多了出来。张波把它们花到了北京的古玩市场里。他在市场里交了不少朋友，其中有个山东人，退伍前是空军三十四师的机械师，盘了一爿店面，喜欢阅读，懂得多，是个杂家。市场上的货品鱼龙混杂，老货新货，新手根本无从分辨，而有经验的行家一眼就能看穿。张波一边跟着机械师学，一边广泛地过手东西，眼光很快超过了师傅。

瓦当是张波购入的第一件器物。他现在的妻子、当时的女友张清帆是洛阳人。张波自己是大同人，洛阳和大同，正好是北魏一南一北两个都城。从周到五代，洛阳一直断断续续充当着都城，因而器物颇丰。二〇〇五年张波去洛阳，天子驾六博物馆旁边一家古玩店老板告诉张波，他手上那片灰蒙蒙的陶片是西汉王朝的瓦当，霎时间，张波掂量到了两千年的重量。

秦砖汉瓦，汉是瓦当发展的极盛期。这块鲜活的羊头瓦当，来自两千年前的西汉，推测当年装饰于高级别建筑之上。

他被击中了。此后的一段时间，张波一直在收集瓦当。身为建筑师，对建筑构件的痴迷简直是天经地义。二〇〇八年的北京，在一堆云纹瓦当里头，一块羊头瓦当一下子跳脱出来，蛊住了他。一问价，才几百。张波心里兴奋异常：古玩行里，这叫漏儿！从宋朝起，汉瓦就已经是藏品。“羊”通“祥”，象征财富，虽不及四神瓦当价值连城，却也是稀罕东西。

“大吉羊瓦，吾甚爱之。细看瓦面，图案乃手作之工。泥条指纹清晰。羊头角耶耳耶，搭配得当，角上细佩节突，入微之至。羊耳羊眼勾画其中，竟有羊须几根，寥寥数笔，传神而无纷乱之感。瓦背三刀法刀刀开门，爽利之功尤现。植物盘根痕历历在目，自然之力可畏！既得之，把玩良久。虽有玩物丧志之说，然此般物件，丧志亦不复乐矣！”

张波觉得不玩整器的“瓷片帮”特别没意思。碎瓷片价平，买起来不够惊心动魄。玩碎片跟玩整器，就像是木材加工场和原始森林。前者面对的都是些死木头，年轮固然看得清晰，却只是漂亮的标本，而后者是探险，有洪水猛兽，需要一路披荆斩棘。

这也是他们对待建筑的态度。二〇〇七年，张波和张清帆正式展开在现代语境下对中国建筑空间的实践探索，他们开始在北京皇城脚下的胡同里造一栋小宅子。建筑地基很小，根本不可能采用正规的做法来实现四合院的概念，他们索性背水一战，蘸取江南园林之意，大刀阔斧另辟蹊径，在极小的地块实现了四个不同意趣的院子，并使之与建筑内部空间水乳交融。这正是中国建筑有别于西方建筑的特点：混沌。既不是单纯的建筑，亦非单纯的景观，而是将两者诗意结合的抱负与旨趣，“因为它们生来一体”。这种不确定性，也正是他们相信的，传统与现代建筑的交汇之处。

（撰文：黄玉琼 | 摄影：李冰）

垃圾

又一山人

艺术家、设计师、策展人

（右图）

菱角，中国香港，二〇〇七；

铁线、铁钉、铁环，中国香港，

一九九五至二〇〇五。

随性摞起的书籍，伴随着又一山人游历多国、数十磅重的施耐德相机，印上九龙皇帝墨宝的红白蓝塑料布…… 四周一事一物，皆在工作室窗外阳光的照耀下折射出沉静而中立的光泽与气氛。音响正放着他主设计包装的林强电影配乐《若水》，东西方声乐的交融编织，禅之意境熔炼在空气中，如风生发万物。

而在这些所见之物以外，在路途之中执拾并保存超过二十年的那些弃物，不仅是他人生珍爱，亦不同程度渗透在他多年的艺术创作之中。多年以来，他独自在本土或异国捡过许多被他视为珍宝的“垃圾”：某地水边偶遇的一副猴子头骨，被车轮碾压而过的青蛙尸骸，荷叶饭余下的叶，银色蛋挞锡纸捏的鱼，洋娃娃的手臂，绣花鞋垫，如此等等，多如星数。这些物件经历拥有失去，又再裹挟浮尘，在路途与人相遇，人生百态的气韵皆匿隐在这形态不一的细微处。他从不为这些拾荒而得的孤本对象定性其价值意义，只是专注于对象所呈现的——生命刹那的消逝、断舍离、色空本质。如此，万象流转之间，感受生命百态和自身灵魂感官的“近”。弃物背后，凝结多重历史文化

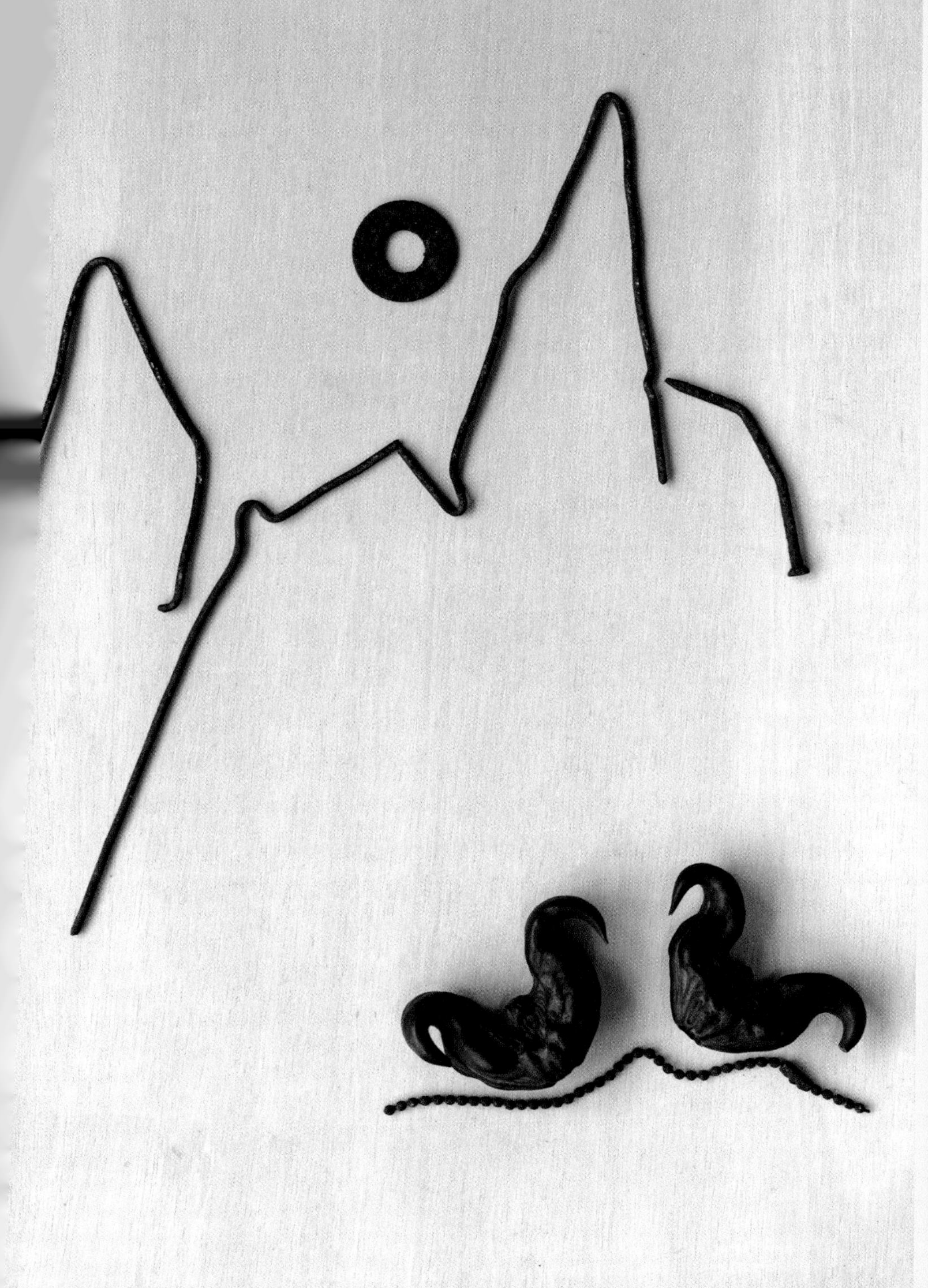

价值、社会形态，多种辽阔视角下对待美的观点，而经过再创造，用艺术形式将其放大，增进对作品艺术性的解读，是又一山人对存在的体味。

这段持续至今的拾荒经历亦无一不蕴藏着又一山人的设计哲理、佛学的影响——改造，面向社会状态，存在。今年他在新加坡举办的个人大型展览，个展题目“观空”，正以摄影、影片及装置艺术作媒介，表达十系列挑起思辨、不乏禅思的作品。

谈及禅所影响创作之路的部分，他提到其敬仰的一行禅师。一行禅师素以生活哲学向凡心世人传道，又一山人从中亦获益不少，而在与大师相遇之际，他将个展中题为“当下”的作品——那只永远跳停在“NOW”的钟，恳诚相赠。巧合之至，一行禅师也曾创作过意念极为相似的作品，一时如遇知音。

在禅修之路上，又一山人并不刻意为之，学习佛法义理伊始，禅修，成为佛教徒，更像自然发生。从外界、向内观察，也皆得到自我观照的力量，从而以开阔接受的态度、沉静谛听的能力，通过视觉创作带出社会问题，从而传达佛的哲学，如他所言：禅已融会于生活。

如此，展览中这些近年所作的作品不仅展露其凝炼的生命哲学，对生命的深刻洞见及对艺术前端的探索，怀旧的影像和创新的理念引起观者反思自身生活，且其中片片断断，皆呈现了东方禅思精神、情怀大爱与独特现代设计相互渗透的结果。他引用“艺术即修行”说法，艺术和修行融合的过程，即是在丢舍之中得到自我，创造出艺术的成就，确信呈现其艺术创作如何从设计作品外在形态演变至内心反省的心路历程。循《老子》道学之说，人无弃人，物无弃物，他亦深谙“万物静观皆自得”之道，从其中寻获看似寻常的生活之美及自我景象，相信life is beautiful，正是又一山人自身的生活姿态。

（采访：令狐磊、郑思瑜 ｜ 撰文：郑思瑜 ｜ 供图：又一山人）

《阳羡砂壶图考》

何健
台湾冶堂茶文化工作室主人

甫踏入“冶堂”的第一步，心亦随即静下。“冶堂”主人何健所营造的空间，自然而真挚，这份亲切，足以让焦躁的心感到安定，感到可以踏实地沉淀片刻。热水冲入壶中，清雅茶香四溢，缓速而优雅地萦绕于空气中。品茶，一如品味任何事物，皆有不同层次，从最浅层的色香味感官体验，到通过茶，进而将自身与天地自然相互连接，如此过程正是何健自一九八五年成立“冶堂”以来，始终坚持与他人分享的理念。

在人生的一个交叉口，何健选择进入了习茶世界，当他走在这条道路的起始开端之际，向前人学习是无可避免的重要课题。一九八〇年代起，台湾对于茶文化的探究与热情，体现在对名茶、名家壶的热切追求，而晚明周高起的《阳羡茗壶系》、清中吴骞的《阳羡名陶录》，以及民国初年的《阳羡砂壶图考》等皆是极其重要的参考用书。《阳羡砂壶图考》由李景康、张虹合著，书分上、下两卷，上卷为文字，成书于一九三七年十一月，由香港百壶山馆出版，永发印务公司承印，并在香港与广州两地同时销售，内文共分七类，为年代统系，资料宏富，

正傳類　第四圖

時大彬方壺拓款

張叔未舊藏見藝術叢編

大寧堂

黃金碾畔綠塵飛

碧玉甌中素濤起

時大彬

大寧堂大彬壺為張叔未廷濟舊藏當時諸公題詠甚衆吳槎客謂一藝已足推為時壺之冠今不知此壺尚存人間否

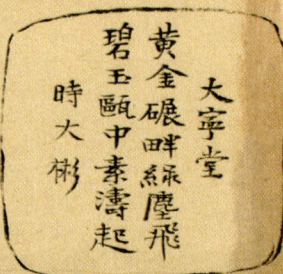

此拓雖重刊然尚可留其髣髴也

癸酉冬日虹誌

正傳類　第五圖

時大彬六角壺拓款

見藝術叢編

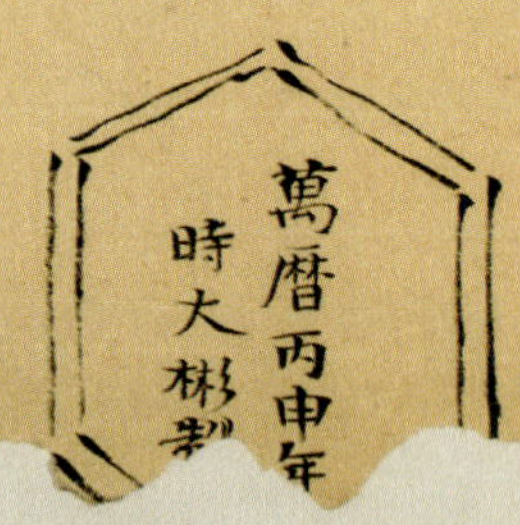

吳槎客嘗為張芑堂題時少山壺類僧帽句云一行銘字昆吾刻歲紀丙申明萬曆彈指流光二百秋真人久化蓮臺錫而此拓署萬曆丙申年為馬起鳳手拓起鳳嘉慶間人與槎客同籍海寧其品定必有據也虹誌

何健收藏的《阳羡砂壶图考》，背后的因缘，可说完全是基于他对宜陶的研究之深与用心之真。

是宜陶研究者所不可或缺的工具书；下卷为图片，是李景康、张虹与好友蔡寒琼、区梦园、唐天如、潘兰泉、邹静存及叶次周等人之藏品，刊图列说，计分五类，并附有详细之手稿注记，惜逢日本侵华与二次大战而未能付梓，成为孤本。在《阳羡砂壶图考》上卷出版约半世纪后，何健于一九八六年收藏了下卷孤本这份珍贵史料，背后的因缘，可说完全是基于他对宜陶的研究之深与用心之真。

上下卷终于得以合并于一室，然而这份圆满还不仅止于此。二〇〇六年八月，香港中文大学图书馆筹备出版李景康藏品与生平书册，香港研究资料部主任邹颖文与何健联系说明用途后，何健慷慨无

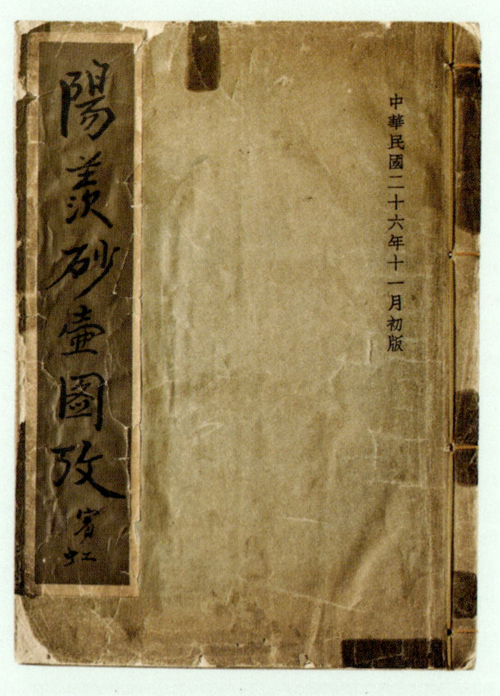

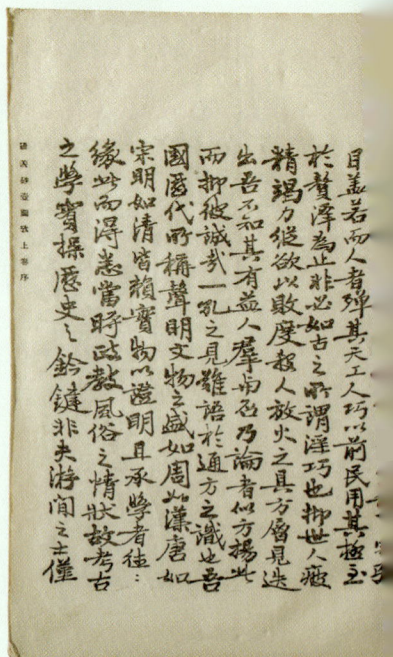

私地将手稿复印一份，赠送给香港中文大学图书馆永久典藏，不久后，邹颖文于美国拜访李景康之子李尚平，提及《阳羡砂壶图考》下卷手稿完好藏于何健手中，李尚平深感那份爱茶惜壶之情，将他收藏数十年，曾刊印于《阳羡砂壶图考》上卷、由叶恭绰书写的序文原稿转让给何健一并保存。至此，近代最为重要的一部研究宜陶的著作，终于齐聚而静藏于“冶堂”之中。

何健说：“当所有东西走向正的方向，那股正能量就会一直卷动‘善’进来。”从一本书的获得，进入茶的世界，进入宜陶的世界，最后从中获取养分，注入到他的生活模式，转动了他对生命的态度。通过茶，建立人跟自然的关系，从养生到养心；通过茶，建立人跟人的关系，甚至是跟自我的关系；通过茶，建立人跟物的关系；通过茶，让自己静下来，能更清楚地观看外在那个剧烈变动的世界……

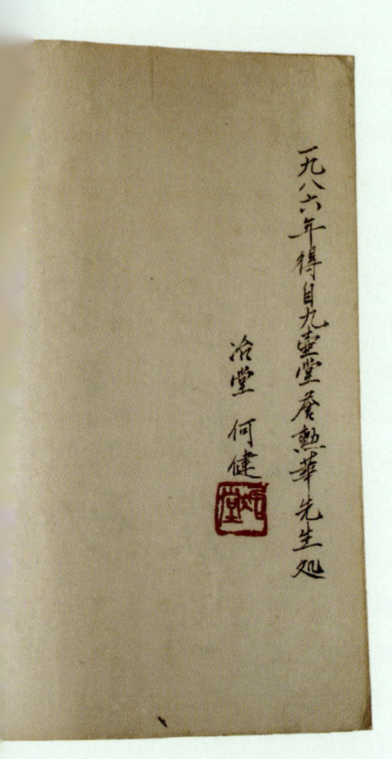

这天为配合摄影，何健特地准备了七把大小不一、形式各异的宜陶壶，体现宜兴陶土五色斑斓的特色，自然的土矿呈现出朱泥、紫砂、白泥、黄泥、墨泥等圆润色泽。当采访结束之时，何健将《阳羡砂壶图考》与这七把宜陶壶逐一收入箱中，过程仔细而谨慎，他对物的疼爱毋庸置疑，在将近三十年的岁月之中，想必是这份对茶之爱，充实而圆满了他的人生。

（撰文：李依依 | 摄影：杨镇豪）

清纪晓岚题字紫檀笔筒

曾小俊
画家，艺术鉴赏家、收藏家

鉴赏、收藏所涉及的知识领域博大精深，充满探求和拥有的欲望。每一件艺术品，不仅拥有创造者的精神及当时对万物的感悟，还有历代收藏家留下的痕迹，当你面对它细细品味，是穿越时空在与古人对话，通过古人之眼观察事物。不同时代、不同生活环境、不同的生活节奏等诸多因素，都会对同一件作品产生不同的感悟，历代收藏家的品位也穿越时空，集中到同一件艺术品中…… 譬如，欣赏一块宋代奇木，时间倒流，它已把你带回千年，有缘者会触碰到前人的理想与灵魂，以物神交。

鉴赏与收藏艺术品，与到博物馆欣赏艺术品有区别。博物馆的历史很短，只有两百多年。人们想欣赏艺术品，可以自由出入博物馆。但常是固定的展品；时间短暂，容易走马观花；也不能拿在手中把玩、研究。而拥有一件艺术品，每天生活在一起，常会有新的发现与瞬间

曾小俊收藏清纪晓岚题字紫檀笔筒，高15.4厘米，直径15.4厘米。

的感悟。像两个生活在一起的人，更易彼此了解。得到的每件艺术品，都是良师益友，让我受用无穷。

这件纪晓岚题字紫檀笔筒，原藏在纪昀的一位后人手里。纪晓岚的官声、文名，远不及他的逸事、幽默流传得广。在没有见到这件笔筒前，印象中，纪大学士是一个机巧、尖刻、学识渊博、述而不作的官场高手。

笔筒包在一个蓝绸布套子里。布套的蓝色已经发白，可是，仍然能够感受当年缝制者用心之精细。老人颤巍巍从布套拿出笔筒，我看到笔筒的纹理乌黑中间夹淡黄色细纹，是行内人士称的“紫檀影子”，老人却说出了一个极雅气的名字“云水乌梨”。为何称“云水乌梨”，老人答不出。相信是祖上传下称谓。紫檀不似黄花梨有水墨山水画一般的纹理，这件笔筒粗看一团乌紫，细细端视，其纹理如行云，如流

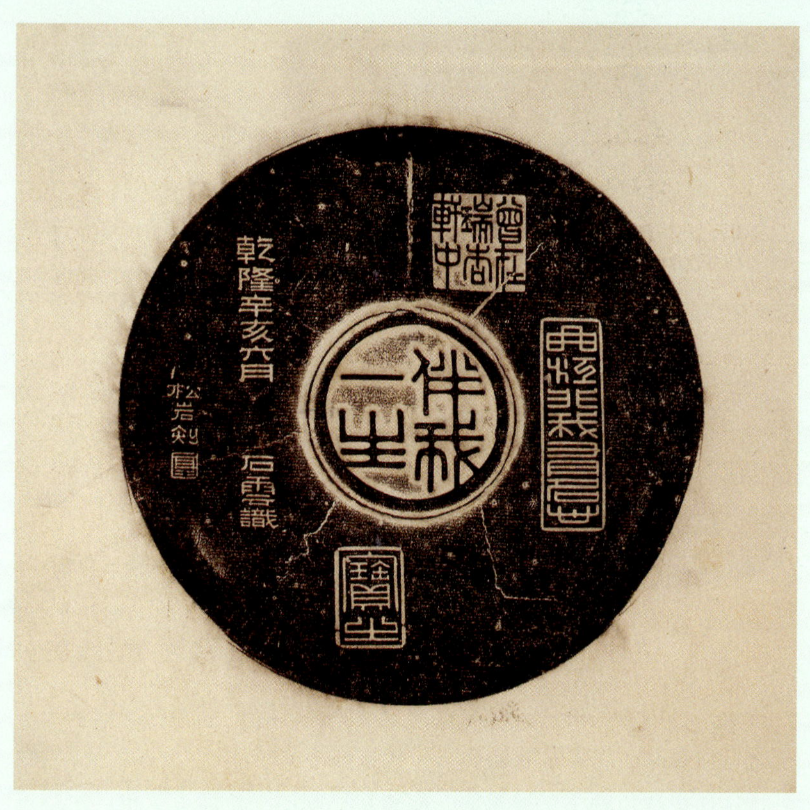

水。笔筒表面的纹理，太精美了。纪晓岚是一位任行放迹的才子，总揽《四库》编纂，可是，在这件小小的笔筒面前，表现出了对自然天工的恭敬，不着一笔一刀，只是请雕刻高手聂松岩在笔筒的底部刻上自己的手书：“曾在瑞杏轩中”、“宝之”、“曲江非我有名心”。

在底部的中央部位，用篆书刻着“伴我一生”。这四个字，让我的心灵感到震颤。我看到在纪晓岚机巧、幽默、近乎玩世的滑稽表面下有一颗真率、感性的心灵。在大自然的造化面前，天下第一的大才子

（左图）清纪晓岚题字紫檀笔筒底部拓片。

不再饶舌、逞智，当朝一品的大学士，不再掉书袋、诌文词，而是质朴、真挚地说：“伴我一生。”一件笔筒，乾隆朝第一宠臣、礼部尚书、太子太保，竟视为一生之伴侣，震撼之余，感佩纪晓岚不失文人本色，不失对大自然造化的敬畏之心。

晓岚与董曲江曾有过一段精彩的对话。晓岚说：“大地山河，佛氏尚以泡影，区区者复何足云。我百年后，倘图书器玩，散落人间，使鉴定家指点摩挲曰‘此纪晓岚故物’，亦是佳话，何所恨哉。”

曲江说：“君作是言，名心尚在。余则谓消闲遣日，不能不借此自娱。至我已弗存，其他何有？任其饱虫鼠，委泥沙耳。故我书无印记，砚无铭识，正如好花朗月，胜水名山，偶与我逢，便为我有。迨云烟过眼，不复问为谁家物矣，何必镌号题名，为后人作计哉！”

曲江超凡脱俗的一席话，让晓岚惭然叹服，遂于乾隆辛亥六年，在笔筒的底部刻下“曲江非我有名心”。人皆有功名之心，很少有人超脱。纪晓岚并没有想做一个圣人，也不回避、不辩解对功名的渴求和珍视。不过，毕竟饱读圣贤书，刻下“曲江非我有名心”，以自嘲对功名的恋求。“瑞杏轩”是纪晓岚父亲的斋号。这件笔筒晓岚从父亲手里接过，相伴一生。在他死后，笔筒相传了九代，最后落在了我面前的那位老人手里。

老人恋恋不舍地抚摸着笔筒，似自语地喃喃说：“现在住的房子，没有暖气。我九十多岁了，已经烧不动那个煤球炉子。这个笔筒在纪家传了九代，我守了九十年，守不下去了。惭愧。我只想住一间有暖气的房子。”

我买下了这个笔筒，不知是帮了那位老人，还是给老人、给纪家造成了永远的痛。

（撰文/供图：曾小俊）

《天空》

乔志兵
当代艺术收藏家

乔志兵依然只想谈当代艺术，就像他曾多次强调："我现在只专注于当代这块，无论中国的还是外国的，其他的都不碰。"于是在众多心爱之物里，他想了想，决定讲关于收藏的缘分，讲他与张恩利的《天空》。

"张恩利有独特的影响力。在上海的艺术家中，他的绘画方式、他所描绘的对象，可以说绝无仅有。上海的时尚感在他的创作中没有留下丝毫痕迹，尽管他已经在这里生活了许多年，生活方式与周围的人无异。他在享受隐士般的状态。"乔志兵说。尽管张恩利，这样一个低调避世的艺术家，已经逐渐被推向了世界顶级收藏家购买的名单中。

"他的画展在民生美术馆开幕，那天我有事无法到现场，于是请人帮我留住他的一幅画。但是，负责这件事情的人误解了我的意思，留错了一幅——那张我原本想购入的画，当然被卖掉了。那刻我的感觉是心痛！"乔志兵重复说了两次，"真的是心——痛——"

那是一个安静得出奇的展厅，不仅展出的作品安静，看的人更安静；乔志兵原本想购入的画，出自张恩利的《天空》系列：视角是仰视的，透过稀疏的树叶，看灰色天空的运动形状。“上海的天空就是这样的，灰蒙蒙。”看张恩利的画，有种奇妙感：如在画中，又像在画外，如同一扇打开的窗户，放眼看到窗外的美景，容易忽略自己的存在。这种独特的隐藏人物视觉的画法，张恩利创作了十余年。“确实能感受到表面背后一种狂乱的力量，比如那些空间的刻意留白，比如天空完全没有光线和明亮色彩的设置，但你的感觉，却压抑而忐忑。”现在，《天空》展示在乔志兵位于上海漕宝路的上海之夜会所中。

“事情是这样的，后来不知道什么原因，那位买主的交易并未成功。几经辗转，这幅画终于到了我手上。”跟随乔志兵上楼，一上四楼楼梯就能在最显眼的地方看到这幅画。站在《天空》面前，他说：“据说许多观众在天空下感到自己的渺小与软弱。”

当看到自己喜欢的作品时，乔志兵会尝试与创作它们的艺术家接触，成为朋友，关注他认为的“才气”。所谓有“才气”，乔志兵说：“我理解的是一种大智慧，而非小聪明。”此智慧，像《天空》穿透现实，对未来具有的一种抽象虚拟的把握。

（撰文：徐卓菁 | 摄影：祝君）

米与藕

喻荣军
上海话剧中心制作人、编剧

今年，我将努力把新写的戏《星期八》搬上舞台，它是写给我的父辈们的。戏中所有的故事，我都听了很多遍。

每次回家，父亲母亲说得最多的就是一九六〇年时的事情，那些人、那些事、那段历史，它们总是活生生地出现在我的脑海里，如果我们再不去写，估计就被遗忘掉了。剧中有两个段落，讲了关于一粒米和一节藕的故事，是从真事中得到的素材。米、藕，对于今天的我们来说，是那样的无关紧要，却曾经是一件事、一种希望，甚至一条生命。

以下是剧本中的摘引：一九六〇年的安徽倪村，一个叫做倪叉的哑巴的内心独白，讲了那米和藕的故事……

关于米：

一大早，虽然只有米汤喝，我还是最早就赶到了公社食堂，我到的时候，二狗子早到了，他站在食堂门口踮着脚尖往里面看。门被关得死死的，可还是能看到小筛子他妈在那只大木桶里死命地搅着。小公鸡他爷爷和几个村干部就站在一边，静静地看着。我看着二狗子踮起的脚，他的脚后跟从那双破烂的布鞋里脱出来，白花花的一片，一道很深的裂口刻在上面，露出里面红红的肉，我的脚后跟也跟着痒了起来。我赶紧移开目光，突然，我发现墙边放着的洗衣盆上像是有一颗白白的饭粒，它就在洗衣盆的边上，白生生的，竟然发出了光。我想走过去看看。就听见噢唔一声，二狗子没命地冲过去，扑在洗衣盆上，洗衣盆哐当一声就倒在地上，砸在他身上，可是他顾不上疼痛，把那颗饭粒放进嘴里。二狗子边嚼着边咧着嘴冲我笑着。突然，他的脸慢慢地变了形，渐渐地扭曲起来，他干呕着，想咽又想吐，最终，他噗的一声把那颗饭粒给吐了出来。“操，一颗肥皂粒。”

关于藕：

这雪下个没完了，村子里除了那口井是黑的，全是白茫茫的一片。脚踩在雪里面，一会儿裤子就湿透了，凉气从腿肚子一直往上蹿，冷。跳起来，再跳起来，跳起来浑身就热了，可是跳不动了。前面，就是水塘了，全结了冰，走在上面结实得很。我妈站住了，咔的一声，她把手中的铁锹一下子插在雪地里。

“就是这儿了？”

我抓住我妈的手跟她比划着，“是这儿，妈，夏天我在这里游泳，这一块的荷叶长得特别地好，又大又圆。”

“挖。”

我妈用铁锹把冰上的浮雪铲掉，我用铁钎碎冰，很快，冰就碎了，哗哗地碎了一大块。能看见水了，清澈的水，冰块浮在上面，来回地挤着。

我跟我妈拍着胸脯，让她放心。“妈，我来。”

我脱下衣服，跳下去了。一下子，全身就麻了，像是没有了知觉。一个猛子扎下去，碰到泥了，泥软软的，脚踩下去，全是鼓鼓的气泡，在食物匮乏年代，一节藕乃至一粒米，都能牵扯出足以搬到舞台上的故事。

一下、两下、三下…… 脚在泥里面没命地踩着。碰到什么东西了，硬硬的，一下就滑过脚底，脚底疼得要命，像是有知觉了。我想弯下腰，却憋不住了，脚一蹬，就浮了起来，脑袋一出水，顶开碎冰，冷得要命，还是水底下暖和些。

“哑巴，快上来，没有，就算了。”

我又扎下去，没有刚才那么冷了。我的手在泥里划拨着，抓住了，是藕，我的两只手死死地抓住藕，拼命地拔，我的两只脚蹬在泥里面。啪的一声。那是藕断掉的声音，在水底下清脆得很。我一下子就蹿出水面，好几节的藕，白花花的。

“哑巴，够了。上来，啊！”

刚才断的地方肯定还有藕，我又潜了下去，手在泥里摸索着，突然，我的手抓住了一根硬的东西，它竟然是活的。鱼？鱼，我竟然抓

住了一条鱼。我的手死命地抓住那条鱼，一起浮上来。那不是鱼，是二狗子的手。

“哑……巴，你抓我……的手干什么？我就知道这里有……藕，没想到你哑巴就是……精，倒是……先……来了。”二狗子话都说不全，打着颤，全是牙齿打着牙齿的声音。笃笃笃……不大的水洞里，好多人在里面来回地扑通着。

我妈拽住我的手，死命地把我拉出冰窟窿。冷，刺骨的冷。我妈不让我穿衣服，抓起雪就往我的身上搓。我们一路跑回家。灶膛里全是火，我就贴在灶膛边，浑身不停地哆嗦着。一会儿，就能闻到藕香了，那几节藕，我们吃了好几天……

第二天，我听说二狗子死了，冻死了，硬邦邦的，跟他没拔上来的那节藕一样。没有人捞他，也没力气捞了…… （撰文：喻荣军 | 摄影：祝君）

《摄影一百年》

顾铮 学者、摄影家

人被物所役使是好事也是坏事。好事是人可能通过物表现出“真性情”，表示人有弱点，甘为也能为物所奴役，坏事是人可能因物丧志，也有可能被他人窥得可趁之机，而且“物令智昏”之下，人也可能为物而不择手段甚至铤而走险。人的弱点，有时往往就是通过物来体现的，这似乎是肯定的。

我在这里提到的“珍物”并不贵重，只是一本小书。它的得来也不算艰难。一九八〇年代中，福州路上的上海外文书店边上，还开设有一家外文旧书店。那时经常会去那里淘书。我手边的史文彭（A. G. Swinburne）诗集、马修·阿诺德的散文集、朗费罗的长诗集等都在那里淘到。记得曾经淘到一九一九年版拉斯金的《绘画的要素》，立马就送给了从广州来上海开会的美术批评家杨小彦。下面要说的这件珍物就是当时常常淘宝时所得，而且下手时虽有欢悦却无排出“大金”之痛苦。

当时进入外文旧书店的老货，都是“文革”抄家后，在“文革”后又经过并不具有诚意的“发还”之后仍然无人认领的无主之物。记得在

PELICAN SPECIAL
LUCIA MOHOLY
A HUNDRED YEARS OF
PHOTOGRAPHY
The story of photography through the ages.
With 35 photographs from yesterday and today.

书店里经常看到一个老外出入其间，大堆大堆地买了洋书后扬长而去。时间长了，斗胆问已经熟识的店中女营业员，才知是苏联驻上海总领事馆的外交官。后来看《参考消息》说，苏联人热爱阅读，苏联好多地方都有旧书（尤其是珍本善本）的黑市交易，这才恍然，那人可能是一个高级的图书倒爷，至少他是一个狂热的爱书者。

回到我的"宝物"来。这是一本名唤《摄影一百年》（*A Hundred of Photography*）的摄影史小书，作者是出生于捷克斯洛伐克的露茜娅·莫霍利（Lucia Moholy）。她是摄影史上重要人物莫霍利-纳吉的前妻，当然本人也是摄影史上的重要人物。两人一起在包豪斯共事过。离婚后，露茜娅顶了夫姓之一半的"莫霍利"行走于世。她写作此书时，两人都已经避祸纳粹而分别流亡到英国和美国。露茜娅·莫霍利写作此书时在英国为皇家摄影协会工作，也因此得有驱使丰富的摄影史资料之便。

此书为企鹅图书公司所出"鹈鹕丛书"（Pelican Special）系列之一种。出版年份是一九三九年，属于庆祝摄影术发明一百年的"应景之作"。书上有"威廉氏书店"（William's Bookstore）的印章，印章上的地址是海格路（Ave. Haig）二二六号。海格路者，今华山路也，听老人说是民国时期上海洋书的集散地之一。书后也有印章二，正敲一个"上海外文书店"之后再倒过来又敲了一个有两个W的"上海外文书店"印。两个W，当是"外文"的拼音缩写。印章里，此书标价也已镌入，仅0.7元。

话说莫霍利还真是个非西方主义的学者。此书开宗明义就端出香港大学讲师Kun-tsi-kwan所说的中国在两千年前就已经制出感光板的说法，可见她的学术视野与心胸何等开阔。此书后来就一直成为我研习摄影史的一本"珍物"。

（撰文：顾铮 ｜ 摄影：戴淼淼）

行李箱

刘小东
艺术家

箱子像是浓缩了他自己的三十年时光，夹带着，父亲一生的影子也投映在那时光里。

“如果没有那些（信以及整个箱子）东西，我父亲这个普通人，没什么能证明他活过。”

一九八〇年，十七岁的刘小东在哥哥和姐姐的陪伴下，坐着火车，从金城到北京。车是慢车，开到北京站要一宿，箱子放在座位下面，“是，座位，硬座，那个时候哪坐得起卧铺呢？”

那年他考上中央美院附中，第一次出远门，临行需要箱包来装行李，当时家里有两个选择：一个柳条包，一个蓝灰色棱角分明有模有样的布面行李箱。“其实当时好多城里的孩子考上大学，都是拎个编织袋就上学去了，可我们是农村的——农村的孩子反而想要体面一些，父亲一开始给我柳条包，我说太土，就给了我这个行李箱。”刘小东的记忆里没有这个箱子的最初确切来源，随着几年前父亲的去世，出处更加无从可考，“看着像是一九七〇年代的产品，有可能是我父亲去上海出差时买的”。

一九八〇年，十七岁的刘小东提着这个箱子，从老家金城，坐火车来到北京上学。此后的三十多年里，这个箱子一直跟随他。

（右图）箱子现在专门用来储存「贵重物品」，其中包括刘小东少年时代画的大量速写、小画，学生时代和家人、友人的通信，以及小时候的作文本和随笔。箱子盖上的小口袋里，还存了一副喻红早年戴过的墨镜。

从美院附中再到美院，八年里箱子一直处于使用状态，里面装衣服等日用品，放在学校宿舍的床底下。毕业后分到附中任教时，学校分给刘小东一间2.5米 × 6米的狭长小屋，箱子也刚好能放得下，“那种宿舍就是一间教室，中间用画板隔出来一条条的小空间，每人一间”。

之后箱子一直跟着他，从早期在大羊坊的那个小产权房，到之后黑桥的工作室，再到现在798的工作室，箱子的功能转为专门储存旧物件：小时候画的速写，早年和父亲、喻红、友人互通的信件，日记，作文本……“现在这箱子里的东西不会再增加了，比如人早没了通信的习惯——人和人之间的联系改为打电话、发微信——再画画也不会是当年那种形态的画。”打开箱子的刹那是我第一次那么密集地看到“刘小东作品”：一沓沓速写，目测约有几百张。数量虽多，因为密集存放，体积只占了箱子的一半。

作文本里的文字，多是刘小东在老家读小学、初中时所写，字迹工整，态度端正。一个日记本是姐姐送他的，到他手里时，却不是空白一片：“每一张纸，有一面是我姐姐给我抄的名人名言，另一面是空白的，留给我用。”姐姐把想说给他听的“道理”，一句句写在名人名言里，这很像现在市面上发行的“日记书”，但当时属于姐姐纯手工出品。现在每翻到一页，刘小东都一字一句地把“名言”给念读一遍，然后沉默一秒钟……最后恍惚把自己惊呆。

一个日记本的封套上有个夹层，手摸上去有点鼓鼓的，不平。刘小东从里面摸出一张纸——展开像一张考试卷大小，上面印刷的字迹，也是八十年代那种油印考试卷的风格，内容是芒克、欧阳江河等人的诗。“这是星星画会时期，芒克他们印的诗篇，我的天哪，竟然还有这

个！”如果不是为了给我们展示这个日记本，他几乎不记得自己还拥有过三十年前“发行”的这些诗篇。“哈哈，他们（芒克等）应该来找我呀，他们自己那儿可能都没有这个了。”

他捂住和喻红的情书，不让别人偷看。和陈丹青等人的通信有些是国际信件的装帧，但也早已有了“隔世”的沧桑——“现在没人再写信了，这样的信件以后再也不会增加了。”

信件只占了四分之一，但却更显得密集，它们都装在信封里，垒着就让人想起曾经的邮局柜台。“那时候我和父亲每个月都通信，父亲永远报喜不报忧，说家里很好、不要惦记、不要带东西、家里啥都有——其实啥都没有。”刘小东的信里也充满了“喜悦”与“满足”，父子俩的通信里常年互相“欺骗”。

“我现在看着这个箱子，常常觉得它长得就像我父亲。”

刘小东开玩笑说如果家里着火了，他一定是只抱起这个箱子就往外冲的。

（撰文：佟佳熹 | 摄影：李冰）

石

艺术家 叶放

我从小在园林中长大。那是母亲的曾祖父毕勋阁所建的家园，名为毕园。自他上溯六代，是乾隆朝的状元毕沅。做过湖广总督和陕西、河南、山东巡抚，是位精通经史小学、金石地理的大家，环秀山庄曾经的主人，《清明上河图》的最后一位私人藏家。

我的几乎所有关于美的启蒙，都发生在童年时的毕园。偶然在月夜的白墙上看到太湖石与慈孝竹的影子，便是对水墨竹石的一次觉悟。后来学画，读到郑燮摹竹影为本的故事，就自然心领神会了。

园里的藏书楼，是我甚少进出的地方。那里的楠木橱、樟木箱排排幢幢，在幼时的我看来有些森严。一个黄梅天的早晨，楼里的书画被摆到院子里晾晒，一只紫檀包铜小书箱上的书吸引了我。翻开一看，书册中夹了几十余幅石头的水墨画。曾外婆告诉我说，这些都是曾外公生前根据书中的文字，对照园内的赏石收藏所作。这本书，便是宋朝杜绾所著的《云林石谱》明刻本。三卷一册，录入《四库全书》文渊之阁，从灵璧石到浮光石一共一百十六只可作假山清供的赏石的产地、形状、色泽、采取方法一一载录。更令我惊喜的是，曾外婆将书、画一并送给了我，立下规矩：不可损坏，不可遗失，任何情况下不可出卖。末了，对我说：你长大后能把图补全就好了。

从此，我就有了人生的第一件私房品。每日拉着长辈读文释字，再躲起来摹山画石，自我陶醉。往往在小伙伴面前一番夸耀后，又故意秘不示人，偶尔才小显真容。在读读画画的过程中，我了解到古人是把石头当作人看待的，风雅在人不在物。在藏藏露露的游戏间，我对石头的喜爱也与日俱增。然而“文革”浩劫，毕园沦为“七十二家房客”的宿舍，《云林石谱》也在一次房客争夺空间的混乱中不知所终。家人为毕园惨遭摧毁痛心疾首，我更因石谱落难刻骨铭心。日后有机缘得了一本明人林有麟所著的《素园石谱》，书画俱全，便收在家中，作为纪念。

石谱虽失，石头与我却已密不可分。古代文人家里青铜器和石头是不可或缺的，即所谓金石延年。读书或写字、作画前，也必然会燃香，沏茶，挑选一颗清供的雅石放在案头。我收藏雅石，但不喜矿物石，也就是所谓的宝石。收藏意义上的名贵于我不重要，我看重的是其形态、意蕴是否透露出优雅的品质，是否承载特殊的意义或趣味。我有一块玉化石，原本是一棵树，遇到自然灾害埋在地下，经千万年后变成石头，木头的纹理仍清晰可见。流出的树胶，转变成了玉，交缠其上。这种生命的转换，赋予了其独特的人文况味。

我叠石造园，也画很多石头，但很少表现具象的石头本身。太湖石对我来说不只是石头，更是表达的载体。我画过一组《正法眼藏》，是将太湖石的局部视作宇宙的基础加以演变。另有一个系列《化境》，则是将各色拟人、拟物的石头放在医学标本瓶里，暗喻人的生存状态。这些画中的石头，才是真实的我心中的石头，是幼时那本石谱播下的种子，开的花，结的果。

（口述：叶放 | 采访：严晓霖 | 摄影：方磊）

「文革」浩劫，《云林石谱》在一次房客争夺空间的混乱中不知所终，湮灭了叶放的家园和人生第一件私房品。日后有机缘得了一本明人林有麟所著的《素园石谱》，书画俱全，便收在家中，作为纪念。今日的藏石雅玩、叠石造园、画石言志，均不可割舍叶放对先人、旧梦的情感联系。图为怀袖赏石一洞天。这块有一个小窝窝的石头，常常被叶放揣在口袋中。待到要创作时，放点儿水在小窝窝里，气场便形成，叶放常常觉得整个宇宙全在这里面了。

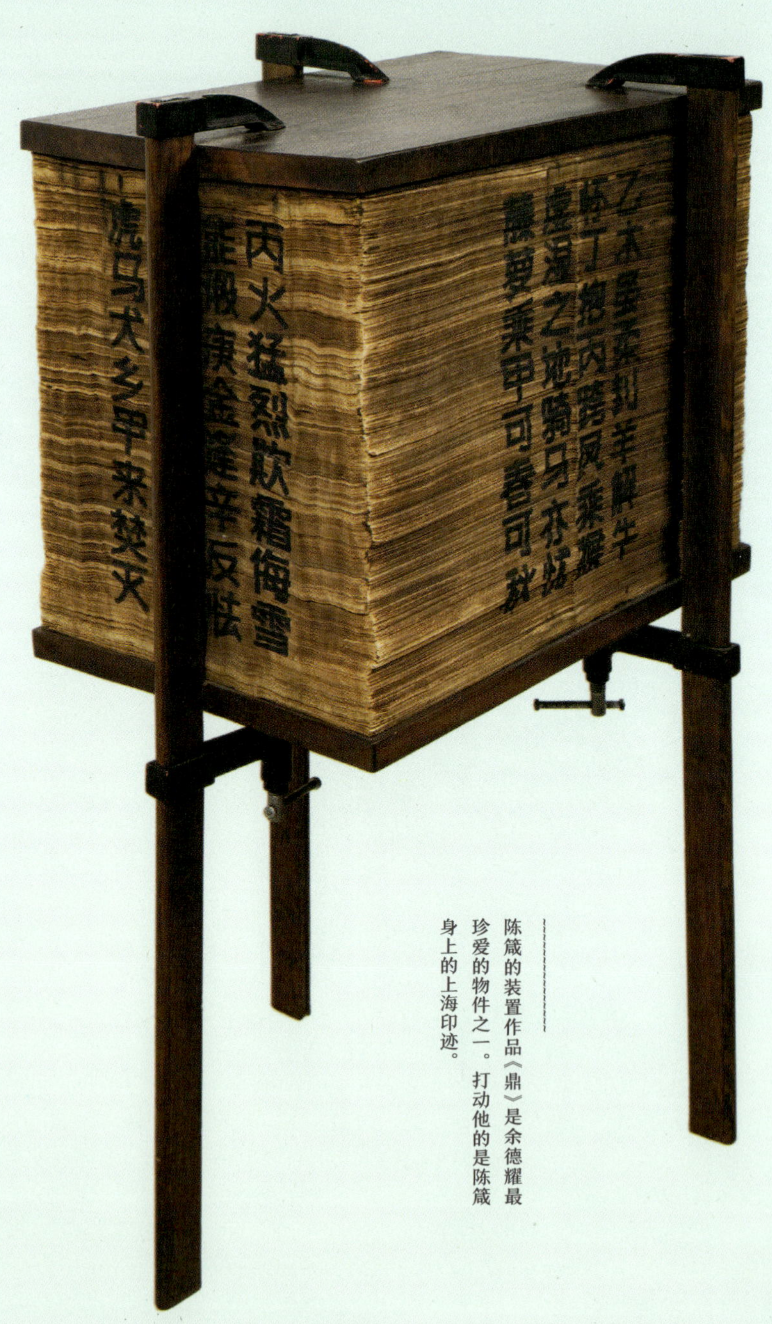

陈箴的装置作品《鼎》是余德耀最珍爱的物件之一。打动他的是陈箴身上的上海印迹。

《鼎》

余德耀

企业家，艺术收藏家，慈善家

艺术家陈箴离开这个世界已经快十四个年头，为这名英年早逝的伟大艺术家举办一次展览，余德耀说，这个想法可能会在两年后的上海余德耀美术馆实现。

名叫《鼎》的陈箴装置作品是余德耀最喜欢的物件之一。五六年前的一次拍卖会上，他把它收了回来。“我喜欢的不只是这件作品本身，而是因为这个人。”余德耀说，“陈箴是一九五五年出生的上海人，远赴法国之前，他在以前属于法租界的地方生活了三十一年。”上海是关键元素——对余德耀来说，“身份”是一个中性词，他一九五七年出生在印尼，现在是上海女婿，将在上海退休养老；二〇一四年一月七日，上海的余德耀美术馆落成。做美术馆是老余的抱负，之前走了那么多地方，他最终还是选择了上海。

有生之年并未在祖国做过个展的陈箴，对东方哲学的运用以及东西方文化碰撞的思考借此显露无遗。或许陈箴戛然而止的艺术创作，使得他定格成为上世纪末走红于西方体系的海外艺术家群体的绝佳样本——欧美的生存经验让他更讲究文化策略，并有意或下意识地在作品中流露出中国文化符号、中国标记或东方情调。这类的艺术家，不仅有同为旅法艺术家的黄永砯，还包括纽约一派的徐冰、蔡国强、谷文达等人。余德耀在某种程度上，与他们是同一阵营。

上世纪七十年代末，当时的余德耀是高中生，“那时候每天晚上我都听新加坡广播电台里播的中国民歌，现在很多民歌我都会唱，甚至很多中国人都不会唱的革命歌曲我也会唱。这就建立了一种我对汉文化、对中华文化的偏好。”一九九七年当印尼动乱的时候，余德耀当时是风华正茂。“在此之前印尼的经济很蓬勃，之后就动乱了。那个时候我们这些年轻人就觉得，我们可能在印尼已经是第三代了，为什么印尼没有办法接受我们？我以前在新加坡念书的时候读过马来史，也读了中国史，也研究了我们的祖辈是怎么过来的。”那个时候，余德耀他们在印尼成立了一个活动组织，联合所有的民族，做很多工作：“到现在，农历新年是印尼的国定假日，孔教变成四大宗教之一，跟其他的印度教、伊斯兰教、基督教是一样的、有同等地位的。我们要追求的是一种平等，对我们下一代能够负责。我们的这个工作已经完成了，现在有一班年轻人在坚持我们的工作。”

余德耀的兴趣是在当代艺术方面，“艺术家们讲出一些跟政治不同的东西，他们有自己的想法。我们要给大家一个信息，就是通过艺术达到文化的交流。其实收藏家的心路和历程很简单。我的很多朋友都是收藏家，他们从来不给别人欣赏他们的东西。但是我呢，我就有一种性格，有好东西我就想给人家看。私人收藏的那种动机已经没有办法满足我对艺术的那种追求。我想是不是能够从我这一代开始，建立我的对将来收藏的一种持续下去的精神。”

（撰文：徐卓菁 | 摄影：余德耀基金会）

辑二

印刻

光阴迭变

海螺石

黄怒波

诗人，企业家

一直写诗的黄怒波最近打算写小说了。

“登山与商战结合的小说，”黄怒波说起这本即将动笔的作品来，颇为高兴，“经历商界沉浮，同时又多次在野外与生死相伴的人一直有，像我这样能写的可能不多。”他说，具有文字表达能力是他的一种幸运。

“这本小说将会以海螺石为重点，也许名字里就有海螺石。”海螺石是黄怒波多次登山经历里，最有纪念价值的珍物，表象上来说，这是一件纪念物，可之于黄怒波本人，那是一个哲学命题。

黄怒波办公室里有大大小小多块海螺石，多从珠穆朗玛峰附近收集而来，在他看来，此处的海螺化石最有意义。这种从四亿年前鹦鹉螺目发展而来的古生物，在其后的三亿七千万年间曾经大量繁衍，到了白垩时期种类却急剧下降。

生命在时间中消亡，残骸却在地质变迁中永存于灰岩或页岩中，年代久远遂成化石。而岁月更替，海陆变迁的最显著标志，即曾为沧海现为最高峰的珠穆朗玛。黄怒波最珍惜的一块海螺石就来源于此，是罕见的双海螺化石。

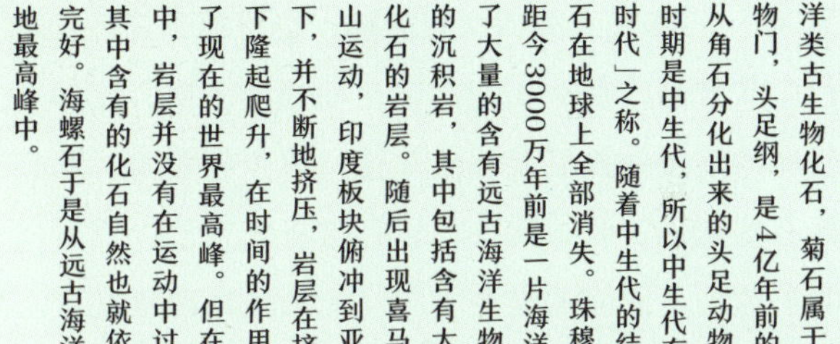

「海螺化石」学名「菊石」，是一种海洋类古生物化石，菊石属于软体动物门，头足纲，是4亿年前的泥盆纪从角石分化出来的头足动物，极盛时期是中生代，所以中生代有「菊石时代」之称。随着中生代的结束，菊石在地球上全部消失。珠穆朗玛峰距今3000万年前是一片海洋，沉积了大量的含有远古海洋生物的化石的沉积岩，其中包括含有大量海螺化石的岩层。随后出现喜马拉雅造山运动，印度板块俯冲到亚欧板块下，并不断地挤压，岩层在挤压作用下隆起爬升，在时间的作用下形成了现在的世界最高峰。但在此过程中，岩层并没有在运动中过度破坏，其中含有的化石自然也就依然保持完好。海螺石于是从远古海洋跃入陆地最高峰中。

“二〇一三年是我第四次登珠峰，也可能是最后一次了，攀登珠峰的死亡率非常高，在35%左右，之前遇险多次，比如发生过氧气面罩跟氧气瓶的连接处松了我都不知道，但今年更险，攀登过程中由于岩石质地有些松动，我一使劲，岩钉被拔出来了。当时我一趔趄，就慌了，顺手抓住了前面的向导，向导也被扯得滑落几步，我们好不容易才稳住。当时也就一瞬间的事，但后来回到营地看录像，发现向导有半条腿已经悬在山崖外面，才顿时觉得后怕起来。”

那是一条珠峰出了名的峥嵘险路，山崖下就躺着著名的英国登山家乔治·马洛里，险象环生过后，黄怒波听说向导之一的藏族青年老家有一条很多海螺石的山沟，“当时我一听就很激动，我自己去不了，就让向导带着车和摄像机，把回家找海螺石的过程一并拍下来。”

这块双海螺化石，就是在那条山沟发现的，摄像机拍下了从寻觅到偶得的全过程，黄怒波如获至宝。

“海螺石之于我的意义太重大了，首先它是一块特殊的石头，山上没有别的，只有皑皑白雪和嶙峋巨石，登山的日子很艰苦，长时间眼见的只有山石，队员的生活和生命都依托于它们，自然会产生浓厚的感情；再次，它是一块化石，生命从有到无，从无到永恒，是地球变迁中留存的启示；最后它之于我，是生死。在我最近走遍世界各地文化遗产的‘脸谱行动’中，曾经见到哥伦比亚当地族人的墓穴，人死后就封存在一个大罐子里，置于屋子地下，一直与家人在一起。藏人则认为死后七天灵魂就走了，剩下的只是躯壳，这些都指向一个意义——生不重要，死重要，死亡才是永恒的。”

黄怒波感慨道：“在那座山上，有很多我再也回不来的山友，每回去都有人留在那里再也回不来，我觉得他们在某种程度上说是幸运的，献身是为了梦想，他们在我心里用永存的方式凝固，海螺石就代表了我的山友。”

他说，希望能收集尽可能多的海螺石，以后有一间屋子，四周都砌上海螺石，那就是一间具有生死美学意义的斗室。

任何珍物都因其与人产生了故事，才显得与众不同，海螺石身上被赋予了多重意义，但抱元归一，就像黄怒波最初说的：“那就是山上的一种石头。”真正步过峥嵘之途，才懂得什么是生命中最值得珍惜的东西。

（撰文：胡斐 | 摄影：刘一纬）

蠡壳窗

阮仪三
建筑学家，古建筑保护学家

唐人流行直棂窗，同时，由于造纸工艺的成熟，纸张大量普及，开始出现了窗纸。宋代发明出带勾栏的活动窗户。到明清两代，江南地区大量应用蠡壳窗，工匠们把海蠡的壳打磨成薄片，用铜钉一片片钉在窗格上。阳光照得窗格熠熠发光，滤到室内的光线却柔和清凉。直至清末民初，随着舶来品玻璃的大量运用，蠡壳窗被替代，制作工艺也随之失传。

“现在在老房子里，个别地方还留存着。后来在工作中发现，苏州的东山西山留得比较多，因为那个地方的房子，老旧得没有人修，就原样留在那里，但是都很破败。后来在周庄也发现了，有个楼上整片的窗全是，下半段因为淋雨的关系全部烂掉了，但上半段全部都在。哎呀我说好极了。”

“后来我在他家里又发现了。”阮仪三指了指身后，杭州孩儿巷九十八号古宅的主人钱希尧老人题赠的一幅字。二〇〇二年，关于孩儿巷古宅的去留，杭州城内的争论已是达到白热化，等阮仪三赶到杭州时，法院其实已经下达了判决：拆。杭州市文保部门将此宅定性为

许金海将这扇蠡壳窗赠送给阮仪三，用以宣传。古法复原蠡壳窗「又费钱又费精神」，做假古董的不愿意做。

“晚清传统建筑”。然而，陈珲在宅内看到蠡壳窗，后来又发现再度引起争议的宋墙。“我说这就是个明证，老蠡壳窗在的话，这个房子，至少是明末清初的。”

除了保住宅子，阮仪三想得更多的，还是怎么让古建活起来。五年前，在阮仪三的鼓励下，许金海开始着手复原蠡壳窗的试验。“西塘开了很多民间博物馆，其中有个纽扣博物馆，有布纽扣、玻璃纽扣，还有贝壳扣，我就想，你能做蚌壳就能做蠡壳。于是我找到许（金海）厂长。许厂长就花了很大功夫做试验。做纽扣都是用江南的蚌壳，蚌壳比较薄，没法做窗。蠡壳窗蠡壳窗，海蠡子才叫蠡壳。以前海蠡子出在南方，我就叫他们到南方去找，果然在海南找到了。”

二〇一一年，在安徽歙县的全国历史文化名城规划学术委员会上，阮仪三请许金海展示了他复原的蠡壳窗，当时引起轰动。但是涉及具体的推广问题上，由于蠡壳窗的造价毕竟比玻璃高了不少，推广进行得并不顺利。“照道理说苏州有很多明代建筑，都应该是这个窗，但是很多人怕费钱。”

“许厂长也没能‘发财’。”这话半是玩笑半是惋惜，“但是我也不要大批制造，也没有意义，这个窗户毕竟不如玻璃。但是它可以用在历史建筑上，比较真实地恢复建筑原来的样貌。对历史建筑的修复，我们提出‘五原’的原则：原材料、原工艺、原式样、原结构、原环境。现在到处都在造仿古建筑。你用现代的材料、现代的工艺，仿造古代的样式，为了旅游的目的，为了观赏的目的，那都是假古董。”

（撰文：黄玉琼 | 摄影：方磊）

史密斯船钟

金宇澄
作家

我师傅姓秦，钟表厂八级钳工，额角戴一只钟表放大镜，讲宁波口音上海话。一九八〇年代初，上海尚有无数钟表工厂，我随秦师傅踏进车间，眼前一排一排上海女工，日光灯下做零件。秦师傅说：“我师傅的师傅，以前叫‘外国铜匠’，等于我‘外国师爷’，这个赤佬爷爷讲过，中国人，最最了不起，发明一双筷子，象牙筷，毛竹筷。外国，有一座阿爱比思山，四十年前大雪封路，有个外国农民怕冷不出门，手工锉了一件‘擒纵轮’，厉害吧。外国乡下人厉害，每家每户，备有什锦锉刀、小台钳，家家农民做金工、刻工，开春阶段，收集邻里手工零件，眼睛一眨，老母鸡变鸭，装出一只三明一暗玻璃门八钻自鸣钟，想想看，天底下有这种怪事体吧。”

这段言论让我记得，我最熟悉的地方，不是上海，是东北。我到东北农场混过7年饭，经常大雪封路，大兴安岭，雪灾一场接一场，我当时做泥水匠，落了大雪，也要走家串户，修烟囱，修火炕，但即便我当初再卖力，也不可能想到，可以手工锉一只生铜“擒纵轮”。中国人不会有这种怪习惯，每家每户，炕桌上面摆一只笸箩，放一叠卷烟

这只船钟，挂在金宇澄家的客厅，发条一上，就开始走，当中的时间，平平稳稳，免疫于风暴和浪头……

纸，十几张黄烟老叶，看不到一把锉刀、一只台钳…… 雪实在太大了，这种天气，东北人是“猫冬”了—— 烤火，卷根黄烟，吃开水，吃瓜子，嚼舌头。

直到我回了上海，调到厂里，踏进钟表世界，不管生张熟魏，人人懂得校快慢，擦油，理游丝，调换钟表面子，点夜光粉。工余时间，我翻开一本破书，怕别人讲钟、讲表，怕听滴滴答答声音。周围师傅师妹与我相反。印象比较深的是，秦师傅搬来一件东德GUB精密天文航海船钟，引得外车间不少人围观，议论纷纷，这座小钟，外套精致木盒，钟身、钟盖均是铜制，密闭防水厚玻璃，夜光读数，附带万向支架，即使船身历经超级风浪颠簸，摆轮一直保持水平运作，相当稳定，包括机芯、秒轮，结构极特殊。至于航海钟带进厂内的前因后果，包括之后车间陆续出现其他船钟，“报房钟”、“船舷钟”等等，具体记不得了，我只学到两个中国字：“船钟”。

一九八〇年代初，香港开始渗透新式电子钟、电子表，本地钟表业走低，国企大量生产电风扇、洗衣机，无限制需求机械“定时器”，秦师傅因此调入“定时器研发组”。有一天，秦师傅对我讲：“大地在颤抖，空气在燃烧，暴风雨就要来了。”语气重点是“暴风雨要来了”。这句有名电影台词，外国地下党名言—— 南斯拉夫某某老钟表匠面对镜头，讲了这一串接头暗号，意味深长，背后满墙挂钟，发出滴滴答答声响……

造机械“定时器”，零件不算多，也千头万绪，厂内早年进口的瑞士钟表机床，匹配专业零件，难以转为他用，钟表业极其陌生的“注塑”模具，按常规金工来做，无法达到精度，面临情势是，厂产钟表，销售下滑，自做“定时器”，达不到行业要求，不少专业大厂，开始进口“定时器”…… 一切变化，就是秦师傅宁波普通话预测的，“暴风雨就要来了”。

以后，再以后，这些厂，这些师傅们，全部消失了。我做了编辑。

二〇〇〇年，我推门走进长乐路一家古董店，壁上三只船钟，让我头晕眼花，店主敬我一支烟，搭讪道："海上强国，英国牌子史密斯SMITHS；高精度有美国货，当年做两万三千只汉密尔顿HAMILTON天文船钟，全部装备海军；苏联货色CCCP，铝壳，白壳子，卖相难看一点，其实是战后吞并东德技术，抄东德GUB牌子，也不错的。"

我脑子里，忽然听得秦师傅宁波普通话，"暴风雨就要来了"……像我重回车间，秦师傅讲：宝塔轮，十二钻，不锈钢棘爪，鸡嘴弹弓，厚夹板，五十六小时……混进了店主的声音。

我念经一样答复："夜光读数，抗冲击，抗摇摆……"

店主说："前天卖脱了一只赞货，钢蓝秒针，时分针嵌金。"

奇妙莫名。这一天，我最终买了SMITHS船钟。记得秦师傅讲过，SMITHS有调整精度"快慢夹"小窗，眼前这一个，即使调到最慢，全天也快了一小时，可惜我这个曾经的徒弟，至今不懂"擦油"。店主讲，目前擦一次钟油，市价四百。唉唉，我不算秦师傅徒弟了……

去年路过乌鲁木齐路某旧货店，一位潦倒老先生，夹了一件哥特式老黑座钟进门，店主开价三百二十，老先生还价五百，店主不允。我走来走去，期待老先生带钟出门，我想跟到店外开口说，我可以出五百……但我同时自问，买了钟，我以后呢，我不是南斯拉夫老地下党，罢了。走出店来，我想到了秦师傅。

旧钟的记号，钢印，标识，油漆特征，底盘式样，钥匙，提手，样样沧桑。我曾经的熟人，台词，机器，画面，回忆，全部隐退了。上海是一块海绵，吸收干净，像所有回忆并未发生过一样。

（撰文：金宇澄 | 摄影：章媛丽）

民国手抄《华严经》之序册

释宗舜
佛教禅宗曹洞宗第四十九代传人

二〇一三年五月，我在北京的“无尽灯楼精舍”落成，当我把存在苏州的那四十箱书运回北京，拆完所有的箱子时，我傻眼了，本想拿来做镇馆之宝的《华严经》没了。十多年来，我搬了几次家，一直都以为它在那些箱子里，可是两函二十八本，只剩下手头这一本序的合集和购买时的发票，二十七本经书，真的没了。

这部经是二〇〇〇年我在苏州西园寺戒幢佛学研究所学佛教文献学时买的。那时，我已经在苏州待了三四年，业余时间都是坐公交车去逛新华书店。因为常在那里买书，跟他们经理也很熟。一天，经理对我说：“我们刚整理好一部《华严经》，是一位居士用朱砂抄的，八十卷，六十多万字，那位居士为报答母亲生养之恩抄了三年。我们希望这样的东西能传到你们佛家人手上，你有没有兴趣收呢？”

我告诉经理，我是学文献学的，手抄经对我来说没太大价值。朱砂抄的经也很常见，在西园寺的藏经楼里，元代、明代用血抄的经都有好几部。经理说，这部经专门有一册序，里面请了印光大师、太虚大师、谛闲大师等高僧给他作序，都是亲笔，一共有十五篇。

誓願見聞修習此
圓融無礙普賢法
乃至失命終不離
盡未來際願相應
以此善根等法性
普潤無盡衆生界

我一听这个来了兴趣。赶紧翻开那册序看，第一篇序的落款是“晋江海藏”，我没听说过这是谁，但字很眼熟。接着是印光大和尚的序，但不是亲笔，印光的字见得多，从书法的角度，他写不了那么工整，应该是他写完让字好的徒弟抄的。

翻过来是谛闲大师的，我心里一惊，谛闲大师是天台宗非常重要的大德，他的手迹是非常稀有的，看到这我就动心了。然后是太虚大师，虽说用的纸张很差，但字体汪洋恣肆，一看就是真迹。后面的几个是太虚大师的四大弟子，都是闽南佛学院一系。再往后的人就没什么名气了。我又重新翻回第一篇，我想如果序是按名气排的，那排在印光大师之前的这位“晋江海藏”是谁？我心里突然咯噔一下，那是弘一大师李叔同的笔迹！典型的弘一体，字太特殊了，别人写不出来。弘一大师有个特点，落款时想到什么就写什么，所以他有无数的名字。

序的内容比较简单，都是赞叹那位居士为报母恩抄经的事。但集这么多高僧大德的亲笔墨迹于一书，保留了民国时期在家人和出家人交往的一段佳话，这是非常罕有的。这部经我已经非常想要了。一开始，他要价五千。我告诉他我们出家人一个月“单金”才五百，价格太高没办法，而且这不是印光大师的真迹，是徒弟抄的，太虚大师的字虽是真迹，但用的纸墨太差，脆得都要掉了。最后，我们以三千块钱成交，因为他没看懂“晋江海藏”就是弘一大师。

回到西园寺，我开始研究，抄经的居士叫尤养和，是苏州同仁和绸缎庄的股东，从内容看，他跟这些大师并不认识，那些序是托人写信过去索要，高僧们写完后寄来的，书信的折痕都在。后来，在印光大师文抄里，我也发现了这篇序。

我本想等有空了，考证清楚，写篇文章，做个正式的文献公布的，但现在整部经没有了，弄得我特别尴尬。人家的一片孝心遗失在我手上了。

从戒幢佛学研究所毕业时，我身体不好，就先回武汉养病，后来又来了北京。我知道这册的重要性，到哪里都带着。而其余的书带不动。四十箱书一开始寄存在居士家，后来居士要装修房子，就在苏州宝华寺找了间空房，一存十几年。

有一次，我去宝华寺，发现我的很多书被陈列在书架上。我说，你们怎么把我的书拿出来了？他们说，法师，这不是你送给我们的吗？我说，我什么时候说送给你们了？这是我寄存在这里的。

经书去哪儿了？这似乎成了一个谜。是不是在宝华寺被人拿走了，我不敢确定，因为印象中，我似乎也曾把这两函经单独拿出来过。送给别人是不可能的，遗失在别人家，我忘了，别人也忘了。

我并没有刻意去找它，也没给居士们和宝华寺的师傅们打过电话。出家人，东西丢了就丢了，不必念念叨叨的。事物因缘而现，因缘而逝，缘聚缘散都有定数。这部经我想不管落到谁手上，别人都会善待它的。若将来能珠联璧合，倒也是件令人期盼的事情。

（口述：释宗舜 | 采访：晏礼中 | 摄影：李冰）

《浮士德》

陈嘉映
哲学学者

这是《歌德选集》的上下册，《浮士德》在第一本里。好多年没看，上面连灰都落上了。等我去清理一下，我们就谈谈这本书吧。关于这本书的来历，我只知道书原来的主人叫P. Busch，至于这位Busch先生一九四八年购于德国的书，如何辗转来了中国，这些只能靠猜测，那该是另外一个故事了。

到了一九七一年时，社会上有了些松动和回潮，也不是谁让的，就好像人心本来就是这样的。那种夸张的破四旧肯定不特别符合人性，一旦有了空隙，人们就又开始做一些我们常情上可以理解的事情了。我是在西单的旧书店里买到这些书的。此前，所有的商店门脸全被漆成红色，叫“红海洋”，回潮之后，各种店铺的门脸不再是一式的了。书店里面的前厅卖普通书，就是毛选啊什么的，后面还有一个房间，卖内部书，进这个房间需要有介绍信。但经过“文革”的那几年，介绍信可挡不住任何人，你可以在任何地方开到任何介绍信。

那时我在内蒙古插队，冬天回到北京。听说这个内部书店，说有

一些旧书被抛出来，赶紧找熟人朋友开了介绍信。书店管理不严，进去一看，我就傻了。那时不像现在，除了毛选、马列和人民日报的社论集之外，书店里没什么其他书可以读。可这里的书太多了。除了《歌德选集》，那套《席勒全集》也是那时的斩获。还有《陀思妥耶夫斯基全集》、《托尔斯泰全集》…… 德文的、英文的、法文的、俄文的，全有。当时我只会俄文。初中两年上了点儿俄语课。看到俄国作家的作品全集，我欣喜若狂。十卷精装本的全集大约十块钱左右，是一笔大钱，但并不是筹措不到，我都买了。至于这些德文的，虽然当时不懂，但绝对舍不得就这么交臂失之。当时就想，先买下来，然后再学。我就是借着这个机缘开始学德语的。去找同学买了外语学院为大学一、二年级学生编的四本教科书。然后向一位老先生请教，学发音。刚上了一两次课，就背着教材、德文词典、语法书和这几本诗集回内蒙古了。

学德语说来惭愧，完全是糊涂学法。拿一本词典就开始背，那本简明德语词典大概有两万个单词。就从第一页开始往后背，能记住多少记多少。同时开始学语法，变格、变位、框形结构和虚拟式…… 学完这四册也不知道往下学什么。就开始拿《浮士德》读。还有这一套，听起来有点奇怪的，是德文版的《莎士比亚全集》。后来学了英文，再读英文的莎士比亚，还是参照德文版读的。

当时我对外国思想和文化的接触，以俄国小说为最多。哲学思想上，读德国更多，黑格尔、康德或者马克思。歌德跟俄国文学或者英国文学不太一样，但跟德国哲学家也不太一样。他的《浮士德》跟普希金的《奥涅金》不是同种类型的作品。《浮士德》可说是近代精神的顶峰、全景和概观。通过《浮士德》，你会对整个近代西方的精神有一个相当集中的感受。我读这本书时才二十岁出头，那个年龄很有接受性，自己的精神世界还在塑造的过程中。具体受到什么影响，说不清，也许

陈嘉映的书房如同一个微型图书馆，藏书数目并不庞大，但所有的书籍都按照主人的阅读习惯依次排放好，随取随读。这套德文版《莎士比亚选集》便是其中的一部分。

也就是更倾向以全景式的眼光来看待世界。

歌德是位特别推崇希腊的作家，他的作品跟希腊精神有一种联系。你看英国小说，有一种道德主义在里面，简·奥斯丁，狄更斯，都有很强的道德主义。俄罗斯的小说，也有一种道德主义，比如《卡拉马佐夫兄弟》。但在《浮士德》里，你读不出强烈的立场，我当然不是说书中没有对道德伦理的思考和敬畏，但他更多的是将道德伦理放在人的整个生活场景中，作为其中的一个维度出现。这种气质就更接近于希腊精神。

说起插队，每个人有不同的感受。对我个人来说，那是生命中一个重要的时期。我十六岁下乡，二十四岁回来。相信对于大多数人来说，这个年龄段都是他精神成型的主要时期。对我来说也是这样。在塞北牧场的岁月相对于我童年的城市生活，整个生活方式本身就很新，它的塑造力就更强大。插队时认识了很多优秀的哥哥姐姐，他们读的书比我多，比我有见解，有本事。而且，当时生活在各方面都很直接，所有的体验都是切身体验。

回到北京之后，很快就上大学了。上大学，读研究生，有了个专业。读专业就难免会有工具性，总想干点什么，就不像以前那么无目的性。加上大学的环境本来就比较单调，所以虽然不能说精神从此就不成长了——实际上精神的生长从来没有停止过——但是如果单独拿出一段时间，说是最剧烈、最明显的成型，那还是插队时期。读这些外文书，读到好处，会忍不住翻译成中文，写写划划的。后来做学术，这个习惯也一直保持着。我并没有一开始就准备翻译《存在与时间》。也是像这样，觉得书中的有些段落如果能用自己的意思表达出来，似乎更容易理解，于是也就这样做了。

我当然支持多读经典，无论以什么标准来看，经典都读得太少。但我不相信我们能够通过读经典再造什么经典时代，为万世开太平不是人能做的，有一个远为强大的力量在支配着人类未来向哪里走。做文化理论的人很容易落入窠臼，认为自己已经透彻地看到这个时代的走向。在我看来，这些绝对都是自欺欺人。

（口述：陈嘉映 | 采访：吴晓初 | 摄影：李冰）

菩提树叶

何训田 作曲家

云起雾涌般的诵经声把何训田推到树下，那是菩提迦耶的菩提树，一棵向星辰无限伸展的树，一棵护持着无量虔诚之心的树，此刻，正在向风中飘洒树叶。他伸手向空中，这些曾经飘落在释迦牟尼头上使他修成正果的通天神物，也飘然地落在他手上。

很正常的树叶，很平常的外貌，他随手把它们放进了他的手迹《米囊书》中。

数年后，当他翻开《米囊书》时即产生一种莫名的感触，树叶已纯，手迹已真，两者都已脱胎换骨，此物随彼物悟道，彼物随此物修行，无需强迫，无需皈依，自然天成。

《米囊书》里的菩提树叶和四片树叶旁的手迹：

第一片菩提树叶：

巴德岗——集市2010.1.25

[§1]巴德岗是尼泊尔一座古镇，几千年的建筑一直保存到现在，路上有疾速行驶几乎顶着人背的摩托车和小轿车。大部分人说这

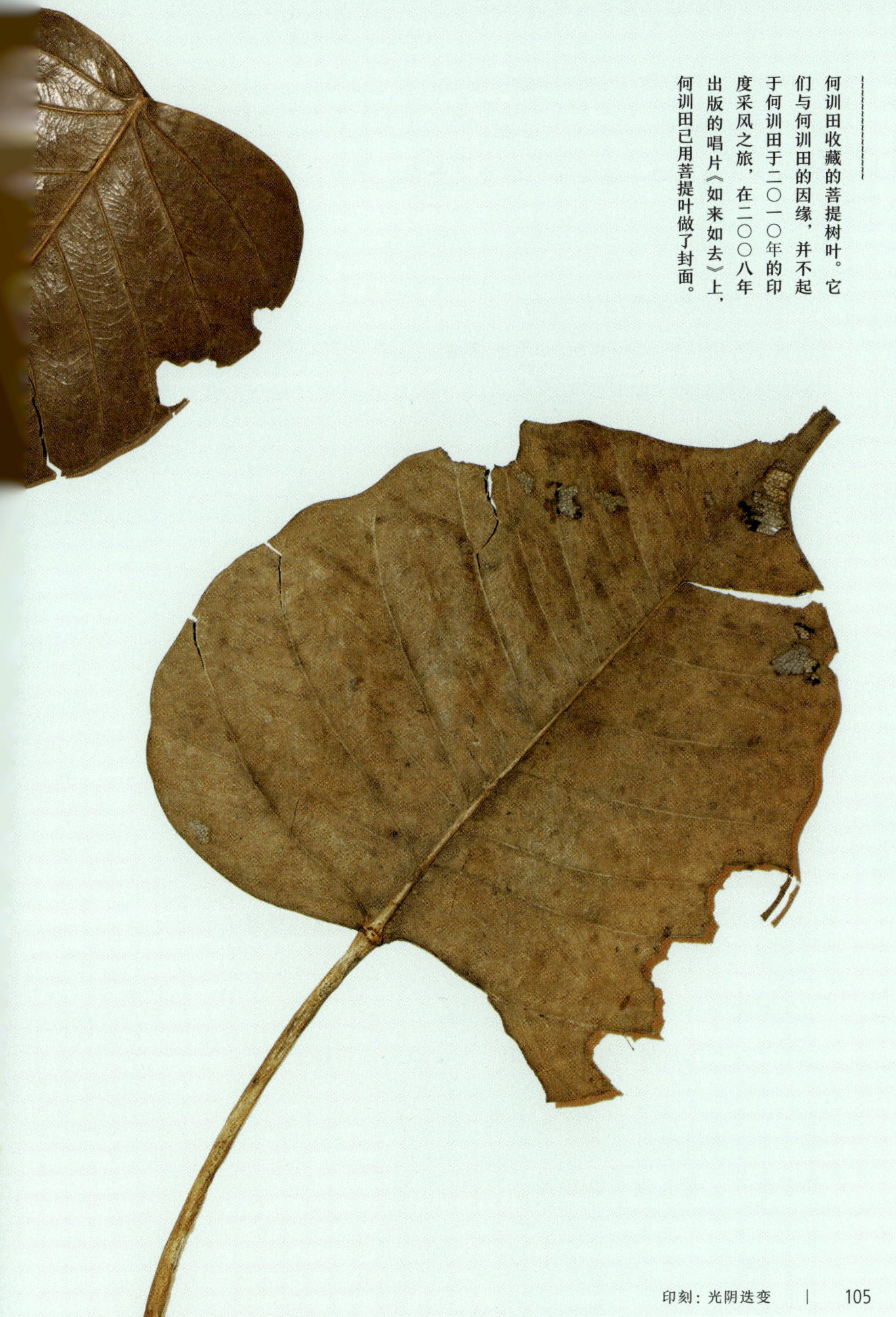

何训田收藏的菩提树叶。它们与何训田的因缘，并不起于何训田于二〇一〇年的印度采风之旅，在二〇〇八年出版的唱片《如来如去》上，何训田已用菩提叶做了封面。

些摩托车和小轿车破坏了古镇的面貌，我说正是有了这些摩托车和小轿车才将它从古拉到今。数千年来正是这些每天加入的一丝东西使历史贯通，缺乏它们的任何一丝，这座城市将凝固而无生命。

巴德岗——古庙楼2010.1.25

[§2] 从众惯性之强大让人无法摆脱，生存在那个惯性中的人也没有谁想摆脱，甚至连想摆脱的这个概念都没有，每个人在这个循环中空转。

加德满都——早餐2010.1.26

[§3] 东方人到西方去追新，西方人到东方来寻新，那些令他们销魂的新实在都是些陈年的旧。

加德满都——集市2010.1.26

[§4] 每个人都有自己的香型，每个人都能散发出自己的芬芳。

第二片菩提树叶：

那加阔特——早晨2010.1.27

[§1] 喜马拉雅山从来不讨好人类，人类却对它顶礼膜拜。

那加阔特——早餐2010.1.27

[§2] 对一棵松树说它长得不好，它会改变它的样子吗？

第三片菩提树叶：

博卡拉——斐瓦湖畔2010.2.5

[§1] 宇宙是源，这个源才是真正的传统，它与此刻和将来连成一体。我们现在说的传统实质是某些个体对宇宙感悟的私人文本，流而已。摆脱流找到源，就上道了。

博卡拉—— 斐瓦湖船上2010.2.5

[§2] 一位求道者，在他选择上师和路的同时，就决定了他今生是否能成道。

帕坦—— 集市2010.2.7

[§3] 不要独自走入森林，那你基本上出不来；如果出发前有人给你指了路，那你就永远出不来了。

加德满都—— 最后一顿晚餐2010.2.8

[§4] 作品像一个蛋，但不要人为地做一个蛋，那是假蛋。把自己蜕变为一只母鸡，真蛋就自然产生了。

第四片菩提树叶：

菩提伽耶—— 菩提树下2007.3.7

[§1] 佛陀的追随者们是些自作多情的人，若以佛陀觉悟的方式来觉悟，就傻了。

瓦拉那西—— 恒河2007.3.13

[§2] 你每天一定要清空一次，完全抹平，重新来，从最干净的状态开始。找回天真找回幼稚，去掉世故去掉老谋深算，将无数的触觉伸向各个方面，寻找自己的本原。

（撰文：迷言那 | 摄影：蒋小威）

「二十多年前的一天，敦煌艺术展来到香港，我去看展，走到一尊禅定佛前，瞬间被击中了。她的微笑，那么优雅、慈悲，又有母性的温暖，透露出放下世间万物的安静。人应该用那种状态活着。不，那种状态是人类达不到的。虽然只是一尊复制品，已足以令我震撼和感动。」图为莫高窟259窟的禅定佛，北魏，被称之为「东方微笑」（敦煌研究院提供）。

禅定佛

王胤
良友文化基金会创办人

我们这一代人最大的悲哀，是几乎都是无神论者。见到神佛没有敬畏心，拜神拜佛不过是有所求。可是，当我们解决了物质问题，妄想就开始越来越重，开始在物欲面前迷失，开始不满足，不快乐。

一九九〇年代，我在香港从事出版业，拥有发起了香港金像奖的《电影双周刊》，同时也在投资改造中影下属杂志《中国银幕》。在当时的我看来，电影集合了戏剧、影像、音乐、舞美等等最好的艺术形式，天天与电影打交道等于圆了文学青年梦，应该高兴。可是彼时的香港电影市场，繁荣背后又有其黑道横行、过度娱乐化乃至庸俗化的阴暗面，与我的初衷不符，诸多无奈。有一天，敦煌艺术展来到香港，我去看展，走到一尊禅定佛前，瞬间被击中了。她的微笑，那么优雅、慈悲，又有母性的温暖，透露出放下世间万物的安静。人应该用那种状态活着。不，那种状态是人类达不到的。虽然只是一尊复制品，已足以令我震撼和感动。

这一面之缘对我的影响并不是醍醐灌顶的。在那之后，我并未动念去了解佛法，依然沉迷在自我的妄想中。少时的我对电影《少林寺》

十分着迷，为此专门去学了武术。赚到一点钱后，我找到张鑫炎导演，请他出山拍《新少林寺》，幻想着能出演男主角。导演答应了，但建议拍成电视剧，主演要表现很多动作，他中意拿了十项全能冠军又与武术指导袁和平合作得很好的吴京。我心想自己十项里才练过几项，只得不吭声。就这样挨个角色否定，整个过程就像是导演在度我。到最后，导演说，所有人都换了，师傅就不换了，老演员于海身体还好。于是，我亮相银幕的最后希望破灭了。少林寺不接受拍摄，这部剧实际是在天台山的国清寺拍的。现在回想，当时的我们真的是毫无敬意，认为在寺庙拍片是在帮其做宣传，结果却被老方丈痛骂，说戏里让和尚吃狗肉、翻墙，玷污了佛门圣地。这部剧后来大卖，演员都成了明星，许多人捧着钱等续集。但与此同时，少林寺却成为愈发嘈杂的旅游、学武之地，我们也连带受到质疑。这件事对我的冲击很大。因为原先我认为自己做成了一件好事，而事实上，我们获得那一点利益的代价却是让佛门不得安宁，与其宗门教义相背离。

我重又回想起那尊禅定佛。狂妄的少年梦在这里转折。我意识到许多事情不能只顾一时的痛快和荣耀。不是说有了力量就可以狂妄地做任何事，不计后果。我放弃了再拍续集和其他相关题材电视剧，转而投入于纪录片的拍摄。从《台北故宫》到《当卢浮宫遇见紫禁城》，从《敦煌》到《千年菩提路》，用影像来记录、整理历史。并通过两个基金会——良友文化基金会、敦煌文化弘扬基金会——致力于传统文化宝藏的保护，汇聚善缘，护持修行者。

如今，我每日读经，但自觉智慧不够，未有皈依任何山门。在敦煌，每当我静静端详禅定佛真身，仍常会不自觉地泪流满面。人在少年时代总有许多狂妄的梦想。如今我领悟到的是要把有限的力量用来做对的事，有所不为。

（口述：王胤丨采访：严晓霖）

释迦牟尼佛铜像

郑希成
工艺美术师

盘坐，微笑——上午十点的阳光斜照里，郑希成老人的书桌上，摆放着这尊释迦牟尼佛铜像。一九五九年，供职总政文工团的哥哥从西藏演出后，带回了这尊小佛像，送给了郑希成。制作年代不详，郑希成觉得至少是民国以前的物件，“佛像给了我后，我很喜欢，但没多久我就把佛像头顶打孔，佛手作开关扣，放在俄罗斯带回的灯具上做成了台灯。”这个“台灯”，每当打开放光时，佛像的微笑很清晰，说不出的好看，常被访客称赞。

一九六四年，郑希成在工作之余到山西大同华严寺待了九天，临摹了很多佛像。“当时在庙里看到一个小佛像，很美好，很想要，真想要！但思想斗争了九天，最后没有拿。”他指的“拿”，是想偷偷把寺里的佛像偷走，“当时没什么人管理的，想偷走的话一定可以偷走的”。他最终没有“不予而取”。但也正是从那时开始，郑希成开始思考：“人为什么会有各种各样的欲望呢？为什么这么贪婪？为什么内心深处这么肮脏？当时还没有答案。”他当时一闪而过的贪念，让自己困惑了。

佛典《俱舍论》卷十六中说：“于他财物，恶欲名贪。”在佛教中，通常把贪、嗔（嗔怒）、痴（愚昧）作为人生烦恼三毒。彼时郑希成对此初有体会。时间飞快，转眼郑希成步入中年，娶妻生子。依然是那尊佛像，在每次开灯时，都能看到他对郑希成、他的家人以及访客的微笑。

一九七〇年代，郑希成经历了姥姥去世、二大爷（郑妻伯父）出家等事。郑希成的姥姥笃信佛教，一辈子为人按摩治病。郑希成清楚地记得有病人“抬着进来，走着出去”，姥姥直到九十多岁逝世时，经常接触按摩油蜡的手还很光滑。一九八〇年代，郑希成到全国各地参访宗教场所，“基督教、伊斯兰教的教堂，佛教寺庙，去了不少地方。慢慢地，开始对佛教越来越有好感，认为佛教教人的是一种思维方式”。郑希成说。佛陀曾说十六字偈：“诸恶莫作，众善奉行，自净其意，是诸佛教。”郑希成慢慢琢磨出味道。一九九〇年代，很偶然的机会，郑希成夫妇结识了儿子中学同学的母亲赵晓梅。“赵晓梅从甘肃兰州搬来，那时候班里同学老欺负他儿子，我们的孩子就为他出头。”两家人的关系逐渐密切，来往渐多。当赵晓梅看到郑希成佛像改造做成的台灯后，直接告诉他：“这对佛不敬。”郑希成听进去了。他从象牙厂找来做雕刻的余料——铁力木，以及一些泥塑工具。铁力木硬度很高，沉于水底，常被用以制作船体桅杆等。他把铁力木填充到他曾经在佛像上打的孔里，小心修补。几天后，佛像恢复了二十年前刚来到郑希成家中的模样，几乎看不出修复的痕迹。此后，郑希成便将佛像摆放在床前。

在佛像复原的过程中，郑希成也开始对佛教有了更深入的认识。一九九〇年代中期，经赵晓梅介绍，在黄寺，郑希成于青海来的一位活佛座下皈依佛教。不仅仅是对佛教、佛像发起恭敬之心，郑希成这么多年悟到的，还包括按照佛教教义身体力行，去约束自己的欲望，找回人人本有的佛性自性光明。

（撰文：月牙 | 摄影：刘刚）

十方鞋

陈景展
全真龙门派第三十二代焚修玄裔弟子

“道人脚底片云生，欲作逍遥物外行。尽把黄尘衣上拂，却将明月杖头横。”这是金代于道显先师的诗。

道人脚底的鞋有很多种，双耳麻鞋、单耳麻鞋、十方鞋、圆口鞋、云履等等。我的这双叫“十方鞋”。黑色的鞋帮上，嵌着十片白布，代表了四正、四斜与上下。身如幻驱，烟霞为伴，十方是家，贯通着十方路，也代表了舍小我，存大众，悟真常，誓与大道同心，衔接十方生灵。

年少时，我每日坐在武当山紫霄宫门前，观世事短暂如幻，心生出家之念。而后，我入玄门，习仙道，一晃七载有余。

我的鞋，破过很多。这一双，只是漫漫路途中的一段回忆。路途勾连着远方与未知，随着行走，一直在增长。那不仅是地理上的路，也是心灵成长之路。每段修行的岁月，我都会用相机拍一拍自己的十方鞋、袍边和正在踏着的路。这些沉默的照片，折射出昼夜、阴晴、城乡和季节的变换。对别人而言，这些普通的道路也许没有意义，但对我而言，则是全部。因为修行的一切，都在这样平凡、寂寞、孤独的过程中进行着，没有声响。

我独自走进孤山。山上没路，只有雨水冲刷形成的自然痕迹。我坐在山头，看着雾气翻涌，漫过灌木和草身往上喷薄。我站起来，除

了脚下，四周全是无边无涯的淡蓝色…… 仿佛置身太空。

我独自钻进古洞。火把熄灭、手电筒坠落，在黑暗和寂静中，我找不到出口。那一刻，我知道了珍惜生命中的一切，体验到了光明和永恒的存在。

参访，于道人而言，是寻找自身生命的道路。我们渴望跟有见地的道友交流，有时是刻意寻访，有时是偶遇，修行惜修行，一两句相投，便宿夜长谈。一同面对那苍莽的松林、嶙峋的山峰怪石、璀璨的河汉群星、茫茫无极的虚空，一同感受神明的眼神和生命的至真。

通过这些年的参访，我在很多老道长身上看到一种普遍存在的传统。那些体现在修行境界和道学素养上的传统，是我们80后年轻道人难以企及的道炁和精神。我愿穿着这双十方鞋，去寻找祖师留下的真脉，去衔接传统和现代，去衔接古老和未来，去衔接东方与西方，去衔接心灵与宇宙。

我们出家人，霞云野鸟为伴，林泉怪石为侣。吃的是十方饭，穿的是十方衣，踏的是十方鞋，走的是十方路。十方鞋，它无悔地承载了我们身体的全部重量。在这个浮华而喧嚣的时代，它伴着沉静的行走，让我们将自己的生命付诸寂寞，帮助我们为众生铺就一条畅通无碍的道路。愿更多有情人跨上法桥、渡上法船，早出迷津，早登道岸。祖师偈曰：

步步随吾不记年，往来踏遍旧山川。
从今不踏泥共水，一任双飞过碧天。

道不贵言。“行之” 这个词也许可以诠释我全部的人生。这双十方鞋，陪伴在我脚底走了很远，但它却又像是刚刚开始，因为修行的路永远没有尽头。

（撰文：陈景展 | 摄影：李冰）

菩提子

尹鹤庭
悠季瑜伽创始人

大卫·里恩的电影《印度之行》有句对白，一个英国女孩在印度完全迷失了，有个睿智的老太太对她说:“孩子，这很正常，因为印度让你面对自己。”

二〇〇三年，我第一次踏上印度，直奔瑜伽之都瑞诗凯诗。在那儿度过了七天，全神贯注于瑜伽的练习，对自己的反观。可以说就在这七天里，我发现了瑜伽。

我的印度之行，并不是一个偶然。我就是去寻找我是谁。到达瑞诗凯诗的第一天，我在一家小店发现了金刚菩提子。也许菩提子在手上，会是一种陪伴。它是特别小的珠子，珠子的表面像山川，像河流，那种景观是无限的，可以说万象在其中。戴上它的那一刻，我不会想到，它和瑜伽都将成为我生命的一部分。

我很信奉文明，我觉得人之所以困惑，是因为人狭隘了，被桎梏了。而能把你从这个险境中带出去的，一定是一个强大的文明力量。在印度，你可能看到的会是肮脏、泥泞、贫穷，但当你内心变得平和，你所见的则是非清洁状态下的自在，以及并不是富裕状态上的享

受。你会发现，原来幸福和快乐没有那么复杂。同样的小镇，同样的人群，从第一天的沮丧到第七天的阳光灿烂，我第一次意识到，境随心转。其实人的一生可以有很多媒介关系，随着你的不断探寻，你的媒介关系就会被不断拓宽。而瑜伽带给我的这种连接，让我感受到什么叫“得天独厚”。在瑞诗凯诗，我得到她的沐浴和洗礼，让我在七天的时间经历了重生。对我来说，这串菩提子恰好见证了我的重生。

我觉着生命本身非常享受，我越来越自由。我们的生命并不是由他人、由旁边的事物决定的。任何事都是双面的，只要你有一个更高的时空感，一个更广阔的角度，一颗更平静的心，再加上一点点时间，你会发现任何事情都是中性的。那是多大的自由啊！那时候你是没惶恐的！所以当你最大程度地摒弃杂念，在一个平和状态的时候，你会发现我们是如此智慧。当你不再受利己的、物质的、急功近利的、患得患失的这些负面情绪所束缚，你的生活充满创意，创意并不独为艺术家所有，我们每个人都是出色的原创者！

十年了，瑜伽以各种方式成为了我生命的一部分，无论是生活还是事业，是行动还是意识，是陪伴还是教育。而这串菩提子，也一路陪伴着我。

十年的朝夕相伴，尹鹤庭感叹串起这些珠子的线却从未断过。

（口述：尹鹤庭｜采访：周轶｜摄影：刘一纬）

手稿与审稿记录

《紫禁城》文化艺术月刊

步入故宫东华门，拐入通往东北角楼的小路，绕过原来的养马场，一排小院门口挂着“故宫出版社”的牌匾，便是已经创刊三十四年的《紫禁城》杂志编辑部所在地。五个并排的小院原本是配合宫里的戏剧演出而建，“每当宫廷要上演大戏，演员数量众多，没法都在后台候场时，群众演员就会在这些小院里收拾停当，通过高墙上一扇连着内庭的小门进场。”前《紫禁城》杂志执行主编、故宫出版社资深编辑朱传荣老师一边缓缓走过小院与宫墙间的青石板路，一边说。在没有演出的日子里，小院也堆满了各色服装道具，是整座紫禁城所有演出的大后台。现如今，安家落户在此的《紫禁城》杂志，则是将故宫内外流淌着的文化与历史、人与事、器与物以隽永的方式传播。

《紫禁城》创刊至今，不得不提两个人，一个是第一任主编刘北汜，一个是推动故宫出版的院办公室主任吴空。

一九七八年，中国逐渐有了改革开放的复兴气象，故宫博物院内的学术研究氛围开始重新形成。此时，曾经在大公报社担任要职，有多年采编经验，但已年过花甲的作家、老报人刘北汜先生被调入故宫博物院，承担起这座曾经的皇城、如今的大博物馆的出版工作。一九七九年，《故宫博物院院刊》复刊，第二年，创办了《紫禁城》双月刊。

如果说《故宫博物院院刊》是一份学术性刊物的话，那么从最早期的《紫禁城》可以看出，曾经主编过大公报社副刊《文艺》、《大公园》、《读书与出版》、《戏剧与电影》、《文化生活》等，对文化与生活涉猎颇广，又曾在西南联大师从沈从文的刘北汜，一直致力于把这份刊物办得可读、有趣。比如著名的话剧演员于是之曾经给《紫禁城》写过一篇文章——《我每天在故宫中行走》，源于于是之先生家住东城，一度在西城上学，若从故宫中穿过，从东华门走到西华门，会是比较近的路，于先生便有了每天在故宫中行走的经历。从他的角度看故宫，既吸引人，且有独特性。

故宫博物院研究馆员、清代宫廷史专家刘潞曾经回忆与刘北汜先生共事的细节，表示他既学术渊博，极有才华，且是个工作狂，对两份刊物倾注了极大的心血，又完全没有架子，遇到问题有求必应，这一点从故宫研究室，也就是《紫禁城》前身的工作人员合影中可以看出，那张旧日影像中，刘北汜先生和其他几位德高望重的专家都站在后面，也没有排座次，只露个小脸，前两排都是年轻工作人员，完全不像今日一些机关单位合照，必在第一排搁上座椅请领导按主次先入座。

由于《紫禁城》创办初期由香港汉文化发展有限公司出版发行，一九八五年改由日本国际通讯社的华侨黄远竹先生投资、香港江源文化企业公司出版，有了这些外界的“血缘关系”，《紫禁城》一开始是一本繁体字刊物，对于这一份讲述故宫及其相关的历史遗存、历史掌故、古建园林和文物知识的杂志来说倒非常合适，并且从第一期开始就在内页设有铜版纸印刷的精美彩页，且有广告。由于定向在日航上投放，广告都是中国香港、日本的企业或品牌，这对于一份一九八〇年创刊

（右图）《紫禁城》编辑部里，保留着当年（九十年代初期）办公自动化实现之前，撰稿人投来的手写稿件。每篇稿件上还留有当年总编刘北汜的审稿意见。

的杂志来说，可算相当“洋气”了，早期杂志中还能见到张曼玉年轻时拍摄平面广告的笑靥。朱传荣老师回忆，当时杂志上有一则毛衣广告，模特以一种略带挑逗的姿势半斜靠墙上，露出略带轻蔑的表情，现在看来实在太稀松平常，就是“扮酷”而已，但在当时看来还属于惊世骇俗的范畴，“最起码不好好站着，姿势眼神都不对”。这广告在当时还引起过小小的波澜，但改革开放后对市场化的事物不是排斥而是接受，于是乎，越来越多的媒体上也能见到这类广告了。

难能可贵的是，这并不是一本时尚刊物，更不是百姓读物，而是讲述历史、古董、工艺、建筑甚至文学的高端文化类刊物，时至今日看来，仍然魅力无穷，可见高雅与潮流，至少在《紫禁城》是相得益彰从不冲突的。

《紫禁城》创领出文化刊物的先锋模式，除了刘北汜先生和黄远竹先生，他们身后另一个名字更加不能不提，即曾在国务院秘书厅办公室担任秘书工作，一九七四年被调入故宫博物院，后任院办公室主任的吴空先生。吴空出生于天津世家，他的父亲即新中国早期书画鉴定权威之一的韩慎先，“夏山楼主”名号更为人所知。在家庭环境的耳濡目染下，吴空对文物、古建及宫廷历史有极大兴趣，可以说故宫博物院两本刊物的复刊和创刊，都由他积极奔走促成，刘北汜先生也经他特地邀请来任主编。一九八〇年，吴空就组织将美国华侨翁万戈与故宫博物院研究馆员杨伯达先生（后任博物院副院长）合编的《故宫博物院》，出版了英文版，使故宫第一次以大型的出版物打入海外市场。之后又和香港商务印书馆合作，先后策划出版了《紫禁城宫殿》、《国宝》、《清代宫廷生活》等三部大型画册。这三部画册的发行受到海内外的重视，也是故宫博物院有史以来出版的最精美的大型画册。《国宝》甚至

曾经长期作为国礼赠送给外宾。

朱传荣老师的父亲，即故宫博物院研究员，著名的文物专家、清史专家和戏曲研究家朱家溍先生，是《国宝》的主编。“编《国宝》时与香港商务印书馆合作，我父亲第一次知道出版社还有‘市场推广部’……那次工作对他来说很多东西也是第一次体验，比如上午主要拍照，出现的藏品都必须有专业的高清晰图像，下午整理所有条目，非常有条理。当时商务印书馆的经理和总编辑陈万雄先生，希望创一个纪录，让这本画册成为每一个中产阶级家庭客厅的必备之物。”

问及朱传荣老师，对《紫禁城》杂志来说，最珍贵一物是什么，她回答说：“当然就是这座城。这本刊物办到今天三十多年，目的就是用这样的方式，把城打开，让人知道这座城，让人懂得这座城。”

（撰文：胡斐 | 摄影：刘一纬）

玻璃字画

刘道玉
教育家

我是一个非常普通的人，既没有超人的智慧，也没有显赫的能力。实事求是地说，我的本事不大也不多，倒是真情不淡也不少。我之所以能够走到今天，在学术与工作上取得了些微的成绩，全靠“勤”和“俭”二字，它们是我毕生恪守的两个信条，是我不懈前进的动力。

“勤”自然是勤奋、勤勉和勤劳之意。宋朝邵雍在《弄笔吟》中有“将勤补拙总轮勤”名句，后遂成“勤能补拙”的成语。我出生在贫穷落后的农村，是在私塾接受的启蒙教育，识字以后背诵的头一篇唐诗就是李绅的《悯农》：“锄禾日当午，汗滴禾下土。谁知盘中餐，粒粒皆辛苦。”我是经历过“劳其筋骨”和“饿其体肤”的人，深知农民的艰辛，粮食的匮乏。环境的艰难使我从小养成了勤劳和俭朴的习惯。这些朴素的素质，对我日后的学习，起到了很大作用。实际上，我的全部求学之路，就是贯穿由苦学到巧学再到博学的过程，这些都是建立在勤奋的基础上。

俭是俭朴、俭省、俭约之谓也。俭是一个人重要的品德之一，诸葛亮在《诫子书》中有“俭以养德”的名句，这说明俭朴不仅仅只是生

一九八八年，刘道玉被免武汉大学校长的职务，武大几位教师自费赠送给他这幅玻璃镶嵌的字画。

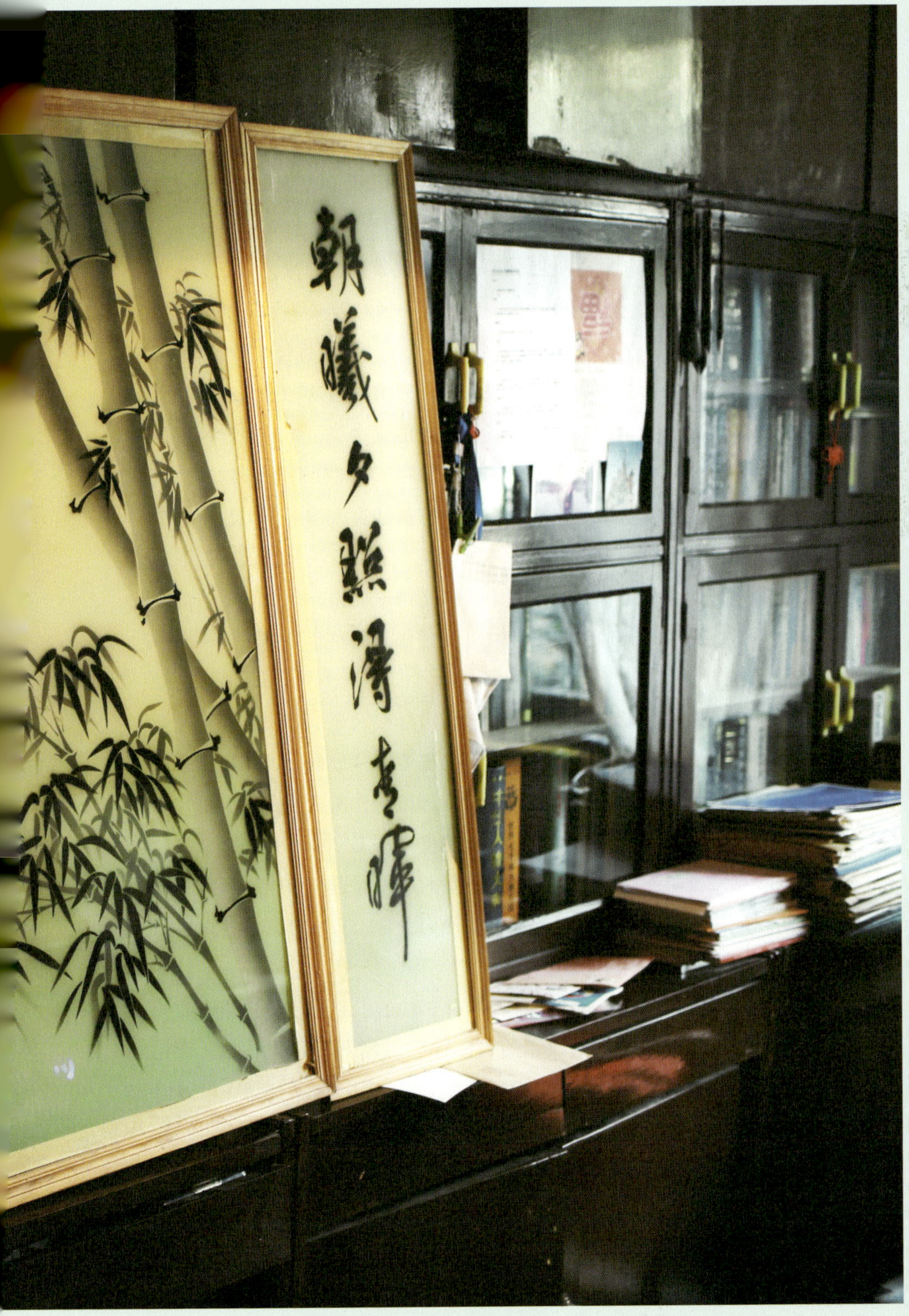

活上的问题，更关乎人们的德行修养的大事。同样地，由于从小经历太多的苦难，自然养成了节约的习惯。在参加工作以后，即使经济和生活条件有了极大的改善，我依然以俭朴严格要求自己，一把简易塑料的剃须刀使用了四十年，一件衬衫穿三十年，一支圆珠笔杆也使用十年。在日常生活中，自觉做到不浪费一瓢水和一粒米。我认为，即使是一个亿万富翁，他也没有权利浪费生产和生活资料，因为人类的资源越来越匮乏，保护和节约物资资源是人类共同的责任与美德。

参加工作以后，我被派往苏联留学，回国以后从一个普通教师一步一步地走上了大学校长的位置。一个人地位变了，但思想作风不能变，我依然恪守“勤”和“俭”二字的传统。我被任命校长以后，学校总务处给我家中送来一副沙发，说在家接待客人需要，但我把它退还给了学校。学校说要给我配专车，我说不需要，我坚持走路上下班，到省府开会我骑自行车往返。我之所以坚持这样做，是为了联系群众，在上下班的路上，教师和学生随时可以拦住我反映意见，这就不会产生官僚主义。

在上个世纪八十年代，教授们的住房都很狭窄，即使好不容易新建几栋三室一厅的教授楼，人们都眼巴巴地等待分配。为此，我三次把分配给我的三室一厅的住房让给其他教授，并说全校比我年纪大的教授没有住上三室一厅，我就不住教授楼。在工作中，我坚持亲力亲为，所有发言稿不让人捉刀，坚持面对面地领导，尽可能地到基层解决问题。凡是教授有事找我，不能要他们劳步，我亲自去家访，当面解决他们的问题。

解放思想和改革开放，是一九八〇年代的主旋律，我真诚地拥护改革，身体力行地投入到改革的大潮中去。我亲自到基层调查研究，在教室坐着拐手椅开座谈会，支持教师与学生们改革的建议，大力倡导自由民主的校园文化，实行了学分制、插班生制等一系列崭新的教学制度。当时，武汉大学的改革在全国引起了强烈的反响，媒体称珞珈山（学校所在地）是“解放区”，武汉大学是中国高等教育战线上的“深圳”。

俗话说“树大招风”，由于武大教育改革的影响太大，引起了国家教育部前主要负责人的不快。他利用手中的权力，在一九八八年春节前夕，以突然袭击的方式免除了我的校长职务，并剥夺了校长应当享受的待遇。消息传出，北京几家媒体准备组织南下“声援团”，武大的干部和教师也准备组织北上“请愿团”，但在官本位的国度里，这一切都是无济于事的。

但是，教师们有权对一个改革者表达他们的敬意。这年春节期间，几位教师自费给我赠送了一幅玻璃镶嵌的字画。它是由一副对联和一幅墨水劲竹画组成的，以行书写的对联是：“朝曦夕照得春晖，清风细雨见高洁”；几枝劲竹中间写有“高风亮节”四个字。这是一份珍贵的纪念品，是对我勤政亲民和励志改革的认可与奖赏。尽管我因被免职失去了很多，但有这一份珍物，我已足矣。这份赠品，我已经保存二十六年了，还将永远作为珍物保存着！

（撰文：刘道玉 | 摄影：邱焰）

故乡的酒

导演 贾樟柯

我是山西汾阳人，当地有个说法，所谓“黑白两道”。黑是指煤，白指白酒。有时大家相互开个玩笑，就说，我们山西人就是要黑白两道。白酒是汾阳的支柱产业，也是人际关系里相互沟通的重要方式。我跟酒的交道打得很早，据妈妈说，应该是五岁之前，来家里做客的朋友，用筷子蘸了酒给我喝，结果呼噜了一下午。差不多开始偷偷跟朋友喝酒应该是高中开始的，在那样一个封闭的县城里，最快乐的事，就是大家坐在一块喝酒。最夸张的一次是全班所有的男生，周末带了菜，在教室里喝酒聊天。县城成长起来的孩子，对酒很感兴趣，对赌也感兴趣，所以我们有句话说，酒越喝越厚，钱越赌越薄。我很怀念中学时代那些喝醉的时光，它代表我们对未知和未来的惶恐。那时我们一无所有，能够感动彼此的只有友情，它让我们对这个世界不那么惧怕。

我偏爱这些翻涌着情绪的时刻，爱下一刻的茫然未知。我所拍摄的电影，很多根本不是计划的结果。对我来说，一部作品的产生必须开始于剧本的写作。想要表达的愿望会在某刻变得强烈。摊开稿纸，

山西汾酒。喝酒的过程里，人会有一种超常的亲近感，一种超常的倾诉欲望。这些都是酒赐予我们的。

打开电脑，但仿佛迷失了。我能感觉到我正在召唤我自己，另一个我在告诉我，要倾听自己。我并不是个痛苦的人，生活中倒是总很容易释然。然而那种焦灼，是一种在庸常生活中突然遭遇诗意的渴望。坐下来，用影像去遭遇那种诗意。那种感受一时很难用言语表达。所以我觉得，阅读和写作是人应该保持的生活习惯。它们不应该被认为是职业性的活动。它是人类普遍应该拥有的生活方式，当我们不阅读时我们有很多局限。事实上我们突破不了自己的局限性。那么，阅读不同的书籍，实际是跟不同的头脑交流。生活时常将我们隔离在一个理解情感自我的过程之外，阅读和写作是理解自己内心情感的途径。是人类与生俱来的，了解、感受自我的需要。所幸我自己一直在保持阅读和写作的习惯。

我的电影有一个特质，是在关注变化。我觉得这种特质不是我所独有的，而是一种人类的普遍。人类一直在变化，所有那些有生命力的艺术家，不管是什么年代，都在质询着这个世界的变化。从历史的维度上去理解创作，敏感的创作一定面对时代的变革。比如小津的电影里充满了那时的变革，包括物质，包括新科技给人带来的影响，铁路，发电厂，还有战后日本社会的迷茫。这种对于世界的敏感，在我最初的生命体验中，来自于大自然，我觉得人应该少惦记人的东西，多看动物，看万物生长，看春去秋来，关注过这些东西，感受过这些东西，就比较容易爱自由，再跟人相处，就比较容易平等。我的家乡不是什么典型意义上的山清水秀，但从小还是保持了跟自然的紧密连接，县城很小，没太多娱乐，在旷野里躺着看云飘一下午，就是特别大的娱乐了。

大概两个月前，《中央车站》的导演沃尔特·塞勒斯来拍摄关于我的纪录片，他跟我一块回到我的老家。有天晚上，我请好久不见的老朋友吃饭，他也跟着一块去了。我们喝酒，喝很多酒：汾酒、竹叶青和红酒掺着喝，最后大家都醉了。这场聚会最后演变成一场热泪盈眶的打架。巴西导演紧张坏了，问我说，你为什么不制止呢。我回答他，因为大家打得都很愉快，这就是我们沟通感情的方式。

（口述：贾樟柯 | 采访：吴晓初 | 摄影：刘一纬）

《拼贴城市》复印件

童明 建筑学者

位置大概就在靠窗某排书架的走廊一侧的倒数第二层，一般人很难弯腰去看到它。那时我刚刚完成博士阶段的所有课程，基本上也就空闲了下来，于是差不多每日都会花半天时间泡在图书馆的专业书库中，努力成为一名勤勉的学生去弥补一些专业方面的空缺。同济大学的图书馆在当时全国高校中是为数不多的高层建筑，处在第八层的外文资料室平时基本上没有什么人，靠近窗口的一个角落就成为了我的一个专属地盘。

在当时的条件下，所谓专业对口的原版图书在库房里也就是这么几排书架，而且大部分都早已过时，属于随意翻几页就可以放下的那一种。要想找到一本好书，就只能在清一色的黑色硬壳封面中慢慢去淘了。忘了当时是怎样摸到这本印有"Collage City"烫银字体的书的，只觉得标题有些似曾相识。随手翻到第一页，就被那张由各种奇怪的建筑平面图所组合而来的城市地图给电了一下，旁边就简单配着"拼贴城市"的标题。从这张图形中，依稀可以辨识出以前在建筑历史课程中学到过的各种建筑，奥林匹亚的露台剧院、罗马的竞技场、佛罗伦萨

科林·罗（Colin Rowe）的《拼贴城市》（*Collage City*），是对现代主义一次里程碑式的反思。虽著于上世纪七十年代，仍能警示当下中国的城市现实。

的乌菲齐、柯布西耶的马赛公寓…… 这些毫无关联的平面图以一种貌似随机的方式组合在一起，形成了一张天衣无缝的城市地图。跟着这一瞬的好奇心，接着往下再翻阅文字，就立刻感受到了一种难以卒读的晕眩。

后来我才知道，这本高深莫测的著作主要是用来针对现代主义建筑以及它所孕育出来的现代城市的立足点进行寻根问底式的质疑，主要作者则是二十世纪最为杰出的英国建筑理论家Colin Rowe，而在当时，他的理论对于国内的建筑界还几乎是个空白。

于是整个下午我就处在一种燥热之中。《拼贴城市》的写作语言所采用的都是一种极其晦涩的方式，经常大半页的文字实质上就是一句话，得花上好一阵才能理顺句型结构，而其中又没头没脑夹杂着许多从未接触过的特定名词与专业术语。面对这样一本天书，当时就感到即便茫然也得要坚持下去，于是就很本能地将它夹在大衣里从图书管理员旁边混了出来。那时复印机在学校里还是一个稀罕物品，好说歹说央求了同宿舍的同学去他的实验室连夜翻印了一本，就这样，它成了我的一件珍物。

在接下来的五年中，这个复印本始终随身携带，如果没有什么特别着急的事情，每天早晨的七点到十点钟就成为了与之搏斗的时间。翻译就是为了阅读，每天翻过两页已经实属不易，但是往往即便每条词语都已经查阅清楚，也还是难以知道作者想表达什么，于是又开始第二遍、第三遍…… 同时还得去查询那些没完没了的线索著作。说来有些惭愧，尽管后来翻译好的《拼贴城市》得到了出版，作为译者的我，迄今仍有许多地方解释不清，然而这种习惯却是留存了下来。至于图书馆，毕业留校后我就再未进入过一次，必定很多空间都已经经过多次改动。但愿八楼的外文资料室仍然还是老样子，而那本黑色硬壳的原版书，仍然静静地躺在倒数第二层的书架上。 （撰文：童明 | 摄影：祝君）

三影堂模型

荣荣&映里
摄影家

一开始，我们各自拿着照相机拍摄，但是出于共同进入创作状态的需要，渐渐地我们开始用同一台照相机拍摄，并共同走进同一个世界里。

在去敦煌拍摄回程的飞机上我们俩决定共同进行摄影创作，并约定以“荣荣&映里”的身份进行今后的摄影创作。同时，我们感觉到今后的人生也要携手相伴了。

于是，二〇〇一年我们俩开始了在摄影中寻求自由、破茧重生的旅程。我们俩曾经有一段被摄影追逼到穷途末路、作茧自闭的经历，而从这时起，缘于摄影，我们再次找到了通向外界的路。相机成了我们的“第三只眼睛”，引领我们携手奔向外部世界。

摄影引领我们来到独自一人所无法表现的世界。我们“一直在寻求的美”就在风景的前方。而那里有我们两个人的身影。我们获得了两个人一起才能够获得的共同的世界观，并选择与之“同步”向前行进。我们超越了“导演”的角色，既非被拍摄对象，又不是拍摄者，如同风景一般存在于此时此地。这是一种难以用语言表达的快感。而无法凭借

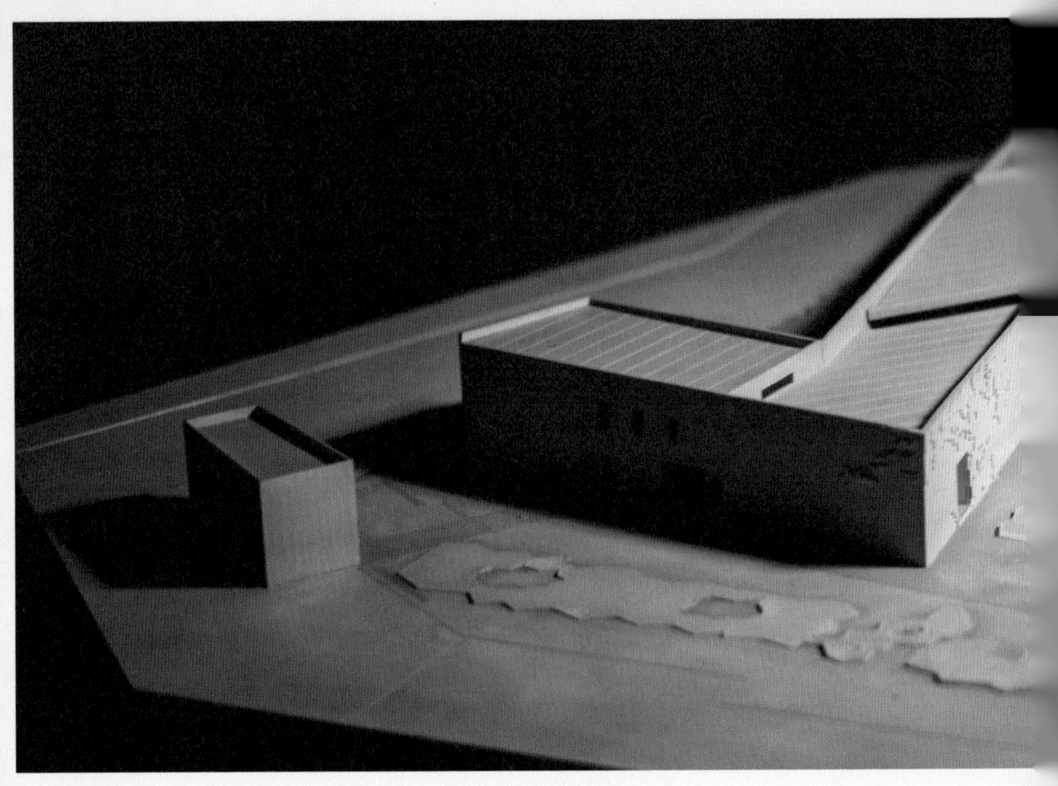

语言来理解恰恰是值得庆幸的事。

以富士山为主题拍摄的系列作品中，富士山无法为双眼所见的强烈存在感让我们感到一种莫名的焦虑，带着这种焦虑，在眼所不见的世界中我们感受着自己想象中的美，创作了一系列的摄影作品。这个系列，通过有意识地与自然共同创作，让我们能够不再强加自我意识，而是开放自己接受事物的自然状态与自然同化，这种体验对我们之后的摄影创作产生了影响。

六里屯的生活可以说是世外桃源般的生活。那段生活的残影，至今仍带着梦幻般的色彩。然而，我们在六里屯共同生活的时间其实并不长。当时我们没有钱，节衣缩食，省下来的钱几乎都用在了买胶卷、

三影堂创办自二〇〇六年，这是被荣荣&映里珍藏的模型。

显影药和相纸这些摄影用品上。得益于当时的清贫，我们当时的生活只有摄影，其他一切全无。在北京的四合院的家中，闭门一心专注于我们的摄影生活。

二〇〇一年秋开始，我们参加了奥地利政府发起的为期三个月的驻地艺术家项目，三个月后回来，从机场回家的路上，我们置身于令人难以置信的光景中。从机场坐出租车驶向家的方向，一路上，风景在崩裂瓦解着。仿佛遭受过空袭一般，我们的家，乃至街道，整个区域崩塌了。原本一条路直通到底的街区消失了，我们自己的家的样子映入眼帘的时候，我心往下一沉，瘫倒在地上。从此我们被迫搬迁失去了家。

当时我们切身感受到自己身处中国巨大变化的洪流之中。周围的风景一边发出吱嘎吱嘎的声响一边瓦解崩落然后又重新崛起，在中国无论拆毁还是建设都是不作围挡的，所以一眼看去不知道是在拆还是在建。处在建设的过程中的风景却会生出废墟般的样貌。真是可怕而混沌的风景。尽管如此我们却没有客观地拍摄不断流变中的都市风景。因为我们没有从中看到自己的影子。

我们，只能够拍摄自己的生活以及与之相关的东西。仿佛在呼应社会发生的巨大变动一般，在那几年之间我们的生活中也诞生了新的生命，起了巨大的变化。我们入住草场地不久，第一个孩子就出生了，有了建立三影堂的构想，三影堂建成，第二、第三个孩子相继出生。"草场地"系列是在这样的变动中诞生的作品。我们的生活中常常会面临再开发和拆迁问题，因此我们总觉得"家"是与居住其中的人一起在变化的，有时会寂灭，正如一位生命时日有限的家人一样。

三影堂是我们俩创生的摄影交流的舞台。无论当时还是现在，中国都还没有发挥摄影美术馆功能的空间，三影堂在这样的环境下不断成长成为独立开展活动，在海外获得重要评价的艺术场所。对于我们来说重要的一点是，这个摄影艺术中心的存在，对我们是在摄影表现上的一次挑战。今天，我们活动的场所扩展到其他公共空间，或者说我们不断被邀请到这些空间。然而三影堂是原点，我们在追求摄影的新的可能性的时候创造了这个空间。

不断确定彼此是对方人生不可或缺的人，并不等同于秘密地厮守着两个人的世界，我们也是从那个时候开始感觉到这一点的。与他人共有我们的世界，允许他人的介入，这样也许能够生出更为强大的世界。带着对于这种无限扩大的可能性的期待，我们选择了"三影堂"这个名字。

（撰文/摄影：荣荣&映里）

片刻黑暗

杜庆春
影视艺术学者

我很少收集纪念品，这点和做电影其实非常冲突，电影本身像纪念媒体，它所保存的那些已经逝去的时光太强大。所以，我反而非常怀念黑。那个一丝光线都还不存在的世界。那是所有的起点。等到光线射入，物呈现出来，遗憾就也跟着出现了。

电影理论本身就是某种悖论。今天电影的学术研究几乎是纯粹的学院学术。研究本身如果不能让思考者前进，话语生产质量本身就会下滑。最近这些年来，本土理论的话语生产，几乎没有令人激动的地方。既然它本身不那么重要，又失去了激励机制，人就自然地会去做别的事情。至于什么样的理论生产是良性的？我觉得如果这个领域的理论生产，和这个社会的进程保持某种紧密的联系和介入性，与此同时又能保持独立的身份和姿态的话，那么这种理论生产就至少是有意义的。而现在，并没有什么新的激动人心的理论资源，现有的思想资源大多都来自于几十年前，而我们的命题本身是不是能够和它的时效性拉开距离，以达到那种反思之后所应该具有的深度？我们讨论的是电影的什么呢？我们的电影能讨论什么？我们还可以依赖电影探寻人

「我常常怀念黑。那个一丝光线都还不存在的世界。那是所有的起点。等到光线射入，物呈现出来，遗憾就也跟着出现了。」

类感情中哪些本质的问题呢？新技术产生了，但我们难道仅仅从技术的维度去讨论3D和CG技术吗？反过来说，对于这些新技术的讨论如果仍然仅仅停留在旧的、电影自身的美学讨论框架里，那么又没有意义了。因为这些技术和新的电影形态已然指向了后电影娱乐消费社会和某些人类的精神状况。

我们这代人是一九九〇年代初进入北京电影学院学习的。那时学习电影在某种意义上是纯粹对于电影的热爱。当时的电影观摩，每个星期看两部进口片。我还记得，如果偶尔有一部好莱坞电影的话，大家会觉得是对观看者的轻蔑。这些进口片其实还是以上世纪五六十年代的大师作品为主：费里尼、安东尼奥尼、塔可夫斯基、戈达尔、伯格曼…… 电影院的大银幕放的几乎是这些。那其实是二战之后艺术电影高潮的场域。而我们依然沉浸在那个其实已经过去的时代的氛围当中。其实一九九〇年代初，世界电影的格局发生了很大的改变。或者说，艺术电影已经远离了它的高峰，开始下滑。

与此相比，中国的电影现实完全是另一个样貌。那时作为商业放映用途的中国电影可能正好走到了它最低谷的时期。全国大部分的电影院几乎全都改头换面成了台球厅或者家具展厅之类。全国每年的电影生产一共只有几十部，并且其中以主旋律电影为主。这种现实与电影学院内弥漫的气氛，无论是从美学趣味的层面来说，还是与现实的接轨程度来看，都完全背道而驰。这让学电影变成了特别怪异的事，你在学一个没有用的东西。电影学院毕业之后，无电影可拍，很多毕业生转而去做电视剧。这其实为中国电影保留了一部分人才，比如拍《失恋33天》的滕华涛，拍《北京遇上西雅图》的薛晓路，其实早年也都是北电文学系毕业的。

唯一可以确定的是，我们正在一个历史的节点。电影的技术和命题都在发生变化。我们再也回不到大师的年代，问题转而成为：我们能为这个时代提供什么样的电影？新的年轻人要给中国这个行当垒起一块怎样的高地，谁来担当起重任？我们已然看到了《小时代》，但《小时代》是不是已经做到了这代人应该有的高度，这是他们应该努力的事情。

（感谢刘德宝先生及白云照相馆对本文的帮助）
（口述：杜庆春 | 采访：吴晓初 | 摄影：彭辉）

风花雪月

叶永青
艺术家

我早先也爱疯狂收集，但凡行走或居住的地方，总爱去旧货市集与跳蚤摊位看看。时间长了家中到处都是堆积经年的物件，灰尘覆盖千头万绪。基本上兴致勃勃寻来的一切物品，如今只能证明我仓促潦草的一生，我的性情是一味地前行，不肯回头，但昔日经历的生活印记却也不曾丢弃。如今爱物珍物的心境，早已不存。我想我真正一贯持续热爱的恐怕是风中的云、地里的花、山上的雪和水中的月。以前常喜欢老子的一句话“为而不有”却不得要领，天长日久方认识这是了不起的思想！没有什么比得上一贯的、无言的、无激情的爱更高贵，更令人幸福了…… 这几年，我才有机会回到故乡在这呈现出山水天地的缓坡上停顿下来，体验如何跟风花雪月打交道：

风—— 大理是亚洲的十字路口，南来北往的季风在海拔两千米的高原盆地和湖泊上空汇合，由风和水以及气压形成的云。风云际会的云霞光线生生不息地造就着变化万千的壮丽幻景，这是一方水土的真正魂魄，让大地上生活的人心绪不宁！上个世纪前期，跟随马帮进入印度支那的作家埃德加·斯诺曾开篇一语道尽其中精彩：“一切是那么

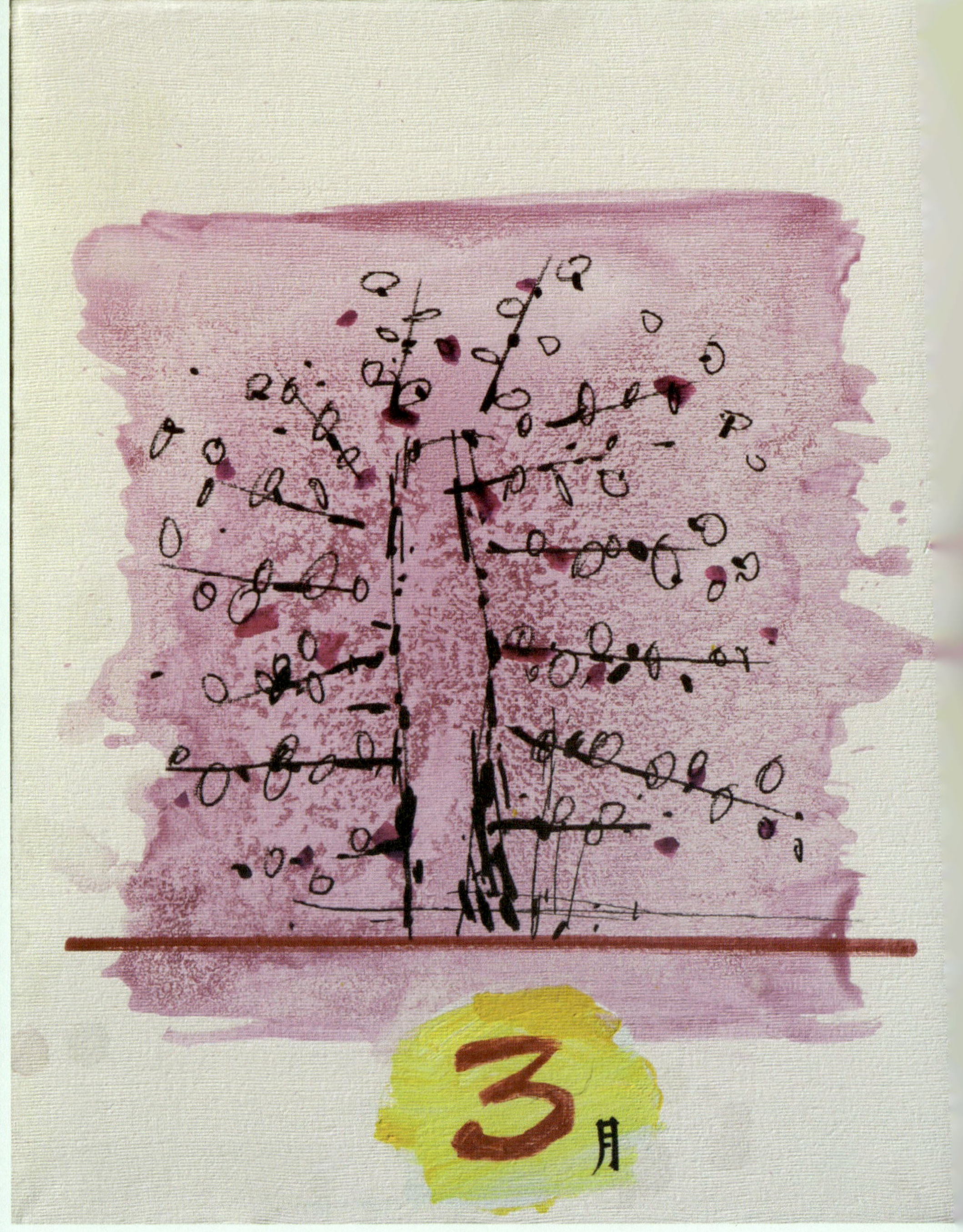
3月

（左图）叶永青借助画笔表现「风花雪月」。

辉煌灿烂！我们仿佛从暗处走来……”

花——大理一年四季花开不断，人们往往以种植和养护名贵兰花及山茶为荣，我亦不能免俗，只是不分贵贱，胡乱栽种开花就好。两分菜地上尽是不名或不上档次的杂草闲花：从未停息开放的月季、满树落黄的龙爪槐、据说可以入药的曼陀罗和白色的野丁香。雉尾兰是自己从地里长出来的，大雪兰是朋友送的，水池中文竹和水苇的倒影里有鱼儿游来游去。

雪——我的居所旁有一条竹溪，流淌着苍山上冰雪化成的淙淙流水。苍山的十九座山峰只是季节性雪山，唯其如此，方显出奇异莫测：有时尚值夏暑，一夜霏雨早晨起来，青翠葱茏的山上竟白了头！冬季的苍峰白雪点点，阳光却温柔地长顾着山下的古城村庄……

月——永远从洱海的东山，凤仪的那个小山谷中升起来，月光划出一道坚硬的金属光芒，在一片静止的湖面上。所有的声音都安静下来，没有一丝风，水面有时仿佛由内震颤呈现水体丝滑的表面。即便在最热的季节，村子里的孩子们从岸边跃入水中，月光就变成细碎的亮点，从四面扩散开去。透过白族人家的宛如黑色展翅飞鸟的屋顶望出去，天空尽是大理石般的纹理……

一九八五年我在西藏画壁画，那时不屑于身边的现实，期望在遥远的旅行和神秘的事物中寻找人生的答案。在拉萨城外的一座摆放圣物的小山丘上，我在玛尼堆和哈达中看到一个刻有佛咒的牦牛头骨，牛角与头骨上方有着土红的颜色！当时看过后便只当路过，下山多日竟念念不忘。离开西藏的前夜，在友人送别的酒席上多喝了几杯，我居然骑了个自行车爬上山去，奇迹般地在满山圣物之中找见了那个牛头……发生的一切我已全记不清，第二天醒来，发现我和衣抱着个臭哄哄的牛头睡了一夜……当年恋物如此，如今无论去往何处，我仍喜欢到处看，打量各种不曾寓目的陌生，但通常只是看看而已。真正的爱，留意过心的东西，变成可以保存的抽象念想和记忆的片段。说到底人是生活在时间中的，风花雪月不以物喜不以已悲，时间会经过我们的身体。那个从西藏偷回来的牛头，至今仍然挂在重庆旧居墙面的一角，和满屋的家什一样，落满灰尘。它既记载着过去我的人生的贪婪疯狂和荒唐好笑，也对照着我如今生活的寡淡和清虚。

（撰文：叶永青）

辑三

传承

家的秘密

父亲的讲义

许江

画家，中国美术学院院长

一

我的父亲许永锡去世已经二十四年了，留在我身边的是他的一叠讲义，有半人高，这是其中的几本。纸已经碱化了，发黄发脆，不能翻，一翻就断掉了。我曾经写过一篇文章，叫《生命的分量》，我觉得这讲义像是铜砖，它的截面，仿若岩层一般，有一种岁月沉积的感觉。

父亲的一生很坎坷，特别是“文革”，屡遭批斗，后来下放沙县。他曾是福州七中的语文老师，一九六〇年代开始已经不能上讲台，当图书馆管理员，就是那时开始像写书一样非常非常认真地写讲义。一个人做一件在那个时候几乎不可能实现的事情，在为难以实现的事情做精心的准备。后来我每念及此都深深感动。到“文革”时就有厚厚一叠，有一部分“文革”时被抄走了，有一部分被一位年轻老师拿走。后来到了沙县，我读中学，父亲务农。有一天，父亲在田里看到我和同学骑自行车飞驰而过，后来，他和我说他最大的梦想就是能给我和我的同学上课，接着他做了个决定，给远在福州的青年老师写信，要求

一叠讲义，
生命的厚度。

把讲义还给他。那个时候重回讲堂讲课的希望其实更加渺茫，但是他觉得那是他的生命，他痛定思痛要把讲义追回来。

今天留在身边的父亲最重要的遗物，就是这叠讲义。其中包蕴着我父亲做事和为人的基本。我父亲一生做事情认真，小时候，父亲批改作文，我在他旁边一盏油灯写毛笔字，其实不想写，写几下就看他干什么。我看他作文的批语，批语很美，仿佛在和学生交心，三两句能够把要害抓住，循循善诱，打开同学的心扉，我当时觉得父亲的批语是很好的，书写得也很好看。不允许批语有涂改，错了怎么办，就用一个橡皮蘸一点点口水擦，错字就磨掉了。

父亲的讲义里，没有涂改，他写的是汉隶。他写词牌音调,平平仄仄,编写注音字母，注音序，编页码。红蓝钢笔到红黑钢笔，两种颜色交替。那个时候纸很薄，笔一下就都透下去了。但父亲依然很认真把整套讲义装订好，完整地留存着。

"文革"中的生活似乎总在不停地填表，每次填表对我们这种家庭来说都是心灵的重压，偏偏碰上我父亲认真，每一次都要填得非常正确，我填完了给我父亲看。我小时候练过刻钢板，刻钢板仿宋体字写得能够和印出来的一样，我父亲每次都让我用这种字体来写，每次填表就像大事一样，站在我的背后来监督。重压之下总要写错，一写错就批评。最后就骂我，没少吵架。填表，批评，吵架，不欢而散。

父亲的认真通过填表吵架的方式给我深刻的影响，直至今日，我办事认真，举轻若重。每次学院填表，空格、字体，我都非常严格。生活让我父亲用这种方式来塑造我，年龄越大越认真，我想现在被我批评的人骂我，多少年后他们会感谢我。遇上要发言讲话，我尽量会花时间，有时是晚上，有时是早晨，把要讲的话书写成稿。这种书写的习惯，就是父亲传给我的，他塑造了我这个人，虽然他活着的时候我并不知道。当初只道寻常，今天却受益良深。

从这叠讲义身上，我还感到了“文心”。张载曾言，为天地立心，为生民立命。这个“心”就是价值标准，核心价值。一般地说，这个文心就是情怀。父亲的讲义把文人的情怀传递给我。我为什么喜欢象山，这个象山像极了我年少记忆里的一座山。我读的中学，那里也有一座山，像一个倒扣的米仓，于是有名“浮仓山”。因为山脚一圈都是农民，我是在农民中间长大，但是我又不是农民，我在山上野，我很小就开始写诗。我父亲发现我有这个特点，同学有个聚会，让我拟一首小诗，他再改一改，晚上让学生朗诵。我觉得这种文心，这种情怀在今天是至关重要的，实际上，中国美院在西湖边获得的就是湖山的情怀，进而是诗性的情怀。从林风眠、潘天寿、吴大羽，到朱金楼、金冶，他们人生都充满了坎坷，是悲情人生，这种悲情没有让他们沉沦，这种坎坷锤炼着诗人的情怀，锻造着学院的根基，民学的精神。

我把这样一种特征叫做“后文人艺术世界”，今天纯粹的文人没有了，但大学教授是新文人，他们的艺海生涯有几个特点，一是民学立场，源自民间，源自底层。清代书画名家恽南田所说：“群必求同,求同必相叫，相叫必于荒天古木。”一个群体三五人，要有相同的地方，相和在哪里？在登览历史、念远怀人的地方。黄宾虹先生，1948年回到南方，在上海小住几天，与上海友人讲演《君学与民学》，他说“发扬民学的东西，向世界伸出臂膀，准备着和任何来者握手”。这段话放在今日都如此贴切，让我讶异。我们讲蔡元培先生从洪堡那里获得的独立之精神、自由之思想，其实也是民学的思想。

新文人的第二个特点是忧患意识，念天地之悠悠，独怆然而涕下。他们立身于荒天古木，必要怀古。这是独特的登览，天下的登览。这种忧患意识相伴的往往就是悲悯之怀。“日暮乡关何处是，烟波江上使人愁”，是一种悲怀；“只为浮云能蔽日，不见长安使人愁”，也是一种悲怀。实际上从林风眠、黄宾虹，到潘天寿，都有这样的悲怀，并让这种悲怀深深地浸润和锤炼着他们自己。

第三个特点是群生活，这点非常重要，“相叫必于荒天古木”，我们象山都是荒天古木，怀文心雅趣的人就会在这里形成群化的生活。我们讲Academy，就是柏拉图的学院，三两人，沐着清风，穿着松袍，走过长廊，共同追赶真理。南怀瑾在二十多岁时，好朋友送他一首诗，“知君两件关心事，天下苍生架上书”，知道他就关心两件事，一个是天下苍生，一个是架上著书。我从父亲讲义当中不断感受、不断激活的就是这种情怀，从这个根源上让我与学院历史上先师们的情怀接续在一起。

最后，我在我父亲这里还学到一种坚守、坚韧、坚持。他已经不能上讲台了，却坚持着把讲义写好，这是要传递一份家书。在农村最困苦的时候把讲义收回来，也是一种内心的坚守。这种坚持对于我始终都是一种激励。

二

这种认真态度、文心与坚守，从根本上塑造了我，无论是管理学校，还是对我的绘画都是至关重要的。我的绘画从最早的观念性作品，变为架上作品，从最早的综合材料，回到纯绘画，从上海北京古城都市的天上俯瞰，变为葵园大地的远望。这样一个过程，我觉得整个的发展轨迹，越来越贴切地回到我自己。我现在的立脚点是葵园。画葵就是画我们这代人，我对葵的感受很深，和“文革”有关系，我小时候生活的山上，也有葵，三两株。作为“文革”时共同的意象，我画的时候始终想到我们这代人，始终有我自己的生命感受。

葵的经历中有一个很深的记忆就是我的哥哥。命运弄人，他的性格和我很不同，他少言寡语，以至说话有困难。我经常自责，我把两个人的话都讲掉了。我们家所有倒霉的事都是他去承担。上山下乡时，我哥哥因为年龄太小，积劳成疾，吐血。回家时背了一个书包，从里边掏出两捆小松明，一种有很多油脂的松枝，还有两个葵盘，因为捂在书包里已经有点烂了。我当时很伤心，我哥哥一个活生生的生命，吐血回来，带回来两个东西，一个汲取阳光的东西，一个点火的东西，但是他自己的生命已经快要被时代耗尽。后来我们家就把他送到我外婆身边养病，外婆去世前一直交代：毛毛的一生你们要关心。

讲到葵，我们看到的可能不是青春向阳，而是命运沧桑，不是观赏性的亮丽，而是历史性的悲慨。我画的葵总有一份苦味，一种沧桑，一类老葵面对荒茫大地时的命运轮替之感。我的葵都不是一枝葵，而是一片葵。因为我们一代人的命运本身就是相同的。我们这些人如此深刻地与那个时代结合在一起，趋于同化，所谓"群葵"。这些东西都和我们的文心情怀有关系。所以我写很多诗，我会以诗化的方式讲话，以诗化的方式画画，我的画既不是写实的叙事性，也不是纯抽象的东西，里头有这一代人生命诗化的东西。葵不是我们的象征，是我们生命本身。

我特别能够理解美院的上几辈。我特别能够理解林风眠把自己的画作，一勺一勺地倒进马桶里冲掉时的心情——我特别想把那个马桶买回来，但据说是装修时被扔掉了，我一直觉得，这个马桶是上个世纪中国文化命运的一个见证。我也完全能够理解潘天寿1969年被拉到家乡批斗，回来时在火车上用铅笔在香烟壳纸上写的一生最后一首五绝："莫嫌笼縶狭，心如天地宽。是非在罗织，自古有沉冤。"

诗的开篇写得很悲怆，但潘先生这代人的伟大之处，是不会滞留在悲怆中的，他迅速转换为对家乡的怀念："万峰最深处，饮水有生涯。"后来我到过他家饮水有生涯的地方，很有感触。"千山复万山，山山峰峦好。一别四十年，相识人已老。"他讲的是他和家乡阔别四十

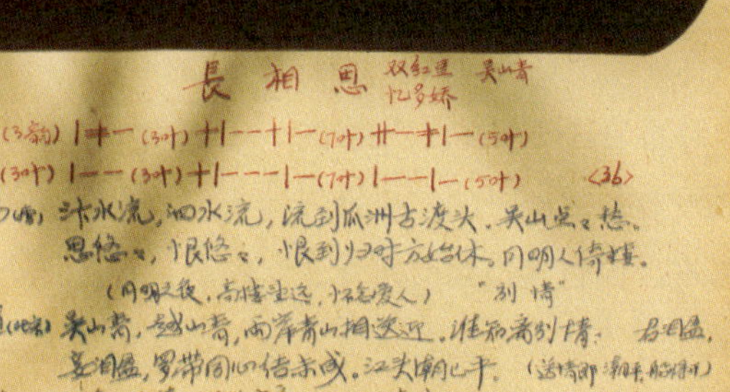

長相思

白居易（唐）汴水流，泗水流，流到瓜洲古渡头，吴山点点愁。思悠悠，恨悠悠，恨到归时方始休，月明人倚楼。

林逋（北宋）吴山青，越山青，两岸青山相送迎，谁知离别情。君泪盈，妾泪盈，罗带同心结未成，江头潮已平。

许江父亲许永锡语文讲义内页。

年，他不认为他回去是被批斗的，而是回去重访家园，相识的人已老。潘先生乃神人也，二〇〇九年，杭州人民在他的墓碑旁边为他建了一个诗亭，两岸一百多个诗人共同诵读他的诗篇。揭幕的时候，让我代表学校去发表一个讲话。我算了一下，距离其去世恰好四十年。这样一种文心让我读懂先辈的心情，我自信发现了历史的密码。

我深入葵的世界、人的内心世界里，咀嚼生命的沧桑和坚强，去把我的葵画起来。这几年画的葵园越来越硬气，越来越坚挺。为什么?我觉得可能与我自身有关系。我的人在变，会投射到绘画里头。我一再地把葵在我心里诗化，来表达对生命的感受，应该说也是属于“后文人艺术世界”的感受。

三

前不久，高士明他们在香港汉雅轩的会议上做了个研讨会，讨论艺术的三个世界，一个是当代艺术世界，全球的平台；一个是社会主义文艺世界，曾经繁荣过现在被宣告终结；一个是文人艺术世界，正奄奄一息。我认为没有绝然断分的三个世界，重要的是三个世界涵融三种情怀。当代艺术世界包含批判的情怀、实验的情怀。社会主义文艺世界包含社会关怀的情怀。文人艺术世界包含诗性的情怀。这些情怀互相交错。

我认为，今天的当代艺术世界是一个“后当代艺术世界”。不是简单的“后”，在对多样传统追溯之时，内在是一种“破”，以前常说，不破不立，破字当头，立在其中。批判意识，即是破和追问。这是后当代艺术世界的核心情怀，破与问的情怀。后当代艺术世界的弊端是全球化。今天的社会主义艺术世界也是一个后社会主义艺术世界，是民与国族的情怀，民是想象的大多数，是国家利益联系着的共同体。这方面的弊端是体制化社会。后文人艺术世界是群与私的情怀。群是荒天古木，私是中国人根深蒂固的品行。中国人重视的不是工具，而是肉身的体验。比方说烹调，西方人制造无数工具，中国人就一把刀，不同切法。中国人讲品位，这个好鲜啊，“鲜”西语无法翻译。高级的品位诸如二十四诗品：雄浑，冲淡，典雅，高古…… 很难品，必要有高境才能体味。

这样一种品位可能带来的弊端是东方的自由化社会，这个后艺术世界在发生作用，形成新的格局，投射在某些艺术家身上就比较明显，就会划界。我觉得这种讨论最有益之处，在于破解当代艺术世界和社会主义文艺世界二元对立的说法，二元对立的说法是非常有害的，讨论总是局限于要么反政府的，要么是支持政府的，要么是反革命的，要么是革命的，要么是西方，要么是中国。

我觉得这三个世界的讨论，可以用中国的文人情怀，从中国人自身的文化，来破解这个二元绝然的划分，从而建构一个多种资源、多个世界生生不息的格局。

四

中国的文艺复兴，是一个很好的口号。除了经济之外，很重要的就是文化复兴。有两个问题不能绕开，一个是全球和本土间的关系，一个是本土和今天艺术世界之间的关系。这两个是我们今天绕不过去的。我觉得今天的中国美院一个最大的优势就是能够将传统的东西活化，让其中的正能量创造性地转化为当代的东西。这是我们中国美院的优势。

这其中表现多样，范景中老师的理论思考，王澍的建筑探索，王冬龄的书法表演，邱志杰的艺术实验，高士明的策展观念，核心就是既具全球视野，又具本土关怀的传统活化的思想。

我觉得，在这里我父亲对我的教育起着潜移默化的作用。我太清楚我父亲批评我是为什么，是因为太爱我，有诸多期望包蕴在里边，所以才批评。爱之切，望之切。这让我在心里头，对具文心、有才华的人特别喜欢，而且我相信有才华的人会自我调节、自我复活，只要你给予他支持。比方说王澍，二十年前我跟他一起做关于观音谷公园策划的时候，发现他对传统很有体会，很有感受，所以后来他提出到同济学习，我马上推荐。他读了博士，第二年回来，我发现他读了很多书，我说你回来，给你建一个建筑系。第三年，他的毕业论文叫《虚构城市》，找三个外面的评委写鉴定，我大概写了近五千字的评论，后来论文得了优秀，现在全世界抢着出这本书。

王澍的建筑作品里，最重要的就是象山的建筑。他提出象山山北的建造思路，我当时觉得非常好，门窗走廊形成远望群山的观看的界面。建起来后，很多人并不看好，后来山南还要建，我请刘家琨和同济、东南的朋友来评说这个建筑，也逼着自己画了《黑瓦与白瓦》。后来大家意见统一了。我又带着王澍去看将台山下的皇宫遗址，那里有一个小坝，我说一定要设计这样一个坝，所有学生可以坐在坝上眺望青山。后来这成了象山山南的主脉，叫双龙戏水。在这个过程中，第一是对这种文心和诗心的理解，彼此欣赏。第二用我们的方式来沟通，但不能教别人怎么做。我们学院非常好的地方在于自我激活、自我梳理、自我组织的方式。王澍先是建筑系系主任，后来是院长，有了这样的平台，就好发挥。

范景中老师是我很钦佩的人。我进校时他还没有进校读研究生，后来听他的一个讲座，他说："所有的知识都是一个漏网。打捞起有用的东西，漏掉更多的东西。"后来他组织翻译贡布里希，成绩很大。尤其是二〇〇三年的时候我委托他写《中华竹韵》这一本书，结果他写了七年，其实写了四年的时候就可以出版了，但是他一直改。这本书我读了受益良深。他研究了很多传统的东西，内涵宏博，最后的副题却很谦和，叫《中国古典传统中的相关品味》，这恰是一代文人的情怀。

南山校园建好后，我只邀请一个艺术家做作品，让王冬龄先生写一堵大墙的字，他吃惊说要写这么大！正是这个任务，从此一发不可收，走遍世界。他感谢我，因为是我逼出来的。我说这个学校只需要十个人，就是一个群，“群必求同，求同必相叫，相叫必于荒天古木”。我们学校就是一个群，南山、象山，风光天然，恰如荒天古木，一定能够成就一番事业。有人说许江能够识人，能够容人，能够用人。该是谁的名分就是谁的。我觉得这其实是美院最主要的东西。我父亲对我培养的方式，教会我从心里头崇敬人才，从心里头和他们相知，成就一番事业。

（口述：许江 | 采访：令狐磊 | 摄影：马岭）

母亲手抄《心经》

林怀民
编舞家，云门舞集创办人

母亲出身新竹富家，留学东京，“下嫁”南部乡村耕读的林家后，下田持家，克勤克俭。母亲是个完美主义者，持家务求一尘不染，写字一笔一画，工工整整。她爱花，爱树，爱音乐；种兰花，用做菜剩下的蛋白把每片叶子擦得晶亮。

把每件事做到最好是她对我们耳提面命的要求。这项要求包括德行和操守的无瑕。一九五〇年代，父亲应召从政，宦海数十载，两袖清风。父亲的清廉没有母亲全心全意的支持是办不到的。除非与父亲出席正式场合，官夫人总以公交车代步。

母亲健康开朗，好体质之外，她辛勤工作，除非病倒，绝不午睡。父亲中风进荣民总医院翌日，母亲起大早，开始她数年如一日的晨间急行。每天沿着磺溪走四十五分钟，风雨无阻，即使出国旅行也不中断。她说，她不要因为生病给孩子们负担。

有一天早上，她出门走路，没多久就赶回来告诉崇民，有人准备砍伐溪旁的一片小树林。她要崇民立刻打电话给当时推动树木户口制度的台北市文化局局长龙应台。母亲跟龙局长是“有交情”的：看到报

般若波羅蜜多心經

觀自在菩薩行深般若波羅蜜多時照

見五蘊皆空度一切苦厄空即是色受

異空不異色色即是空内即

想行識亦復如是舍利子是諸法空相

不生不滅不垢不淨不增不減是故空

中不

纸刊登龙应台被议员无理攻击竟而掩面的大照片，母亲十分愤慨，要我向她致意。我说："你自己写信给她啊。"母亲说她中文不好，怕写得不得体。过阵子，龙应台对我说，她收到了母亲鼓励的信函。在那个紧张的上午，崇民向躺在诊疗椅上的患者说抱歉，跑去打电话。龙应台正在开会，接到电话，会不开了，冲去救树。每次行经那个地点，母亲都会指着那片树丛，说那是她跟龙应台救的。

二〇〇一年，父亲往生。母亲终于没有后顾之忧，可以自在旅行。她答应我，以后云门外出巡演，她都参加。翌年，舞团到上海演出《红楼梦》，母亲第一次到大陆，特别喜欢杭州，说她还要再去。回到上海，吃饭时饭粒由嘴角漏出来，母亲不自觉。返台后检查，医生诊断是轻度中风。然而，她的左手左脚逐渐瘫痪，复检才查出是脑瘤。

母亲积极勇敢，全力配合医疗，同时不断向医生和护士表示抱歉，说给大家添加麻烦。放射线疗程完毕，她以无比的毅力努力复健，用三周的时间恢复行走能力。医生说这是多年仅见的典范。然则，肿瘤无法控制，手脚又瘫了。母亲接受化疗，按捺挫败，扶着助走器继续挣扎行走。

云门出国巡演，每个城市都使我感到悲凉，那原是母亲计划到访的地方。我每天给她电话，告诉她欧洲的春天繁花似锦，樱花满树，花瓣飘了一整个公园。她说："拍照片回来给我看。"我带回的两卷照片，母亲一一叫念花名，只有一种她记不起来，立刻要我查书告诉她。

第二天，母亲颤抖地在每张照片背面写下花名。"生了这场病，头脑都坏了，"母亲说，"不写清楚，以后通通记不得。"病发时，医生预估四到六个月，母亲却撑持了二十二个月。卧病期间，她优雅安宁，沉静面对病痛和死亡。一次下腔主静脉血栓的并发症，医生宣告病危，她也只是轻轻吐出一个字：痛。只有偶尔闪现眼角的泪珠，泄漏了她的苦楚。

坐上轮椅的母亲坚持着读报，读书，读着读着，歪头睡着了。二○○四年春天，母亲决定抄写《心经》。她叫我们扶她坐到可以望见窗外绿林的书桌前，用右手抬起左手，压到宣纸上，然后右手执笔蘸墨书写。手颤得厉害，悬在纸上良久才能落笔写出一个笔画，用尽心力才完成一个字，十几分钟便颓然搁笔。有些日子，母亲起不了床，手指由被褥伸出来，在空中抖颤划字。只要能够起身，母亲执意坐到桌前。我们兄弟工作完毕回家，总先检视案上宣纸，发现经文未续，便知母亲情况不好，读到工整的字迹就欢欣鼓舞。然则，母亲终于无法再坐到窗前。

那年秋天，母亲安详往生。我把她的书法裱框起来，日日端详，如见母亲。记起那窗前的春光，记起她的辛苦，她的奋斗和坚持。

《心经》未了，横轴留白，仿佛印证“诸法空相”。那是母亲给我们的最后教诲。

（撰文：林怀民）

外婆亲手做的佛珠留给了黛青塔娜，一个女人一生的祝福和祈祷都被她一颗颗捻进这些珠子里。

柏种佛珠

黛青塔娜
音乐人

这串佛珠是外婆给的。外婆是个牧人，每天用茶水沾湿头发梳理出光洁的辫子，孩子、羊羔、马驹围绕她，她却总是平静得像一面湖水。外婆有着虔诚的信仰，在山谷间放牧时，用捡拾的一百零八颗柏树种子穿成了这串佛珠。

外婆就像一只年长的老鹰，神秘宽广。母亲回忆说：她小时候外婆挺着大肚子，有一天独自将自己关在蒙古包里，母亲和其他兄弟姐妹一个劲地敲门，外婆就是不开，等再开门时，她已经自己完成了生产，我的舅舅已经被包在了羔皮襁褓里。外公去世后，外婆独自一人承担起了所有家务、劳作、草场、孩子的婚娶。后来，她的大儿子早逝，外孙意外死亡，生死在她的生活里来回上演。外婆的黑辫子变成了花辫子，又变成白辫子，她越来越宁静，越来越安详，总是捻着松柏种子的佛珠，嘴唇随着默念的经文微动着。

外婆是我理想中的女人，在她的身上，柔弱、坚韧、高贵、宽广，都那样从容。晚年的外婆像一颗恒星，所有的儿女、外孙重孙都围绕着她。我们总有那么多悲喜无法承担。有时，母亲会因为家事向外婆诉苦，而在我的记忆里，我从未听过外婆的抱怨和不满，外婆总是说："当你忍不住要干涉孩子的事情时，就念经吧。"她似乎有一对巨大的翅膀包容着所有，爱了一辈子不说一个"爱"字，苦了一生不说一个"苦"字。后来，外婆把这串她日复一日、年复一年使用的佛珠送给了我。佛珠被外婆用得油润光亮，一个女人一生的祝福和祈祷都被她一颗颗捻进这些柏树种子里。

外婆在世时，佛珠似乎并没那么重要，我只是觉得，这是她亲手制作的，很特别，要珍藏。在外婆弥留之际，我们带着她回到她经常放牧的地方，随着熟悉的山和草原进入视野，外婆的眼睛慢慢睁开，神志开始恢复，她开始说牧场和山的名字，跟这里的山水打着招呼，眼中散发着幸福。我给她看她送我的佛珠，她却已经认不出来那是自己放牧山间时捡拾的种子了。每个人都要用一生完成自己的功课，我学习着如何做一个女人，如何做人妻，如何做人母，无常中，我不知道将来会有怎样的经历，但我有这样一个外婆。

我后来去了很多地方。法国、日本、德国，以及宝岛台湾……无论去哪儿，我都把外婆的佛珠带在身边，白天绕在手腕上，晚上放在床头。生命的轮回里，修行的路上永远都是独自一人，所以，只能自己对自己负责，尽力完成这一程的功课，而外婆就是我的老师，让我迷路的时候想一想，问一问。佛珠现在已不是外婆给我时的样子。我喜欢在有时间的时候装扮它，有时用珊瑚，有时用松石，这是我的爱好，只是种子还是种子。

我想，关于它的很多意义都是我自己赋予的。佛珠是个提醒，是个象征，提醒自己该怎样面对自己面对所有人，怎样去爱。在我控制不住情绪的时候，会想起外婆说，与其唠叨，不如念念经吧。

（撰文：黛青塔娜 | 摄影：朱墨）

父亲手记

董豫赣
建筑学者

“我已经封闭了十年了。”董豫赣语声轻细。他端起咖啡，抬眼望向旁边一扇木质的小窗，午后的阳光正迎进来。我们的会面地点选在了北大西门附近的斯多葛书乡——这个小咖啡馆里，最靠里面有张小桌子，一扇屏风把这张小桌与外面的桌椅隔开来，形成一个隐蔽空间。“我只有接待朋友时，才坐这个屏风角落，怕吵别人，平日我自己爱坐靠窗有太阳处。”小桌周围堆满了书，他偶尔翻翻。董豫赣说，这十年，他把自己关在家里和授课的学堂里，鲜少在媒体和公众场合露面，交往对象仅有三两好友。几个月前的一个晚上，董豫赣在798进行UCCA设计委员会“设计者”系列讲座，演讲题目中有“天堂”两个字。以西方米兰赦令和西方人眼中的天堂作为开端，他讲述了西方世界生不如死——向死而生的居住文化和远观凝视灵魂居所的造景原则。主持人——亦是同行的张永和调侃着对他说：“现在讲天堂，是不是不太吉利？”翌日，董豫赣的父亲因肺癌离世。

“父亲生病后，姐姐常常劝我出去走走，说‘你过去多爱交朋友呀’，她过去也老对我唠叨这类话，但父亲生病后，我开始认真思考姐姐的

董豫赣的父亲生前写下了一本回忆录，字迹工整，「我猜他是写好后重新誊写过的」。

事因我父病重是在女方门口井边石板上睡一天也已知道病者的儿子是他们未来的女婿或未来的丈夫．他家不送信我家．连一点水也不送给病人喝．薄情至极，如果稍有一点良心的人．即是不相识的人遇到病人在门口睡一天也会问候．或去送信．绝对会给点水病去喝．何况女方家原住址离我家不远，没迁清料店．原双方大人已相识．实在无情，为了让对方明白我不同意原因．会面我必须去．未换衣服．脱下帽子进门坐下我先开口说．我父病重听说是在你家门口井边石板上睡一天是吗．他答是面带愧色．你家既然知道为什么不会花一点工夫给我家送个信．难道你没想到我父如果死了你来我家的后果吗．女方答道．我不敢问及此事．我接着说．我今天来是特告诉你我父不幸已去世．家庭败落．我不能拖累你受罪．请你转告你的家人另选高门．一口气说完．不等对方再说．起身告别．从此分手。后来他婚嫁周党．偶而见面。

建议，这个时期开始在一些公共场合出没，也接受一些采访与会晤。”姐姐的话给了董豫赣思考，“因为亲人越来越少了，我要听一听姐姐的话。”

思考的线索，是父亲的一本手稿。蓝黑色墨水，一笔一画，工工整整。“父亲刚刚被诊断出癌症时，我给了父亲一个本子，建议他写点他自己年轻时的故事——一些我所不知道的他那部分生活。”父亲去世后，董豫赣在家里找出这个本子，上面写满了父亲自己的故事，“可是我怀疑，这本是他誊抄过的，因为写得那么工整——几乎没有错别字——而且本子看上去也不像我当初给他的那个。”

一九七二年，五岁的董豫赣被父亲挑在箩筐里，从河南一路南下江西。此时“文革”尚未结束，工厂停工，农民停种，个体的生活异常艰难：“半辈子了，我一直不明白为什么父亲要从河南离开，小时候我们的生活究竟发生了什么变化？”在手稿里，父亲写下了一家子南下的原因：在河南的时候，老父亲资助了很多朋友，结果导致自家越来越穷困。“我父亲就是那样，别人来向他求助，他从来不懂得拒绝，家里的最后一点点钱，他也要借给别人，最后把自己掏空了，就只好‘逃走’。”

“先父董大义，生于一九三七年农历六月四日，殁于二零一三年农历九月二十四日，生于河南罗山周党镇同心大队闵塝，葬于江西德安宝塔乡红庙村岳山垄，宅向东南约十三度。父虽未生居乐园，愿父灵入天堂。”他把父亲的手稿录入了电脑，之后写上了这段后记。董豫赣把父亲安葬在了江西。在此之前，董豫赣一度认为自己是个没有故乡的人。了解父亲，才是了解故乡的开始。

僻静，咖啡馆里。董豫赣抚摸着黑色笔记本的手略微颤抖，从那个笔记本的封皮里，他抽出一张折了又折的纸。“小时候老爹总是打我，这张纸里，他跟我道歉……”

（撰文：江旋 | 摄影：刘一纬）

母亲的照片

张晓刚
艺术家

一九九二年，我停下来，没有画画。后来就到德国，看博物馆。看完回来，整个人虚无了，不知道该怎么画。当时有一个想法，买了一个相机，用广角镜头拍一组我身边的人，肖像是变形的，我来画一组这样的，这是一种无奈的想法，反正就这样去表现吧，开始依赖于摄影了。我原来是不用照片画画的，从这儿开始，我想利用一下照片来画画，其实就是想让手动一动。但整个人的状态是不知道怎么画画，也不知道文化的价值和意义，迷失了。其实就是想找自己的身份和位置，当时在欧洲很强烈的愿望，觉得你是一个中国艺术家，中国的身份有没有，我在德国给老栗写了一封长信，探讨这个身份的问题。

回到家里，看家庭老照片。看到我母亲年轻时候的照片，特别激动，“哎哟，这老照片太好看了！”爱不释手。从前你不会觉得它是很漂亮的照片。当时感受特别深，觉着这好像就是我要找的绘画的一个感觉。但那感觉到底是什么呢？仅仅还原一张老照片，还是什么？它与记忆有关，与我的文化的某些来源有关，与我的很多的情感联系有关……而且我觉得，“家庭”这个概念，好像与我的艺术有一种说不清

（右图）一九九三年以后，张晓刚的画都是以母亲的形象为基础，开始发展，开始变。

的缘分…… 突然一下，看着照片就把有些东西给勾出来了。所以我就去搜集一些家庭老照片。它为什么成为我创作的一个比较重要的素材，起因就是她那种形象本身打动了我。还有，我觉得我母亲年轻时候很漂亮。她那个时代的那种形象，跟今天的形象不一样；跟我们过去接触的大量的西方艺术的、我们心目中的那些形象也不一样。但她有一种魅力，是"中国"的一种魅力。而那刚好是我要去寻找的。我想通过人的脸去找到一种语言。

一九九三年，我先画了一张现在的我和年轻时候的母亲，两个完全不同的时空穿越在一起。另外一张就是现在的我和现在的母亲，后面有一个电视机，电视机里面在播放她年轻时的照片。它们是最早我画我和我母亲的作品。后来我的画都是以我母亲的形象为基础，开始发展，开始变。

最初我比较忠实于从照片中获得的东西，包括不同的人物形象和一些服饰等细节。我也逐步认识到，在那些标准化的"全家福"中，打动我的正是那种被模式化的"修饰感"。其中包含着中国俗文化长期以来所特有的审美意识，比如"模糊个性、充满诗意"的中性化美感等等。另外，家庭照这一类本应属于私密性的符号，却同时也被标准化意识形态化了。正如我们在现实中体会到的那样，我们的确都生活在一个"大家庭"之中。在这个"家"里，我们需要学会如何去面对各种各样的"血缘"关系——亲情的、社会的、文化的等等——在各式各样的"遗传"下，"集体主义"的观念实际上已深化在我们的意识中，形成了某种难以摆脱的情结。在这个标准化和私密性集结在一处的"家"里，我们相互制约，相互消解，又相互依存。这种暧昧的"家族"关系，成为我想表达的一个主题。

一九九四年后，我意识到我只需要画"一个人"。他可能是男的，

也许是女的，只不过是从发型和服装上的界定而已。这样更能够突出“家庭”的主题和中性文化的感觉。于是照片从此只为我提供一种构图和氛围的参考。我把照片分为“全家福”、“同志照”、“情人照”和“标准像”几个类型，然后以一个人的面孔作为模式，重复出现在不同的画面上。有人说我是反绘画的画家、反肖像的肖像画家，也许是基于这种对无生命状态的复制感而获得的印象吧。也曾有人向我提议采用其他办法来表达准确的复制效果，但我更喜欢用手绘形成的“偏差感”，因为这样可以加强某种“近亲繁殖”的感觉。为了画出某种虚幻和阴柔的冷漠感、距离感，我的作画步骤必须非常严格，用很薄的颜色一层一层地平涂上去，每一层都是重复上一层的工作。一般一个面孔要涂上四五层。最后再用很干涸的颜色画出人脸上的光斑，形成两种不同的肌理对比。总的来讲，这几年我在绘画上所做的工作，就是不断地做减法，将过去曾一度自我陶醉的某些“绘画效果”几乎全部抛弃了。我的作画方法可以说很普通，没有刻意去追求一些“独门功夫”。因为我看重的是画面感觉的品质问题，而且我的确不想去做一个“好画家”。

（口述：张晓刚 | 采访：夏楠 | 摄影：宫德辉）

父亲的墨斗

阮义忠

摄影家，作家

二〇一一年十月，我从小区警卫室拿着快递寄来的第71期《生活月刊》回家，照例迫不及待地连鞋都没脱，就在玄关开始翻阅。别册《手上的朴光》讲剑川木雕的那篇《墨斗迷津》，第一句话就把我迷住了：

“据说当年鲁班把墨斗掉在这里，自己提着斧子就走掉了，不知道走的哪条道，也不知道后来去了哪里。那个墨斗后来就化成墨斗山，在剑川东南角的一片平坦中突起，坐镇这座小城的习气，给这里的匠师们带来来自遥远年代的底气，不似嫡传，倒像是与生俱来。”

我想起了父亲与他的墨斗。那个幼时天天见到的东西，正是我的第一个玩具，平时供在神案上的祖宗牌位左侧，每当父亲要锯木头时，便会把它拿下来。这时的父亲特别恭敬谨慎，仿佛手里捧的不是工具，而是有灵之物。

大哥、二哥或是我会被父亲叫来拉线，站在长长的木头、木片或是木块的另一端，把系着线头的钉子定位。“千万不要动，”父亲这么嘱咐，接着便用手指把蘸满墨汁的棉线从木料垂直方向往上一提一放，

阮义忠收藏的，来自《生活月刊》编辑部的一份礼物：墨斗。

姿势就像拉弦射箭。“啪”的一声，木料印上清晰、笔直的黑线，我们的手背衣服也溅上了墨渍。

看似简单的动作，父亲做起来却是专注无比，拉的时候未垂直或力道不够，线就会模糊，而墨汁蘸得太多，线就会太粗。对节俭的父亲来说，木料的任何部分都不能浪费，裁锯精准才能省料。

那个木制老墨斗，除了底座，整只都是圆圆的，形状介于丝瓜与葫芦之间，突出的部分特别像弥勒佛的肚皮。我总是趁父亲不注意时将它拿来把玩，东抹西擦，盼望让上面的光泽更油更亮。

每天开工之前，父亲会先在我家的客厅兼车间燃上几支香，分别插在观世音菩萨、祖宗牌位前的香炉，以及墨斗匣的线轴格中；因为墨斗是祖师爷鲁班的代表。等年纪稍长，敬天祭祖念鲁班的插香仪式就由大哥、二哥与我轮流负责了，记得每次我都要踮起脚尖才能够得到香炉与墨斗。

父亲显然早就盘算着要我们三个继承木匠祖业，然而，大哥从小体弱不堪劳力，我则是仅仅在初二被退学之后干了几个月小木匠，复学之后便溜之大吉。拼命想当水手的二哥硬是被父亲留了下来，在老家干了一辈子木匠，直到几年前才将衣钵传给了儿子。

大约是上高中的时候，那只祖传的老墨斗终于孔松、轴歪，不堪使用了。父亲买了一把听说永远也不会坏的塑料墨斗，形状虽然和原来的类似，但那种毫无生命的廉价质感，让我再也不想去碰它了。

看完那期的《生活月刊》，我立即给编辑夏楠发了信，除了提供读后感，也顺便问了一句：“可不可以帮我找一个墨斗？”没想到，几天后我就收到一个快递来的老墨斗。打开包装便吃了一惊，从小到大，我都以为天下的墨斗长得一样，就像碗是浑圆的，筷子是细长的，没想到这只墨斗竟是长方形，而且有棱有角，雕着驱邪的神兽图案。

墨斗是我心目中的珍物，念着的虽是父亲长年使用的那一只，但握在手里的这一只，却是《生活月刊》同仁共同送给我的礼物。这份情，远比物更重。

（撰文/摄影：阮义忠）

锥子

周重林
作家，学者，茶文化工作者

很小的时候，母亲就教导我们，要学会一门手艺活，这样即便时局再艰难，世界再多变，生活都能过得下去。她是一位多才多艺的人，小时候，我们的衣装、鞋帽都是她亲手缝制，那台生产于一九六〇年代的缝纫机，是她的嫁妆，至今还能作业。

她的针线包，总随身携带着，随时准备为我们的衣裤纽扣加固。都市生活里，她的设计不再适宜，于是母亲放弃缝纫机，专门为我们制作毛线拖鞋和鞋垫。她说，拖鞋在家穿，鞋垫垫在鞋子里，这些都不会影响到你们外面的形象。

母亲是做豆腐的能手，她的豆腐作坊，为我们上学提供了经费。四五年前，她把点石膏的手艺传给了一位婶婶，她多次遗憾地说，我的两位姐姐没有继承她的衣钵。我在昆明住处的楼下，有一家卖豆腐的，每天能赚四五百元，为此她也遗憾过。

我考大学的时候，她希望我能上医学院，一是她多病，二是医生是一门手艺活。我终究也还是辜负了她，但我告诉她，其实写字如同她做豆腐和纳鞋垫一样，也是一门手艺活，我也能靠这门技能过上好生活。

周重林母亲纳鞋时使用的锥子。在云南人的日常生活里，锥子也用于撬茶。

我第一次发表文章的笔名，用的就是“锥子”，到现在我也在用“锥子”来完成作品命名。从一九九八年开始，我以“锥子周”（zhuizizhou）为名，几乎注册了所有我喜欢逛的网站，我甚至告诉朋友，用这个前缀发邮件，任何一家供应商我都可以收到。

这大约是我与母亲最深的联系，穿着她做的鞋子或鞋垫，一起用锥子来编织对生活的态度，母亲要保护的是来自她身体的那部分，我要保护的是来自内心的部分。

三十多年后，我会想到那个曾经年轻的母亲，在火光中的情景。我们一起围在柴火旁边，在熊熊的烈火照耀下，母亲一边给我们讲故事，一边纳鞋。她手中的锥子不断来回穿梭，我们的眼睛就在火焰与锥子之间移动。

我一直知道，锥子是怎么一把有用的东西，即使是年轻的母亲，也要依靠它来节省力气。锥子，温柔地刺进你的心里，在你还没有意识到的时候，它早已经抵达你最柔软的部分。

于母亲而言，锥子的作用远不止于此。她每年还要用锥子划开地里的包谷外壳，取出玉米，那是我们家一年的口粮。母亲还在老家师宗，每天喂猪、养鸡，空了去地里看看庄稼，看看那些碗口大的树木。

我有五双鞋子，每一双都有母亲亲手做的鞋垫，在衣柜里，还有二十多双未穿。也许等我下一代长大后，也能分享到母亲手掌的温度。十年前，我进入到普洱茶界，锥子再次成为我的伴手礼，我要用锥子来撬开压制紧凑的普洱茶，放入精美瓷器，引入明亮泉水，换得满室清香。

母亲的锥子，有手掌的温度，让自己的孩子能够不惧外界寒冷，勇敢地立于天地之间。而我这把锥子，要缓和我与世界的紧张关系。因为有母亲，我总是从善意的角度来看待这个世界。

（撰文：周重林 丨 摄影：何滢赟）

姥姥的缝纫机

艺术家
邵帆

（右图）
姥姥的缝纫机。物件和记忆还在，故人已去。

世间多数物品都不值得留恋，但姥姥的缝纫机，我会永久保存。这台一九五四年产于天津的“五一牌”缝纫机，曾经是姥姥的“得力助手”，她的重要物件。算起来岁数比我还大。自我有记忆，就有缝纫机。姥姥似乎一年四季都在用缝纫机轧着各种活计，那时我天真地认为“姥姥一年到头要做三百六十件衣服，因为我每天都得穿衣服”。确实，姥姥用缝纫机缝制着全家几口人的衣服和各种零碎布品。在我的记忆中，缝纫机从来不停！针起线落，踏板呱哒哒地响。姥姥轧一会儿衣服，就歇一会儿，抓把零食哄我，给我讲《三国》和《红楼》；也可能会催我打开书包写作业，有时做功课的写字台就是缝纫机的盖儿。合上盖，缝纫机停了，我在上面写字画画。充足的阳光斜在缝纫机上照着我，散发出一股好闻的机油味。

姥姥唐井方，出身清末贵族，父亲是青州府都统，姥姥是他最小的女儿。姥姥幼时家境优渥，设私塾，给她良好的文化传统教育。之后，父亲被同僚陷害，姥姥年少丧父，家境遂衰败。姥姥大方美丽，有品位。青年时嫁得如意郎君，丈夫留学日本，人品好，文武出

众，身居要职。他非常尊重姥姥，对家庭很负责，育有四个孩子。然而，中国近代多衰事，人到中年，姥姥失去了丈夫和大女儿。她变卖家产，保全一家，供孩子读书。姥姥有相当的远见和毅力，使得她的孩子们得以生存并有了不狭窄的人生。

饱经世事的姥姥一直极大地影响着我。她抛开中国传统教育中“仕途正统”的观念，认定她的孩子不从军、不从政、不经商，而是要有一门技术，做个手艺人！幼时的生活和姥姥踩缝纫机的模样一起定格在我脑中。她常常一边踩着缝纫机一边慢悠悠地说：“你在家呆着不如帮我做做家务，你帮我做家务不如出去玩会儿，在外面玩儿不如看会儿书，要是在家看书就不如学门手艺了。”我真的学了门手艺。深爱着我的姥姥，就像有着无限主宰力，冥冥中让我和妈妈、姐姐一样成了画家——有了一门技术，真的让她没再担惊受怕。

二十五岁那年，时局动荡。我被当时激动、强烈的气氛所裹挟，想说点什么，就画了《摇篮》。画面中的房间完全复制了我当时的居所（位于劲松二区，不知道变成什么样了，什么人住在里面），而姥姥的缝纫机不可抗拒地出现在我的脑海中，并推动我把它画在画布上。回头来看，这张画为什么要选择缝纫机？它曾经充满温馨的记忆，现在成为残酷的象征吗？机头下那根亮闪闪的针在哪儿呢？在我温暖快乐的童年，几乎天天和姥姥的缝纫机做伴时，我没有特别注意过这根针的存在；现在当姥姥的缝纫机无可抗拒地重新浮现时，我极敏感地注意到这根针，并在画面中把它去除了。姥姥用有针的缝纫机带给我无数温暖祥和的午后。然而，针不在那儿，就没有危险了吧？我不能让它在那儿。

对我来说，姥姥的缝纫机就是我的童年，就是我的时代。它改变了吗？现在姥姥没了，缝纫机还在。那个婴儿呢？

（撰文：邵帆 | 摄影：李冰）

姐姐手织毛衣

樊锦诗
考古学者，敦煌研究院名誉院长

我在敦煌五十年，敦煌培养了我。我当院长是在一九九〇年代，无所谓了，也可以不当；但是给你一个机会让你施展，不是每个人都能碰上的，我总在想文物的保护和研究。虽然比起常先生他们那个时候（一九四〇年代），敦煌现在的条件真是好太多了，但也还是苦。然而也很知足了。

我能活到今天——虽然也想多活一点儿，实际上知足了。

我和姐姐两个人是孪生，出生那一年（一九三八年），我父亲在北京工作，而我和姐姐七个月就降生了，早产，当时在北京协和医院，被护士放在保温箱里好长时间才“救”过来。听说我俩特别特别小，如果当时没有协和医院的条件，我们也可能就……后来，我多病，身体一直不好。

解放后回了上海。家里孩子多，我和姐姐之外，上有大姐，下有两个弟弟，弟弟比我们小得多。大概我在念小学三四年级的时候，某一天到学校上学，忽然腿不会走路了（没有知觉），下课后老师派了个大个子把我送回去，家不是太远，十分钟。十分钟里，我的腿一点

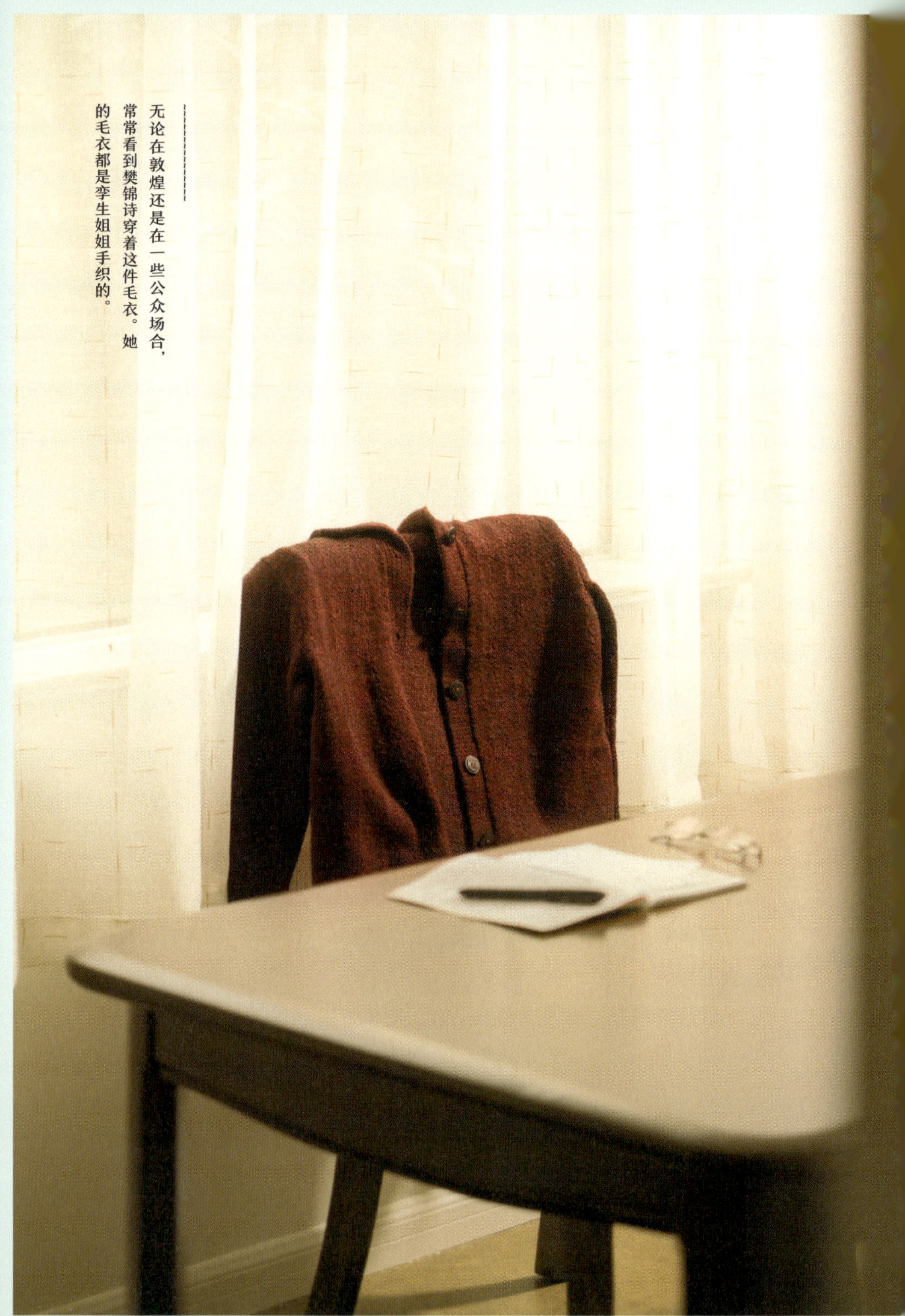

无论在敦煌还是在一些公众场合，常常看到樊锦诗穿着这件毛衣。她的毛衣都是孪生姐姐手织的。

儿知觉也没有了。我家住三楼，这段距离等于我是用手爬上去的。后来知道，这是中了病毒，小儿麻痹，一般婴幼儿时期或者胎儿时期就带有的。但患病的小孩，通常不懂，也不会说，一般人以为是感冒发烧。据说这个病潜伏期是一个星期。这病也没办法治，麻痹厉害，就会残废。当时家里以为我是软骨病，老奶奶就去烧纸。后来找到上海很有名的大夫粟宗华，他给看，但是没药也治不了。方子就是，得过这个病的小孩的血，抽出来输上。我家里人就四处打电话求人家帮忙，但最后一个也不愿意给，这也可以理解，小孩都小，家里肯定都很心疼。后来还有一个办法，就是抽家人的血，最后，就是把我姐姐的血抽了给我输上的。整整两个多月时间，我住在挺高级的一家医院，现在我还大概记着这个印象。如果说在别的地方犯这个病，比如兰州的话，肯定又完了。因为来势特别猛，再往上就到心脏，多拖几天就残废了。所以从生命来说，活到一岁是挣来的，活到九岁十岁也是挣来的。我总觉得人应该很知足。

我父亲是清华毕业，他不是那种旧社会家长，当我高中毕业考大学，他都没问什么，就问，“考哪儿”，很简单。我一共填了三个志愿，听说我填了北大，父亲很高兴。他说：“我在北大讲过书，当过讲师。如果能考上北大你眼界就开阔了，在这样的环境里，非常好的。”我大学快毕业，到敦煌去实习，那时候同学们对敦煌都很向往。我在图书馆看到《人民文学》，一篇《祁连山下》，主人公是尚达，徐迟写的，写得非常好。到了敦煌看到尚达先生，如果他不戴着眼镜，和老农民没两样。后来我在那里不适应，伙食不合口，单调。再加上我身体虚，吃饭也吃不下，只好提前回来，所以实习时间只是从一九六二年八月底到九月或十月，我们小组男同学一直坚持到一个学期。但分配的时候把我分到了敦煌。我父亲知道后，写了封信，是要我给学校的，我没给。那个时候正好是学雷锋，一九六三年嘛，大家都是万众一心建新中国，好像人们不需要怎么作动员。人也比较单纯。我父亲又写了一封信，让我找导师，只是我觉得这样很不好，有点儿像是你不讲信用，还把家长动员出来说情。所以我把他写的两封信都留在手里，没有转交（后来“文化大革命”中被我烧掉了）。当时我们在北京，记得我父亲说：“好。那是你自己的选择。”我到现在想着都很感动。我父亲是一九六八年年初去世，当时我已经工作五年了，也已经结婚成家。我说我考到北大，他点头；信没交，一句没怪我；去了敦煌，只在一九六五年、一九六七年见过两次，一九六八年他就去世了。我父亲在生前，工作很辛苦，每次回家，他就在加班。有时候写信问家里怎么样了，他就说“为人民服务”。

不过很庆幸，能到现在，也是父母兄弟都帮着。父亲过世后，家里相当困难，两个姐姐，相比之下那时全国工资都差不多，我在敦煌工资还高些，我就把工资寄到家里。每次回来上海，我弟弟就做好了菜带到这里来。我们互相都不会多说什么。到今天，我父亲去世四十多年了，我们感情还是很好。我姐姐喜欢织毛衣，在这方面很有研究，不像我完全不懂穿戴。有一件她织了好多年，里边还配了个里子，可以当小大衣——敦煌不是很冷吗。但我又很邋遢，不知道怎么洗，所以穿脏了就交回她去洗。这一件我常穿，在身边好几年了。我也有西装，基本不穿，女同志的衣服老在变，我说我是老太婆，人也老了，穿的衣服可能是古董。

我觉得我能活到今天靠的是父母的养育之恩和兄弟姐妹的手足之情。

（口述：樊锦诗 | 采访：夏楠 | 摄影：马岭）

座钟

沈宏非
作家，制片人

根据靠不住的记忆，这台座钟，可能是我视觉所及的第一个非人类物体；它发出的声音，有可能是我耳有所闻的第一种非人类的声音。以上事件发生的时间，应该在一九六二年九月中到一九六二年十月初。地点倒是十分确定：外滩。

和记忆同样靠不住的，还包括此钟的来历：它可能是我姥姥的陪嫁，可能是我妈妈的嫁妆，当然，也有可能来自我的父亲或者他的父亲。无论如何，因有资格提供证明的当事人皆已无法到场，即便能到，其证词亦不足以被采信，故此事已无从确认，因而，关于它的钟龄，有可能是六十年或七十年，有可能是八十年，当然，超过一百年，也不是完全没有可能，因为它的制造商“爱知时计株式会社”（Aichi Clock Company）成立于一八九八年。总之，它比我老，从我有记忆的那一刻起，它就在那里了，就坐在一个比我还高的五斗橱的顶上，老神在在。

后来与它温暖的木质外壳和冰冷的铜制零件所发生的肢体接触，依次来自于：一、用钥匙拧动上弦；二、用装缝纫机机油的铁皮壶给它上油；三、手指对指针直接干预式的拨乱反正；四、推动钟摆；五、关上玻璃门——时间开始了，时间又开始了。除了形象和声音，除了这是我学会操作并修理的第一个机械装置之外，某种意义上，我相信它还帮助我直观地建立起以下这些初始的概念：关于钟点，关于时间，关于单调，关于无聊，关于早起，关于晚睡，关于聚散，关于离合，关于运动，关于停顿，循环往复，成住坏空——最神奇的，莫过于它隔三差五的习惯性故障，比如走快走慢，比如停滞不前，比如明明应该是下午五点却只打了两响钟。凡此种种，对于一个正在建立包括时间概念在内的基础"三观"的未成年人来说，虽不至于尽毁，却足以激发出某种美妙而晕眩的错乱。这一切，正应了很多年以后读到的《围城》的最后一句："这个时间落伍的计时机无意中对人生包涵的讽刺和感伤，深于一切语言、一切啼笑。"

第一次长时间地脱离它的擒纵，是在一九八〇年八月的某日，这一天，我离开上海到广州去上学。我不能确定的是，在我背起行李出门之前有没有习惯性地望过它一眼。大概在十年之后，我在广州有了自己的第一个家。父母从上海来看我，行前在电话里问要带些什么，我毫不犹豫地点了这台钟的名。当它再一次坐在我的面前时，小心地上两把发条，迟疑地加一个推力，它居然还能踉踉跄跄地走了几步，响了两声。逝去的亲人再一次在我耳边开口说话。现在，它又和我一起回到了上海，我不知道生锈的钥匙是否还能转动它的发条，脱落的钟锤是否还能"自动"地敲响音簧，事实上，我已经不想知道了，因为我相信，对我来说，它已经脱离了一个时钟的存在，已经超越了时间而变成了时间本身。而对它来说，有可能，我每天早上在镜中改变的面容和每天晚上回荡在室内的我的咳嗽、我的叹息和我的脚步声，都已经变成了它的时计。

说什么以后，现在就已是以后；说什么从前，往后就是从前——某年某月某日，在我即将成为非人类的那一刻，我希望它会是从我眼睛里淡出的最后一个物体，从我耳朵里离去的最后一种声音。

（撰文：沈宏非 | 摄影：方磊）

座钟，购于上海外滩，钟龄未确。

传家之宝

任祥
作家，设计师

我的珍贵宝物全散在生活里，我以会计师的精算的方式，把这些珍贵宝物一一数来，整理出了一张属于我们的资产负债表，结集成了《传家——中国人的生活智慧》一套书，送给孩子们。我的孩子们代表着华人世界这一代的年轻人，从他们身上，看不到具体的武器，可以去抗衡西方教育与外来文化的冲击，拿不出自我的主张去面对如洪水猛兽般的媒体，不分青红皂白，照单全收着时尚与流行，继续着错误的生活步调与饮食习惯。我又眼看着孩子们考过了攀登学府的考试，但对打理生活的常识与自身的由来却交了白卷，相信这些都是现代中国父母萦绕在心头的忧虑。我以一位承载着中国文化的母亲，以“传家”的精神来写这一套书，希望能把我们的文化宝藏传递给下一代。

书出版以来，所造成的影响超出了所有人的预料，它好似唤起了许多人共有的压箱宝一般，我收到很多读者的回馈，其中许多都令人动容。从这些回响中，我看到在这消费主义、物质主义、个人主义愈趋极端的时代洪流中，有那么多父母跟我抱着相同的心情，急切地想要把整大包的文化资产存入下一代孩子们的生命账户之中。《传家——

中国人的生活智慧》并不是我个人的珍物，它是属于这个华人社会的珍物，因此，我个人分文不收地做这一套大书，这个珍物，来源已久，存在于每一个中国人的血液里。

《传家》分成春、夏、秋、冬，每季各自独立为一本，内容都以“气氛生活”、“岁时节庆”、“以食为天”、“匠心手艺”、“齐家心语”、“生活札记”六个单元，展现日常生活的中国文化精粹。

搭配四季的风景与小食，传达当季不同的光影，塑造浪漫的生活景致，为每一册书拉开序幕。每一个季节以两个最具代表性的节日，详细地介绍自古流传至今的庆典礼仪。而流传于民间的农历与二十四节气，也都以浅显易懂的手法做说明。饮食文化在本书占了很大的篇幅，分别以主食、文化食物与零食三种方式介绍；有的以做法粗分类别，有的则庞杂如百科全书。我们的饮食文化，发展到现代，越来越丰富精致，却因为过分烹调与要求口味，不一定越来越健康。食物安全问题不断地出现在我们生活中，身处忙碌的工商社会，我们更应加强现代营养学的常识。在“食物”篇提供的是分类方法，视觉效果；家传食谱，民间食补，以及常用的中医药膳。

每一个中国人珍贵的文化血液，都被自古流传下来的艺术所熏陶，我整理出属于我们的服装、饰品、书法、绘画、器物、乐器、戏剧与生活中的线条，礼物的设计搭配、心意的传达等，这些都不难看到属于我们共同的语汇。四时的花艺与我多年来散在各地的珠宝家饰卡片设计等，也一并介绍于“匠心手艺”这个单元。此外我也将宜兰花布、蓝染花布、缝绣编织还有剪纸等艺术，分散于四季的摄影背景中。

“齐家心语”篇的设计，可以说是这整套书的骨架，字里行间不乏道理与教条，也蕴含着深厚的情感：是身为母亲，与儿女的教育对话；身为儿女，与上一代的感恩对话；身为妻子，与先生的爱情对话。这些文章，有些曾在报刊发表，其中的真实故事，在大时代戏剧化的过程

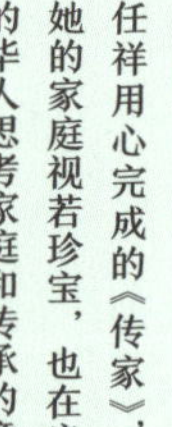

（上图）任祥用心完成的《传家》，不只被她的家庭视若珍宝，也在启迪更多的华人思考家庭和传承的意义。

中，也重叠出现在很多中国人的家庭，展现不同年代的长辈在面对苦难时的勇气和智慧。有些是我给家人的信，以及我从小到大的生活点滴。有些做人处世的文章则是提醒孩子们必须注意的。

我们的文化底蕴与先人智慧的结晶，则体现在出版、成语、谚语、格言、诗词、戏剧与历史上，还有历代各种名人的身上。这些中国人独有的文化精华，是我花了很多年搜集、整理的宝贵资料。中国人的宗教、教育方式、术数命理与生活生命、书信、公德心礼节等，也都用散文或是图绘的方式介绍，种种的用心，都是希望儿女们能借此更了解他们的父母，以及先人的经历与智慧。本章节鼓励所有的家长为孩子们建置一本功德存折与诗词存折，我觉得这是人生中最重要的积蓄，希望他们

能代代相传下去，丰富后代子孙的生命哲学与文化生活。

最后的“生活札记”，则是最基本料理生活的技巧与常识，如我的有机菜园、我的厨房、四季养生、宴客安排、食品安全、家庭管理、金钱管理、家人情绪沟通、父母亲碎碎念、好习惯建置等。制作这套书期间，我访问了很多女性朋友，有夫妻缘尽而离婚的，有婚姻幸福家庭美满的，有跟儿女与长辈皆能融洽相处的，也有父母对儿女的表现未达标准而失望的…… 我问的都是同一个问题：“如果时光能够倒流，你对以前没做到的事，最想弥补的是什么？”最后，我在字里行间穿插了那些未了的遗憾和梦想。

我们的文化更并非几本书就可能窥其堂奥的，《传家》希望能起抛砖引玉的作用，想要提倡每一个家庭都可以做出一本自己的珍物——《传家》。

（撰文：任祥 | 摄影：刘振祥）

家庭相册

纪实摄影家
安哥

一九五一年，安哥与母亲。这本家庭相册跟随安哥至今，包括当知青的年月。天各一方的家庭成员每年互寄照片，「见照如晤」，照片能直观地了解彼此的状况：胖了、瘦了，是否安好。

“安哥”这个名字最早出现在他上幼儿园时的照片上，“安哥”两个字就绣在他的衣服上。因为安哥小时候吃奶会发出A-KO、A-KO的声音，妈妈给他起了这个名字。一九五四年在北京上育才小学时，改名为彭安鸽。与他一起玩的孩子便喊他“鸽子哥”。鸽子哥上小学时还代替一个胖同学给越共主席胡志明献过花——那时候的献花少年都要胖，长得胖才能体现社会主义优越性。

安哥的父亲是马来西亚华侨，回国参加抗日战争后便与母亲、兄弟天各一方。所以，解放后他家每年拍照片、寄照片就成了最重要的家庭仪式，“见照如晤”，照片能直观地了解彼此的状况：胖了、瘦了；是否安好。现在看来，中国公职人员家庭与马来西亚西药房店主家庭之间倒是有一个十分有趣的对比，前者一贯地表现出红色中国特有的朴素，越到后期政治色彩越浓重；而后者可以看到不同时代的时尚的影子。

安哥第一次拍照是在一九六〇年，他拿着奶奶和八叔从新加坡寄来的PETRI照相机给父母拍了一张合影。那一年，他的父母才从海南下放回来。上小学的安哥已经当了两年“一家之主”，妈妈临走前嘱咐他，机关会从工资里扣一百块钱的生活费给他们兄弟三人，让他学会记账。

后来安哥带着一部他舅舅送给他的德国产的蔡司老爷相机去了西双版纳。在他这本知青家庭相册中，有一张他和伙伴们爬上大勐龙曼飞龙塔的合影，用的是保定产彩色电影胶片，那是一九七一年他回北京探亲时邻居大哥哥送的。

当时还没有冲洗彩色胶片的地方，他将拍好的胶卷寄回北京，由邻居大哥冲好再寄回给他。那张合影直到一九八〇年代才在广州的彩印店里晒出彩色相片。

安哥是一九六八年去西双版纳插队的。偷拿了家里的户口本，就跟着同学去迁户口了，事先都没有跟父母商量。他是“文革”前的最后一批高中毕业生，已经在社会上晃荡了两年，等着招工，不时去地坛跟着老拳师学打拳，也跟着同学到各地串联。对一个没有多大政治抱负的青年来说，串联有点像现在的“间隔年”，拿起相机，搭上免费火车就到处游玩去了。在安哥的“知青相册”上就留下了当年参观重庆红岩村和云南温泉游泳的照片。

除了打拳，安哥还迷上了冲印照片。从旧货店买了凸透镜、铁管、木板，用家里暖瓶的铁壳组装了一个放大机，把照相机的镜头当做放大镜头，便开始将家里的底片都放大出来。安哥说，当时想到自己随时都可能离开北京，身边得带一本自家的相册。母亲在一九五〇年代被打成“右派”，他已见过一些人间冷暖，更不喜欢北京浓重的政治气氛，心里一直有离开的念头。

当时同去西双版纳的都是心地单纯善良、志趣相投的朋友，跟那些“革命风暴”中的小将完全不同，他们搭火车一路去昆明时倒是有挣脱政治、青春激昂的味道。一九六八年二月，昆明还在武斗，为迎接第一批“首都赴云南支边红卫兵”，武斗两派当夜还停了火。但是，安哥说，那一夜，昆明的夜空仍枪声不断。

小学毕业的时候，有舞蹈天赋的安哥曾经被老师推荐去报考芭蕾学校，在母亲的反对之下未果。但是，安哥文艺细胞在西双版纳很快得到了发挥，成了宣传队的活跃分子。其中《智取威虎山》中杨子荣“打虎上山”的动作是最闪亮的青春留念之一，相册中保留着这样的一张“定装照”：安哥一个大跳，充分展示了他的武术功底，当时没有雪地靴，硬是在手工上色的照片上刮出了一双“白色的靴子”。在当地，安哥演的杨子荣相当出名，连放牛娃老远望见他都会喊：“老杨！”有一次探亲，安哥去看望正在江西进贤县“五七干校”劳动的父母，二老搬着小板凳坐在打谷场上，听他一个人从座山雕唱到了杨子荣。

那次，父母将他送走，一家三口在车站作别。他蹲着——那是到西双版纳之后养成的习惯，父亲与母亲都站着，轻轻地抚弄着他的头发，小声议论着他的眼睛像谁，嘴巴像谁。“文革”中，安哥一家人四散，连最小的弟弟安末都去了吉林插队，那时候亲人见面的惊喜之一就是：哇，一下子就蹿成大个子了。这些少年离家的孩子，没了父母的庇护，就靠着运气，还有天然的生命力慢慢长大，发了烧，昏沉沉地睡一夜，出身汗就好了。

在那个闭塞的年代，探亲是增加见闻的一个重要途径。安哥回北京探亲时听朋友说，美国“阿波罗11号”宇宙飞船已经登月了——那是偷听外电报道知道的。他们讨论各自听到的那些“小道消息”，开始修正对领袖的迷信，原先只是以为毛主席不知道底下的情况，所以才会有这种乱局，其实未必。说不定是领袖错了，怀疑的气氛已经悄悄弥漫在这些年轻人中间。

探亲路上的见闻也丰富着少年对这个世界的感受。有一年，安哥从北京探亲回西双版纳，火车路过桂林时恰好是桂花盛开的季节，他把桂花放在阿尔巴尼亚香烟的烟盒里，香烟便真的香了，有一股淡淡的桂花香。

七年知青生活，安哥觉得最难的是每年一次四十摄氏度的高烧，打摆子，像过鬼门关。回广州后，吃了父亲托人从东南亚带回来的奎宁片，这个病才算断了根。

一九七五年，从昆明飞到广州，安哥正式告别知青生活，那也是他生平第一次坐了飞机。知青相册跟着他从西双版纳来到了广州，成为摄影师安哥多如牛毛的照片中的一部分，但这本相册上的照片别具意义，是他一切的起点。

（撰文：金雯 | 供图：安哥）

保温杯和牛仔布袋

黄灿然

诗人，翻译家

（左图）这个保温杯已经用了好几年，漆慢慢地也掉了。

这个杯子，我每天都带着。是一个朋友几年前给我买的，让她先生从加拿大带到广州，再从广州寄快递到香港。这个朋友经常出现在我的诗中，叫谢萃仪。

我收到这个杯子后，放了一年多，一直没有用。后来我开始重视中医的养生，要防寒，喝水必须喝暖的水，自己烧的开水，连公司里的水都不想喝——热水箱里反复沸腾的水不好。我就自己带水，这个杯子就用上了，每天都用，很适合我。偶尔出门旅行，更是大派用场。我睡醒之后要喝温水，睡觉前倒进开水，盖住，醒来后刚好可以一口气喝下去。

这个杯子一直用到现在，漆慢慢地也掉了。

我重视中医的养生，有一个过程。我二十八九岁的时候，有时工作着会突然心跳加速，手心出汗，差点昏过去。我在《大公报》上夜班，当时除了翻译，每周还负责写一个版的深度报道，要看很多报纸杂志，像《时代周刊》、《纽约时报》、《国际先驱论坛报》、《世界新闻报道》、《泰晤士报》、《新闻周刊》等，都要看。工作量很大，饮食却不注意，连最起码的营养概念都没有，喝茶很厉害（喝茶很伤胃的），抽烟也很厉害。

我去医院检查，是植物神经紊乱，好像也没有特别的问题，但它随时会来袭击，变成一种心理疾病，因为不知道什么时候突然就会昏倒。这场病持续约两年，阴影则持续了十多年。我后来判断可能就是抑郁症，最严重的时候，差点从楼上飞出去。

从那时候开始，就一直很关注怎样调整身体。我当时还是按照欧美的现代营养学来吃东西，多吃蔬菜、水果，虽然对一日三餐都很小心，身体还是经常出毛病。这样延续了十多年。我也看中医，吃了好几年中药，清除了寒凉和湿气，但是也不能总是吃中药。后来我自己尝试中医所谓的“戒口”，主要是戒除寒凉的东西，连非冰冻的矿泉水也戒了。我还发现，应该少吃水果，水果就是寒凉的，完全可以用蔬菜来替代。实行了相当长的时间后，就能自我调整了，变成了习惯。

现在想想都会后怕。如果当时没有晕倒，再不小心一点，再过一两年，可能人就没了。所以我觉得，我的下半辈子是捡回来的，那就要做自己喜欢的而且对别人有益的事情。

我记得我年轻时曾经对一个朋友说，我大概活不过四十岁了。生病前很悲观和主观，且有自杀倾向。生病后变成怕死。一个人在三十岁的时候意识到这个问题，就会开始珍惜生命。我也开始用眼睛来看，而不是用头脑思考，这很重要。

我们的整个世界完全是建构出来的，我们的眼睛按照头脑的指示来看世界，但我们的头脑又受一个更大的头脑影响——观念、历史等等，控制着我们。我们的头脑是虚幻的，所以我们看到的东西是假的。当你用眼睛来看的时候，它才是真实的世界。如果你能消除这种影响，哪怕只有一刻的清醒，你看到的世界就会不同。

还有一个和这个杯子配套的，是我妹妹给我的一个包，她自己用牛仔布缝的。有一根带子，可以打个结，提着练指力。我每天上下班都提着，把杯子放进去。它们就变成我自己最重要的东西。

我也写过我妹妹。她四十多岁了，是我们兄弟姐妹中最漂亮的一个，她现在一直在家里照顾我母亲。我跟妹妹的关系特别好，她脾气不好，跟我相处得却很好。她还会做这样的包送给我的朋友们，上次做了一个送给我的女朋友，更漂亮，布质比这个好多了。去年诗友蓝蓝来香港，送我两大包很好吃的红枣，我不知道该回送她什么，刚好看见妹妹还有一个小布袋，就让她再绣上蓝蓝的名字，送给蓝蓝，把蓝蓝乐坏了。

（口述：黄灿然 | 采访：张泉 | 摄影：Roy Lee）

家乡的泥土

俞孔坚 景观设计师

俞孔坚现在北京的家，一堵“生态墙”是他自己设计的。

在这面墙上，他“种植”了很多植物，并且引水上去，每天浇灌，植物爬满了墙壁，一片青绿，“还可以调节室内湿度”。植物都是山里长在崖壁上的那些，铁线蕨等等，它们可以自己释放孢子来繁殖。

这面墙在家里形成了一个小景观，自然与山水融入建筑内部。对景观及风水的敬畏，是从孩提时代即已开始。“我的老家在浙江金华东俞村，四顾皆山，北临金华江，右带白沙溪，村前一片松林，清澈的小溪经过松林，绕过宅前，被引入村中的一个个池塘。”“文化大革命”几乎占去了俞孔坚全部儿童时代，父母都是“黑五类”的子女，每天妈妈受完审讯和批斗回来，就只有怪祖宗墓葬的“风水”不好，“后来哥哥因写信控告‘文化大革命’而被打成反革命，我也因此多次被拒于小学和中学的校门之外，妈妈更是喋喋不休，怪祖坟风水作祟，扬言要挖祖坟重葬。”

“说来也怪，一九八〇年，我竟是本区中学三百余应届高中生中唯一一个考上大学的。于是乎，赞誉之声四起，其中受誉最多的是我家祖坟和宅前的风水。到北京上学的前一天，母亲嘱我在村前的那片风水林里取了一勺土，包好后珍藏在我的行李箱里。”

他在浙江金华的农村成长。当他在美国SWA成为职业设计师时，发现其设计灵感竟源自儿童体验。幼年时穿越弄堂、在甘蔗地捉迷藏这些反复的把戏，都给了他最初也是最好的空间体验。

让俞孔坚一直珍而重之的，就是这一小包泥土，它现在用一个小红布袋子包着——仍是母亲当年缝制的布袋，布袋子被一张红色电光纸包着。“这纸现在都早没人再使用了。”电光纸是上世纪七八十年代的产品。

三十多年这一小包土没离开过他。上学、出国，再到定居北京。如今俞孔坚把父母接到北京居住，就住在自己隔壁，而那面“生态墙”的另一面，也种满了植物，父母的房间，就对着墙的另一面。

当他在阳台上，在我们面前打开纸包，再打开布袋，泥土已经非常干燥，时间蒸干了这包土。

手一动，指缝里就掉下好多土渣来，撒在地板上。“掉下来也没关系，还是掉在我家里。”阳台上也种植了大量植物，土掉下去，依然可以守护那些植物。

（撰文：佟佳熹 | 摄影：刘刚）

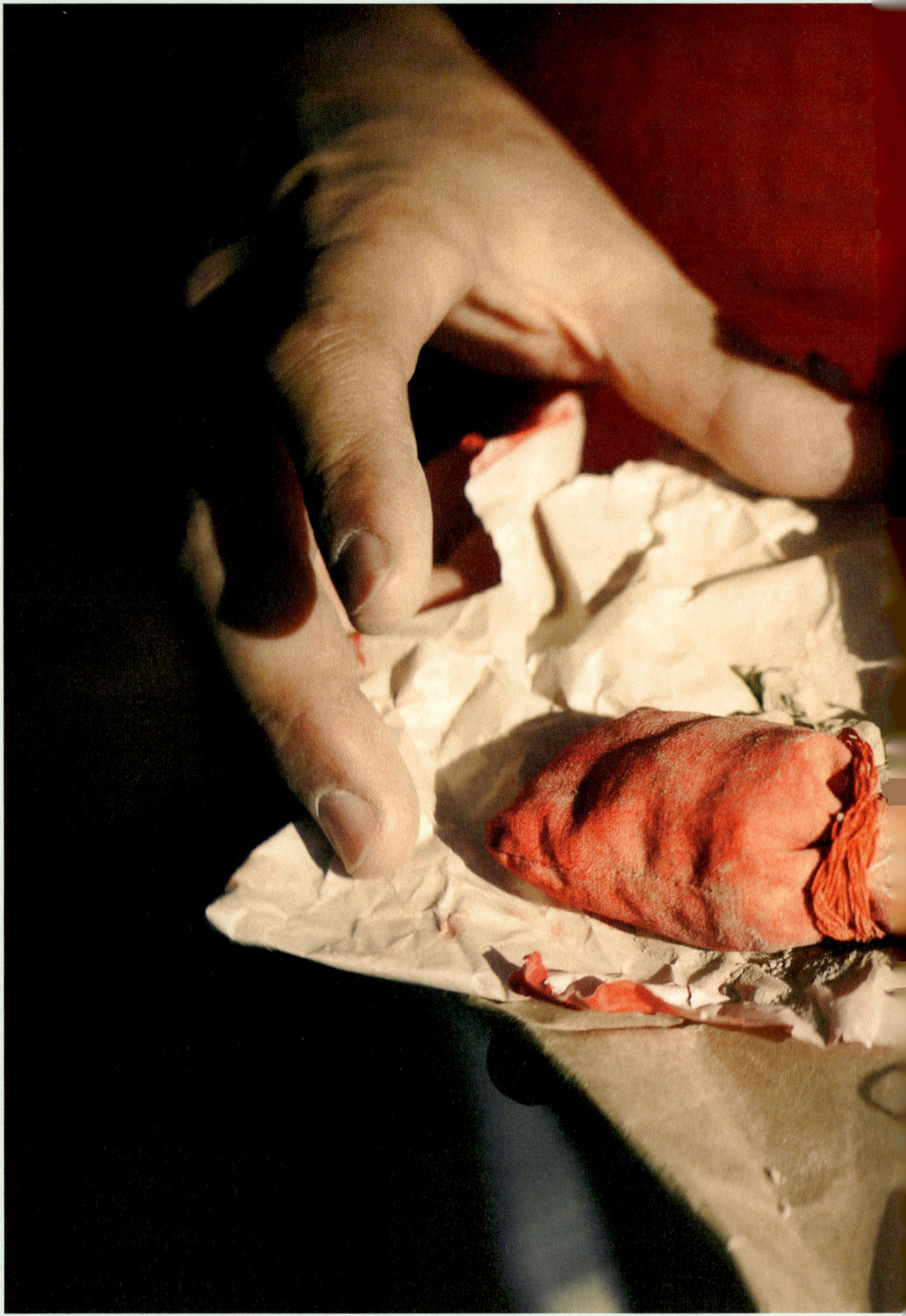

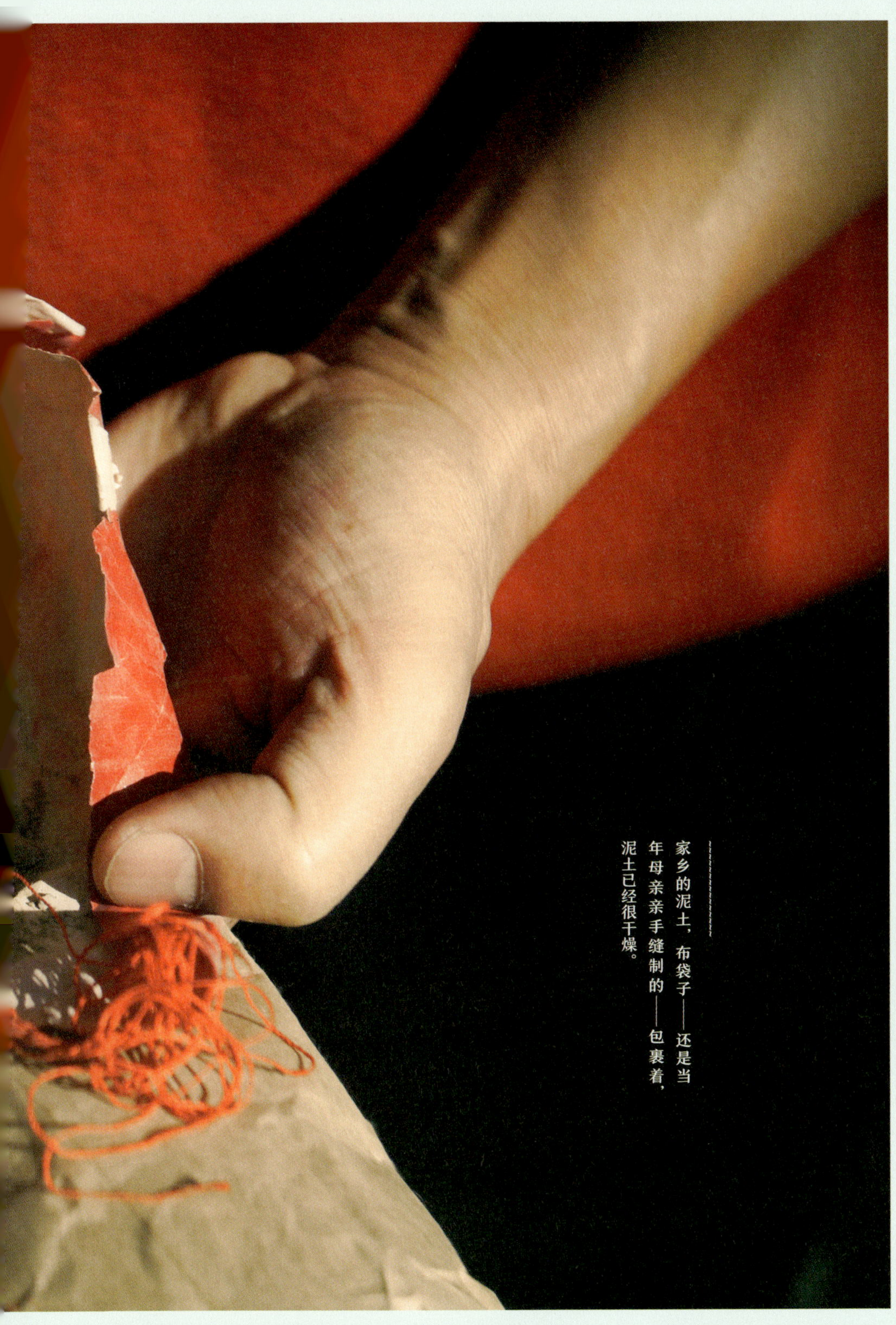

家乡的泥土，布袋子——还是当年母亲亲手缝制的——包裹着，泥土已经很干燥。

海燕牌收音机

张军
昆曲艺术家

这台三十多年前生产的海燕牌老收音机是我前不久收藏入囊的，我爱收集老物件，同事们都知道，所以有一天他们在工作室楼下拍卖厅看到有一个老式收音机就让我去看看。我一眼就相中，拍卖的时候居然没有人愿意拍，我花了一百块钱把它买回来了。说起来挺有意思的，它的生产时间段是从一九七五年至一九八四年，正好也是我在上海的郊区青浦乡下出生和成长的这段时间。

我们家有两个孩子，弟弟跟着爸爸妈妈一起生活，而我和外公外婆住在一起。乡下孩子，童年生活是极其丰富的，上山抓鸟，下水摸鱼，完全的放养状态，以至于现在回想起来，最开心和怀念的仍是那

海燕牌收音机的生产期正好是张军在青浦乡间度过的童年时期。

个时候。外婆家一面临着小河，三面是田野。夏天黄昏的时候，我从小河里游泳回来，顺便到菜畦里摘几把青菜，便是晚餐的食材了。夕阳还没完全落下山去，柴火在灶膛里噼啪作响，外公已经在做吃饭的准备，从堂屋把八仙桌搬到屋前的空地上，摆好条凳，等菜上桌的时候，拧开那台黄色半导体收音机，广播声惊得已经声嘶力竭的夏蝉又狂躁起来。那时候吃了些什么已经记不清了，但唯独记得一档滑稽节目《说说唱唱》，每日五点半开始，佐着晚饭，主持人仿佛有说之不尽的可乐段子，日复一日。

外公外婆是典型的农村老头老太，吃完晚饭以后，他们要洗衣服，整理一些家务，都在屋前空地上的那个石台子上进行，那是我们平时用来打乒乓球的，晚上就铺一张草席子躺在上面乘凉，仰头可以看到满天繁星。农村那时候穷，很少开电灯，漆黑夜幕下的浩渺星空就完全地印在我的眼睛和脑海里，永远不可能忘掉。这时候收音机就调到另一档节目，苏州评弹，虽然听不懂唱什么，却被琴声迷住了。所以我现在除了昆曲以外，最珍爱的就是评弹。

我所有对家乡的记忆，对星空的记忆都是在半导体的陪伴中度过的，它是我童年中最重要的记忆。我知道别人家里这种很高级的收音机，就是海燕牌，但家里没有钱买，就是那个黄色的小收音机也听了很多年，非常破旧，听着会卡壳没声音，裂开了就用胶带缠起来，坏了修，修了又坏，像衣服一样缝缝补补，三年又三年。但这种声音带给我的艺术熏陶，不知不觉中从某种层次上来讲也成就了我后来的艺术道路。我想过，当年上海戏剧学院来招生，为什么选中我成为昆剧演员？我唱歌跳舞都不喜欢，也并不很愿意表现自己。但招我的老师说我很有艺术天分，后来回过头想，这些艺术熏陶倒还真是扎根于我幼时心灵中最重要的部分。

做了昆剧演员后，我的人生分割成了块状。十来岁之前都是在农村，后来十几年在戏校，再后来十几年做演员。板块很清晰，记忆也很深刻。我一直觉得我的童年并不快乐，特别是考进戏校之后，完全是在一个凄惨的科班学习中度过，但好在也有一个收音机陪着我，所以收音机一直是我很喜欢的东西。

我收集的东西都跟自己的记忆有关，时代发展越快，这些东西就越珍贵。与其说我在收藏老物件，不如说我是在做一幅青浦黄昏里的童年记忆拼图，留住那段最温情的时光。

（口述：张军 | 采访：孙程 | 摄影：方磊）

家庭合影

刘瑞琳
出版人

她的忙碌，占据了现在大家对她的第一印象。当我们提出“珍物”的念头时，刘瑞琳说“脑子里闪过先是一片空白”。

“我不太在意生活里物质性的东西。但我爱生活。‘最珍贵的’恐怕是每一次的呼吸吧，还有记忆。这张照片凝结了一段记忆，独一无二。”刘瑞琳在北京的办公室，更像是一个大书房，书架和读书的沙发占据了房间绝大部分空间，“因为每天工作到很晚，计算下来我待在办公室的时间远远多于在家，所以办公室的环境就更用心来布置了。”在满是书籍的办公室的书架和桌子上，只摆放了一张私人的照片。

这张照片拍摄于四十多年前。关于一九七一年冬天的第一次“进京”，刘瑞琳的童年记忆被时间冲散。她甚至试图打个长途给此时在海南的父亲，“想电话里和他聊聊那年的情况，可惜没打通”。所有那一年在京的记忆碎片，都组合在那张老照片里，一家五口：父母、刘瑞琳自己，以及两个妹妹。她那年六岁。

一九七一年正赶上中苏关系紧张，满洲里扎赉诺尔矿区地处边境前沿，许多人都想办法把“家属”送回内地老家。父亲带着一家人从内蒙古返回山东老家，途经北京。他们在北京没有亲戚，住的是招待所。“我从小都是在呼伦贝尔，那里冬天是一望无际的白，夏天是一望无际的绿。从这样的世界跑到‘首都北京’，看到那样的城市、那样的建筑，很新奇，很紧张。”两个妹妹更加因年幼而惊恐，以至于在天安门广场照相时，两个小女孩都在哭。“妹妹都很害怕，一直哭，不配合。照片里她们手里都拿着冰棍——给买了冰棍哄着才勉强拍了。”广场上专门有给游客拍照的。

（右图）
一九七一年，刘瑞琳以及两个妹妹，随父母第一次来到北京，一家人在天安门广场合影留念。这张合影多年来一直跟随她，如今摆放在北京办公室的书架上。

此后的四十多年，这张照片一直跟随着刘瑞琳，此时照片正摆在书架上，朝夕可对。“我不记得那次来北京到底经历了什么事，但是记住了当时的情绪。”其实除了“惶恐”与“兴奋”，她还记得那次父亲带着她去王府井的新华书店买了《红灯记》的画片和小人书，可惜这些物件都不及照片留得长久，早已遗失了。

第二次再来北京，依然是“途经”。一九八二年，刘瑞琳一个人背着所有行李，她考上了内蒙古大学哲学系。“我住在新街口附近的招待所，当时走在街上，能闻到街边水果摊里飘来的水果香味，好闻。但是兜里钱不多，也没法都尝尝。”时间像是一颗种子，时间也像一块土壤。时隔多年，刘瑞琳辗转各地，最终仍落脚北京。

“我做书，也想看书，但的确没太多时间看书。”时间越来越珍贵。刘瑞琳二〇〇三年十月开始主持北京贝贝特的工作，一开始主要是梳理和调整，到了二〇〇四年五月在桂林的全国书市，他们一口气推出了几十本书，“二〇〇五年初我们出版了陈丹青的《退步集》，这本书是我们当时最畅销的书，到今天已经差不多卖了三十万册。陈老师率直、犀利、真诚的风格，也奠定了我们出版的底色。”每一年她都带着贝贝特进入一个新的里程，二〇〇六年初，他们推出了木心的第一部

作品《哥伦比亚的倒影》，引起轰动，媒体界甚至将二〇〇六年称为“木心年”。二〇〇九年初，出版了梁文道的《常识》，“引领了一轮方兴未艾的公共阅读的风潮”。到了二〇一二年底，出版柴静的《看见》，一年内销售三百万册。

“打磨了数年的大型历史书，《讲坛社·中国的历史》，会在这个春天上市，它共有十卷，可以说是目前我们所能得到的、把学术性与通俗性结合得最好的通史著作。”刘瑞琳热爱生活，而关于出版的一切，都已经成了她生活的一部分。

（撰文：佟佳熹 | 摄影：李冰）

旧影

王薇
龙美术馆馆长，收藏家

照片上右下角写了“1983年2月”，当时的王薇是个英文打字员；另一张，一九八五年的广州，同为二十三岁的王薇和刘益谦看上十分纤瘦。王薇回忆：“刘益谦去广州进货，把我一起带了去。”在夏天的泳池，两人笑得特别灿烂。一九八六年，相恋的第三个年头，他们登记结婚。“我比他还大半个月。”王薇说。

在王薇看来，作为一个地道的上海人，刘益谦有着与生俱来的精明，也有着吃苦耐劳的务实。“他很内向，不过，他追我追得最紧……‘我会给你幸福’，刘益谦当时这么跟我说。几年前他开玩笑问我：‘我是不是做到了？’我觉得是的。”“其中包括帮助你完成美术馆的心愿？”王薇想了想，说：“二〇〇三年，我已经有了做美术馆的念头。那年我去了卢浮宫，见到西方的历史画作收藏在国家美术馆里，我想到中国的历史画都流散在市面上，回来就和刘益谦念叨：‘可能今后你有钱了，我五十岁之前可以开一个美术馆。’刘益谦当时不相信。”

二〇〇七年，王薇又对刘益谦说：“我们自己有个美术馆做展览多好啊。”刘益谦也没答应。到二〇〇九年，“革命的时代”展览当晚，王薇又提出办美术馆，刘益谦这次应允了：“你找地方吧，我支持你。”就这样，王薇在她虚岁五十岁那年，做了她人生中第二件大事：建成龙美术馆。“第一件事是和刘益谦结婚。”

看上去王薇比刘益谦更有着艺术的敏感。“父亲对我的影响很大。”王薇在和我讲述的过程里，掉了两次眼泪。“他去年刚刚过世。”王薇说，“父亲是一个很讲究生活品质的人。他喜欢把我打扮得美美的，像个小公主。他是个普通的技术工，但把钳工工具打磨得精致得不得了，还刺上小花纹。受他的影响，我喜欢画画，画画成绩总是得优。念书的时候画黑板报，很快就成为骨干了。”她继续，“妈妈原本是很爱唱歌跳舞的人，不过三十岁之后，她去菜市场当会计，财务工作让她很辛苦，越来越不讲究，但是其中也有个故事，我十二三岁的时候差点考上越剧团，妈妈非常希望我走这条路。身段什么都达标了，不过还是在最后时刻被筛了下来，因为我嗓音条件并不好。”

“现在来看，你的思想是很时髦的？”“我是那个年代比较敏锐的人，二十岁的时候当上英文打字员，那也是很时髦的工作。我很喜欢这份工作，但我还不满足，个性是这样的。我业余去学导游，记得第一次是去苏州。”在这点上，性格中的不安定，她和刘益谦是一样的。刘益谦早在初中毕业后就开始了创业，而其创业起点是一个生产皮包的家庭作坊，他为着这个作坊像个蜜蜂一样，前后经营了十多年。

王薇收藏第一幅革命题材油画是在二〇〇三年，张洪祥的《艰苦岁月》，那张在小学课本上见到的原画。“为何会收那么多‘红色作品’？”“你所说的‘红色作品’、‘革命作品’也是跟时代有关，与中国印迹有关。而后来的改革开放是我们特别感谢的。从那个时代走过的人，单枪匹马，凭脑力与体力去打拼生活。一九八〇年代始于一个并不富裕的基础，但改革开放打开了人们通向未来的信心。风云际会，新事物大量涌入，与旧观念形成激烈碰撞。就像现在，我们从照片里看到了一九八〇年代普通年轻人的爱情，以及一九八〇年代的闯荡。”

王薇、刘益谦合影，一九八五年摄于广州。

（撰文：徐卓菁）

《送别》歌词

马可 设计师

《生活》：在你看来，什么是美？

马可：自然是美，不违背本性，自然而真实的存在就是美。所以，自然中的山青水秀是美，人迹罕至的冰原、雪峰、沙漠也都是美。人造物的最高境界是“浑然天成”，人类归根到底，还是自然的崇拜者和描摹者。

《生活》：早年有什么样的经历使你明确获得美的启蒙？

马可：年少时逐渐感知自然之美，知道在视觉方面人造永远无法超越自然；随着岁月渐长，感觉人间最美好的还是感情之美、思想之美。所以，一直要求自己不做违心的设计，只做有感而发的创作，绝不为名利而妥协。所有的声名财富都是身外之物，并不真正属于你；这世间最值得珍惜的只有你曾经历过的感动和那些感动过你的人。

《生活》：人生最大的转折点是什么？

马可：我的两次创业吧！一九九六年二十五岁时与合伙人创建例

外品牌，二〇〇六年三十五岁时独立创建“无用”设计工作室。第一次创业源于无奈和被迫，因为无法找到与自己志同道合的企业主共同建立中国原创设计师品牌；第二次创业源于对自己创业初衷和设计理念的坚持。作为一个设计师，我永远不会把商业利益放在品牌的价值观和信念之前。在我看来，一个品牌真正的成功并不是多少位数的销售额和知名度，而是它的理念和精神真正可以启发多少人，帮助多少人，可以给社会带来多大的正能量，是不是有能力向世界输出中国的思想、文化和价值观，这也正是“无用”的使命所在。

《生活》：创立“无用”的时候用公益来定性，源于什么样的思考点？当下正进行的计划或想法和期望是什么？

马可：源于我自己的价值观吧！很多人竭力追求的在我看来是毫无意义的东西，例如头衔职称、高薪、美貌、名誉地位、名牌时装、豪宅名车。但是真正重要和值得珍惜的却往往被人忽视，例如健康自在、少欲知足、回归自然、心灵纯净、精神富有、自律有度、投入于某种爱好而毫无功利心、热心帮助他人、给别人带去希望和温暖等等。这个世界其实并不缺乏任何物质，但却非常需要爱和关心！这些不是常规追求利益最大化的企业可以提供的，所以社会稳定平衡发展非常需要公益组织及社会企业的存在。（注：社会企业的概念是由诺贝尔和平奖获得者尤努斯教授二〇〇六年提出，社会企业通过商业手法运作，赚取利润用以实现社会目标。它们重视社会价值，多于追求最大的企业盈利。社会企业与近几年国内常提的“企业社会责任”有很大不同。）

所以，我决定把“无用”定位于中国民间传统手工艺的传承与创新的公益性组织，但因国家规定公益组织无法做销售，故我们去年已经正式注册为品牌企业，但“无用”的公益理想不会因此而改变，我的理想是把“无用”建设成一家向社会传递中国传统价值观的社会企业，我

1=^{b}E 4/4 送别

5 <u>3 5</u> $\dot{1}$ — | 6 <u>$\dot{1}$ 6</u> 5 — | 5

长亭外 古道边 芳

5 <u>3 5</u> $\dot{1}$·<u>7</u> | 6 $\dot{1}$ 5 — | 5

晚风拂柳 笛声残 夕

5 $\dot{1}$ $\dot{1}$ — | 7 <u>6 7</u> $\dot{1}$ — | <u>6 7</u>

天之涯 地之角 知

5 <u>3 5</u> $\dot{1}$·<u>7</u> | 6 $\dot{1}$ 5 — | 5

一瓢浊酒 尽余欢 今

5 <u>3 5</u> $\dot{1}$ — | 6 $\dot{1}$ 5 — | 5

长亭外 古道边 芳

5 <u>3 5</u> $\dot{1}$·<u>7</u> | 6 $\dot{1}$ 5 — | 5

晚风拂柳 笛声残 夕

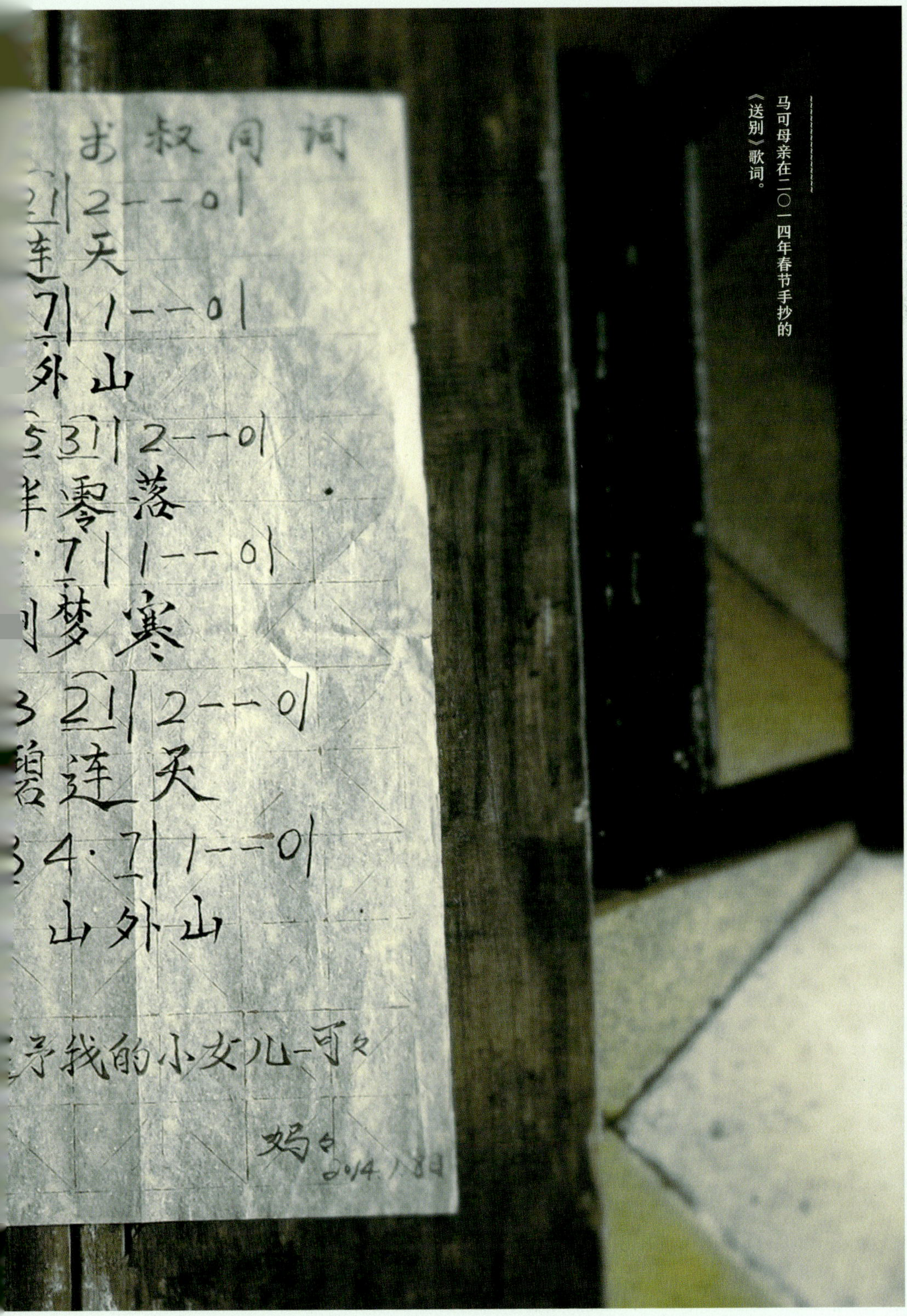

马可母亲在二〇一四年春节手抄的《送别》歌词。

们的目标在于通过手工精心制作的出品向世人倡导，过自求简朴的生活，追求心灵的成长与自由。“无用”目前尚未在中国正式开始销售，我们正为面市做筹备。“无用”是我选择的终身的修行之路，前面的道路还很漫长，我准备好了足够的耐心与意志，“无用”人将以对自己信念的长期践行来取得大众的理解和支持。

《生活》：对今天的自己有何不满意的？或对今天所处领域的环境有什么不满意的？你的态度是什么？

马可：我一贯的做事原则：要么不做，要做就一定尽全力做好。凡事只需尽力，结果顺其自然。社会企业在西方国家的兴起和发展已经历了数年，但是在中国还是一个刚刚开始的新事物，这棵善的幼苗非常需要大家来共同呵护、支持和参与。如果自己没有创建一家公益组织或社会企业的实力，那就投身去加入更多的公益组织和社会企业吧！贡献出自己的精力和智慧，获得一份有价值和意义的人生！不要过于在乎眼前的利益，财富永远不会给人真正的满足感及安全感（实际上，越有钱越不满足、越缺乏安全感的大有人在），更不会带来幸福的人生，反而，踏踏实实做一份充满意义的工作才是正道。

《生活》：在其他领域，你所佩服的人是谁？

马可：我敬佩的人很多，例如把一生奉献给加尔各答的穷人们的德兰修女、印度的圣雄甘地、创建台湾慈济会的证严法师、八十高龄仍旧行走在世界各地向人们推广绿色生活理念的英国动物学家珍·古道尔、长期独居于山林中修行的韩国的法顶禅师……

把尤努斯的一段话送给大家：“人们说我疯了，但一个人没有梦想的话就必然不能有所成就。当你在建造一栋房子的时候，你不可能就是把砖块和石灰堆砌在一起，你首先得有一个想法，要怎样才能把房子给搭建起来。如果一个人要去征服贫穷，那你就不能按常规出牌。你必须要具备革命精神，并且要敢于去想别人所不敢想象的东西。”我自己再接上一句：“更重要的是，你必须去行动，不是明天，不是今天，而是现在；不是一年，不是十年，而是一生。”

《生活》：与我们分享一件你所珍视的物品的故事。

马可：八十三岁的老妈亲笔手写的歌词。

老妈今年八十有三，身体尚好，只是耳聋。自从退休以后，开始提笔练字，从硬笔书法到毛笔楷书，一丝不苟、坚持不懈。常看到她戴着老花镜端坐在桌前，像小学生一样认真地一笔一画地写字。其实，没有人会在乎一个七八十岁的老太太字写得怎么样，但她自己就是不放弃。

春节接老妈来珠海过年，她看到我教还在上幼儿园的女儿唱《送别》。过完年送她回广州后不久，收到她寄来的快递，薄薄的快递轻得像空无一物，打开一看就瞬间融化了，老太太分别给女儿和孙女儿抄了两张李叔同老先生作词的《送别》歌词，给孙女的只有歌词，给女儿的还填上了简谱。

无论我长到多大，在母亲面前，永远是她不舍的孩子。

妈妈，无论您老到什么模样，在漂泊在外的儿女心中，您永远是人间最温暖的港湾……

（采访：夏楠 | 摄影：德罗）

北京·双林

爹打鬼子时候的刀

曹乃谦

作家

（左图）

曹乃谦爱好下围棋，是作家也是警察。他的父亲，拿着这刀打游击。

我们的老家是山西应县下马峪村。

解放前我父亲在村里当过私塾先生，一九四四年，他参加革命工作，离开了老家到大同地区打游击。解放后，我们的家虽然是定居在了大同，但有时候也要回老家村里的那三间老房子去住些日子。

我父亲的身体一直很好，可他在六十三岁那年的秋天，一下子就不行了，在一九七三年的腊月二十三，他离开了我们。

我们回应县老家把父亲安葬后，我妈决定把村里的这三间房给了人。我妈跟我说：“你爹不在人世了，妈是再也不想入这个家门了。妈看见这个房就伤心。给人去哇。”可给人人不要，最后以每间一百块的低价，象征性地卖了。

就我的想法，我是不想把这房给了人或是卖了。因为我喜欢农村，我还想在自己的老家有自己的房，多会儿想回来住就多会儿回来住。当时我的年龄已经二十四了，已经参加工作五年了，也已经在一九七二年时调进了公安系统当了警察了。可在我母亲的面前，我是没有表决权的。

我妈从大瓮背后抽出一把长刀，给了我。我妈说：“这个拿走。这是你爹打鬼子时候的钢刀。”我就用我穿的白孝衣，把它包裹起来，带回到大同。

这把钢刀不笨重，刀身的两个侧面，都各有着一条凹槽。我专门用尺子量了量，包括手柄，全长二尺八，刀身最宽处一寸半，最厚处有三个普通的铜钱厚。我还称了称，是我们家菜刀重量的三倍。无疑，这不是大砍刀，但肯定也不是玩具。我妈说，“你爹可会耍这把刀呢，耍得嗖嗖的，红缨带唰唰的。”我妈还说：“这刀的钢好。”她说，“那年有人想抢我们。你爹跟车上把这把刀猛地抽出来，一挥手，胳膊粗的树干，听不到个响声，就掉地了。吓得那几个人捩头就跑。哼，想抢爷，爷还不知道想抢谁。”

后来我才问清楚，我妈说的是一九六二年困难时期的事。当时我爹在怀仁当公社书记，我妈在我爹公社开了一片荒地种菜。秋天她跟我爹拉了一车山药蛋、白菜、萝卜等东西，步行着给我往大同送。路上有四个后生，手里握着木棒拦在当路，让把车留下。我爹从车上抽出长刀，耍了几下，把那几个人吓跑了。

我问她我爹拿这把钢刀砍过日本鬼子没，我妈说：“就你爹的身手，谁往上扑也没有给他股好的。”我又问了一遍，可我妈还是没说清我爹拿这把长刀，究竟是砍没砍过日本鬼子。后来我想，像这样的事，我爹是不会跟我妈讲到的。

刀身有些锈，看上去不美观。于是我就用银粉给刷了一下，亮闪闪的，是比原来好看了。但我妈说：“不好。叫你这么一刷给刷坏了，像是把假刀。”我妈这么一说，我真后悔。

（撰文：曹乃谦 | 摄影：李振华）

辑四

追寻

光耀生命

八十年代的诗与信

欧宁+左靖

欧宁 作家，策展人
左靖 作家，策展人

欧宁：《别人的帽子或者长发以及我的光头》

岁值大寒，由屯溪去碧山，四野萧索得紧，高墙窄窗的徽式房子失了庇荫，立在结霜的田地间，更添几分孤意，这冬日的枯清倒也是最能现得徽派建筑的气质。

相较于周遭的西递和南屏景区，碧山的村民要多许多，也更有寻常生活意象。昨天是年末最后一个大圩，欧宁入乡随俗去赶了个集，买了一些黟县本地匠人手工制作的竹编工艺品，装暖水瓶胆的罩子，放焐手暖炉的小篓子，这些作为黟县百工之一，曾被记录在他的合作伙伴、碧山共同体的另一位创始人左靖主编的杂志书《碧山》中。午后村民又送来了一堆供他烧壁炉的柴火，虽然已经来这里住了近半年，他还是适应不了碧山的气候，尤其是冬天，在他的老家湛江，从未有过这样寒冷的天气。母亲来这里住了些时日，更不习惯，她的普通话带着浓厚的粤西地区乡音，与周围村民无法交流，每天只能和他说上几句话，其余时间便像是一座沉默的孤岛。故乡湛江，从未像现在这欧宁在一九八〇年代自己手刻油印的第一本自选诗集，诗集名为《别人的帽子或者长发以及我的光头》。

样在他面前泾渭分明地与现实对峙着。

他还记得自己一九八六年写的第一首诗《湛江人》，当时去广西北海市看望姑妈，第一次去其他城市，两相对比之下，强烈的地区身份感也是这般立现心头。后来他把这首诗收录在自己手刻油印的第一本自选诗集里，诗集名为《别人的帽子或者长发以及我的光头》，基本囊括了他在湛江读高中期间所写的诗。那时他除了热衷哲学之外，便是诗歌。一九八〇年代中后期，是诗歌由盛而衰的转折期，在南方小城的中学里，学生们仍疯狂痴迷于文学创作和结友集社。“那时候我特活跃，高二的时候就已经编了名为《探索》的报纸，自己刻钢板，然后油印，探讨政治和经济学。那时候全国的中学生都在比赛看心理学的书，上海的学生是很敏感的，广东的中学生在看弗洛伊德的时候，北京的在看荣格，上海的已经在看马斯洛了。”到高三的时候，他编了一本诗选叫《致世界》，是在同一所中学一起写诗的少年同好的作品；读大学时又编了《心灵与媒体》，其中的很多诗人是他通过在《中学生文学》和《花城》等杂志上发表文章后结识的笔友。和诗歌一同流行的还有会见笔友，他会为了去上海见笔友，向中学里的同学借钱从广州坐两天的火车去上海，相识未相识的人聚在一起，通宵达旦地讨论一些很严肃的话题。一九八七年的上海之行是他第一次远行，欧宁对每一个细节都记忆犹新，在午夜外滩海关大楼的钟声响起时流泪，在讨论会上暗恋一个上海女孩，在《儿童文学》上发表的那篇文字极为老成的《谢谢上海》…… 这些东西泰半都在一九九四年抄家时被抄走了，他后来到曾经赠送过诗集和杂志、报纸的朋友处索要了一些回来留作纪念。残缺的一九八〇年代被装在一个大的牛皮纸盒子里，放在书柜的一角。

所有的这一切，他现在回想起来，有一个动机是明确的，逃离家乡湛江，他厌恶在这里度过的被贫穷缠缚的童年和青少年时光，后来确也是背离的方向。一九九〇年代社会转型，诗歌的时代过去了，他去深圳读大学、工作，到广州做音乐演出，在伦敦策展，到北京办杂志，游走于世界各地的中心城市之间，没再写过诗。二〇〇七年，他和好友左靖一起来到碧山，老徽州建筑的白墙黛瓦，乡村缓慢安宁和四时有序的生活，让他顿然心生故乡感，四年后，他们共同发起了“碧山共同体”计划，源于对过度城市化造成的农业传统和乡村社会体系日益崩溃的忧虑和批判。试图以知识分子离城返乡的方式，回归历史，承接世纪初以来梁漱溟、晏阳初等人的乡村建设事业，再造农业故乡。二〇一三年，欧宁在碧山置下的民国老宅内部装修完毕，他将北京寓所里的所有书籍、过往资料等等家当全数搬来，而后回湛江的乡下接母亲过来一同生活，若无意外，他会在这里一直住下去。“在一些人看来好像我回的是别人的故乡，其实我不这样认为，我觉得‘故乡’的意义并不仅仅是指代一个地域性的概念，而是能让人产生归属感，有心灵认同感，这就是故乡。就像对于我们这一代的很多人来说，八十年代就是故乡。”

左靖：一九八〇年代信件

二〇〇七年十月，我陪同中学时代的诗友欧宁去安徽游历。我们从合肥出发，一路到我的家乡皖南旌德、绩溪，最后到了我们共同的诗友郑小光和寒玉所在的黟县西递村。这是一次对少年时代因诗歌而结成的友谊的追忆之旅。二〇〇七年距我和欧宁、寒玉第一次见面的一九八七年已有二十年的光景。二十年，对于我们来说，也许早已脱胎换骨，我们不再是从前的自己；二〇〇七年距今，也有六年多的光景，虽然不能说脱胎换骨，但每个人的变化都在悄然之间发生。或亲近，或疏远。在这个世界上，又有什么是永恒不变的呢？

我向来不沉湎于旧物，再好的“物”，如果跟自己的生活没有太大

左靖在一九八〇年代后期与欧宁、寒玉等诗友之间的通信。

关系，那究竟是身外之“物”。或许，某物能短暂地进入你的记忆，进入你的情感，那也只不过是一瞬。二〇〇七年十月，当我从老家纷乱的杂物中翻出我们少年时代所有通信的那一刻，我就觉得，这也许是唯一可以陪伴我到永远的旧物。

在那篇开启了碧山计划的文章《从Non-Places到Places》里，欧宁回忆了那年十月的某个夜晚，我们读信的场景：“在西递的日子，我们最享受的还是在旧宅中读信，或朗诵我们过去的诗篇。左靖从旌德带来的三箱旧物展开在地板上，寒玉的收藏也参与其中，我们各自找寻自己十多年前的笔迹，那些天真无忌、张狂放肆的旧日言辞常被恶作剧地大声念出来，令我们面红耳赤、心跳不已。我们都在上个世纪八十年代度过了我们的青春期，那是中国思想和文化最好的黄金岁月之一，我们深深缅怀那个时代的精神饥渴，还有那时的情窦初开。今天这种跨越了不同人生际遇的重聚令我们感慨万千，时而欢声笑语，时而心有戚戚，不管怎样，都令我们深感它的来之不易……”

那么，抄几句令我们面红耳赤、心跳不已的信的片段吧，这是青春期的记忆：

“寒玉同学你好，冒昧打扰你了，诗让我们的心跳到一起，为了诗的未来，我向你伸出幼嫩的手……”——第一封写给寒玉的信。

“广东欧宁猖狂至极，前不久来信，满口主义、突围、超越，差点把我吓得背过气去了。他妈的坐收渔利，把《一点》上的家伙全拉去了，要办一个什么《怎样》诗刊。”——说欧宁“坏话”的信。“骂”到这里，我笔锋一转，接着写道“有空跟他吹吹牛”，接着把欧宁的地址给了寒玉。

“来信来信来信，有钱发个电报。”——写给寒玉。

……

在前几天的微博上，寒玉写道：“我会给你电话，我们一起生个火，喝点小酒，在属于我们的地方辨认彼此。别等待，别把故事留到后面讲。生命如此之短。”

真不知道如何看待现在的我们，或亲近，或疏远。再过20年，是否对现在的一切又“面红耳赤，心跳不已”？

二〇一四年二月十日于旌德
（撰文：孙程、左靖 | 摄影：彭辉、寒玉）

这件水罐随于坚一路由印度北上，辗转不丹、尼泊尔，留在他昆明的家。

陶罐

于坚
作家，诗人

《生活》：你曾经说，二十世纪中国文化的主流是反生活的，请再谈谈。

于坚：五四新文化基于对传统中国文化的全盘否定，五四新文化“知先行后”（孙中山），以主义、观念为先导，也将传统视为一个思想领域。通过思想路线的革命解决问题，这种源自西方某些思想路线的思路误导至深。而中国传统不仅仅是些抽象的观念思想，天人合一，在中国，文化就是生活世界，中国思想总是一些以经验、历史为支撑的生活现场、当下。文化的革命必然导致生活的革命。事实上，一九六六年的“革命”摧毁的就是中国生活，移风易俗，就是摧毁生活世界。我记得，在我少年时代，“革命”波及到日常生活的各种物件，烟头、衣服、戒指、口红……都被划线站队，要么是无产阶级的，要么是资产阶级的。人们甚至因为物品的拥有而被逮捕。这个在世界革命史上恐怕绝无仅有，因为天人合一是中国文化的核心和诗意所在。在写作上，五四以来的作家的观念是故乡批判，故乡批判的写作流行了一个世纪之久，至今依然在影响着年轻一代作家，怀旧被新潮人士嗤之以鼻。像门罗那样精神资源来自发霉的日常生活世界、来自不朽故乡的作家凤毛麟角。新的就是好的，已经成为中国生活的真理。最近几十年的大拆迁，导致传统中国世界的全面消亡，生活世界的全面同质化，其源头正是上世纪初开始的反生活的潮流。

《生活》：那么，你的写作呢？

于坚：其实我四十年来的写作都是在重建日常生活的神性，我的写作试图通过我的私人记忆创造一个经验世界。日常生活在二十世纪以来声名狼藉，革命要求的是所谓高尚清洁的生活，日常生活世界被视为庸俗、脏乱差。许多写作建立在洁癖之上，与城管局的思维一致。门罗获奖，许多读者很奇怪，他们不喜欢来自日常生活世界的写作。令中国读者兴奋的写作往往是观念的狂欢。而门罗则是日常生活、物件的细节，安静朴素深刻，人性有着时间的深度、保守的深度。在如此的大拆大迁之后，中国还有世界吗？在我看来，有的恐怕只是观念的象征物。比如城市，象征伟大、欣欣向荣等等。物件，举国热衷名牌，而名牌并不是生活世界，只是富裕的象征。这国家还有几个私人生活的房间？

《生活》：但是现在人们也逐渐意识到生活趣味了，许多人都在讲生活品位。

于坚：生活品位今天在中国很不自然，还是一种观念。生活品位似乎仅意味着成功人士的自鸣得意。我以为生活品位与成功无关。许多有着真正生活品位的人们并不成功，他们仅仅是热爱生活，生活品位是一种生活的诗意，源自对生活的热爱，而无论那是何种生活。比如印度，我最近出版的摄影和散文的集中，《印度记》就是赞美了印度生活的品位。人们日复一日地热爱着某事某物，成为一种生活的专业。

在加尔各答，我遇到过擦了一生皮鞋的大师、做了一辈子裁缝的大师、在歌舞团以外跳了一辈子舞的大师，他的年迈真是美，跳舞的时候基本上不迈开步子，只是原地抖动，就像一棵树在春天开花。

《生活》：那么可以告诉我们一种你喜爱的物件吗？

于坚：也许我可以说说那只印度水罐，我在旧德里的一个垃圾堆旁拾得它。这种水罐在德里的阳台、庭院、水井旁随处可见。印度依然是到处是水井的国度，传统的生活世界没有在二十世纪灰飞烟灭。我早就看见过这些水罐，红陶的，表面刻着古代传下来的波斯风格的花纹。需要多少时间，才做到这种形状。在其最初泥巴被捏制之日，也许曾经是某位工匠心目中的最美，与他家乡的水井、厨房吻合。现在已经成为印度水罐的普遍形式，作者匿名。它已经超越了美，成为一个物件，敞开在生活中，组成运转滋润着某种我们叫作印度的东西。我不顾一切，将这个水罐捡回，它非常重，从德里搬到孟买、菩提迦耶、瓦拉纳西、加尔各答、不丹、加德满都……经过三个海关，捧回昆明。一路上，印度人、尼泊尔人、昆明人都帮助我运这个水罐，我收藏有马家窑的陶罐，也有云南昭通的陶罐，而这是我最喜欢的一个陶罐。印度思想与中国思想的相通之处也在于，它不仅仅是书本上的教条，而是生活世界。瑜伽就是思（哲学）在身体上的体现。印度之思更偏重于身体，中国之思偏重于生活世界，这与西方思想的思与身体、事物的分裂不同，不过在二十世纪，西方之思在海德格尔们那里，也在走向另一种具有现代感的天人合一。

这个陶罐对于我来说是一个神器，而这种搬运对于我绝不亚于玄奘将经书运过沙漠，在整个过程中，我体会着虔诚。

（撰文/摄影：于坚）

《我与你》

吕楠 摄影家

《生活》：你说马丁·布伯这本书，你已经读过千遍，已经在你的血液里了。

吕楠：我自以为是在我的血液里了，然后我再一看的时候发现，像我这种微不足道的人，又看，就跟从来没看过一样。所以人不要自以为知道其实自己并不知道的东西。不要自以为拥有，其实并没拥有。要不停地温习，重新见证，重新体悟。伟大的著作里头，这些深奥的东西，真的，跟我最初看一样，依然新鲜，依然震撼你，依然触动你，依然吸引你，而且非常强烈。所以让我说，我还真说不出什么来。它也不是用来说的，更多的是让我来践行的。

《生活》：这本书是什么样一个机会得到的？

吕楠：一个朋友送给我的，一九八八年吧。

《生活》：那说说你刚开始阅读时的感受吧。

吕楠：刚开始，你肯定看不懂吧。但你又觉着它有魅力，吸引你。

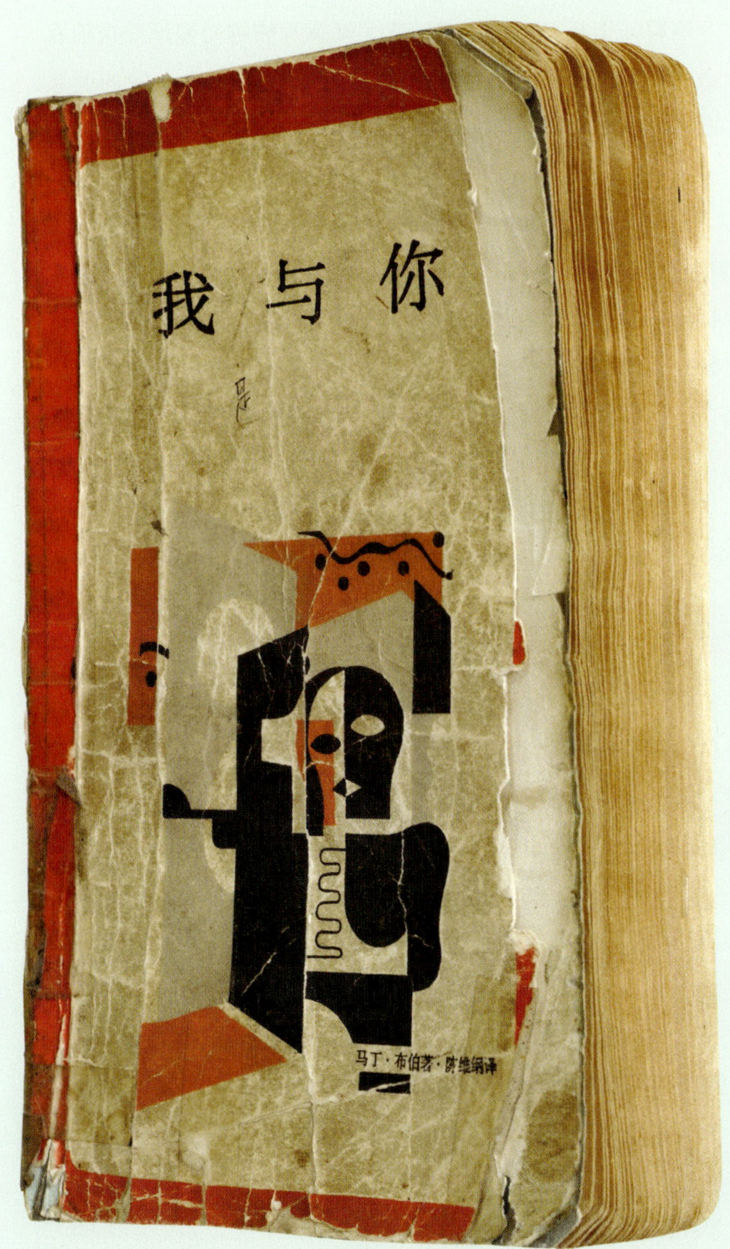

马丁·布伯著《我与你》，被吕楠翻阅千遍。

你就一遍一遍看，十几二十遍之后，就大概感觉能够慢慢地知道他在说什么，进入他的思想氛围里了。这本书里，有人与人之间的关系、人与自然的关系，还有人与神的关系。

《生活》：在你拍三部曲《被遗忘的人——精神病人生存状况》（以下简称《精神病人》）、《在路上——中国的天主教》（以下简称《天主教》）、《四季——西藏农民的日常生活》（以下简称《西藏》）这十五年当中，这本书一直跟随你？

吕楠：拍《西藏》的时候就没有带了。拍《精神病人》、《天主教》的时候，是天天带。就是从一九八九年一直持续到一九九六年这七年。

《生活》：为什么《西藏》没有再带它了呢？

吕楠：记在心里了吧。再有，《西藏》需要解决一个问题，就是怎么把这个作品做到感性具体，这个时候就得由另外伟大的人物来帮助了。相对来说，《精神病人》比较有力量，《天主教》也拍得比较硬，但这些用于《西藏》，就不对了。这个时候就更加要感性具体，就需要另外一个了不起的人来指引。但马丁·布伯《我与你》依然在我的心中，因为三部作品都跟“关系”有关系，也就是说，它贯穿我所有的作品。

《生活》：灯塔。那么说说通过《精神病人》的拍摄，你是怎样理解《我与你》的？

吕楠：你不要把所拍的人，当作对象。在中文语境，“对象”没有一个更好的词。所谓的“对象”，你不要把他作为苦难的象征，不要把他当作一个工具，去解决什么、唤醒什么，换一种方式说，就是我不赋予这些患者什么，不把什么学说、理论，或者我的主观偏见，强加在他们头上。我只是起了一个通道的作用。

《生活》：许多摄影师都常提到自我表达，你呢？

吕楠：我这里消灭的就是自我，你应该看到这三部作品，没有摄影师的影子。我只是去歧义，去遮蔽，让事物本身说话。你问了我学了什么东西，所做的工作就是要消灭自我。

因为现实是猥琐的。它不是为摄影师准备的。因为内在的缺陷和外在的阻力，它仅有某种趋向性的东西，那么作为摄影师，你就要把它实现出来，转化为视觉语言。但仅有某种趋向性的东西是成不了作品的。它很微不足道。我说的外在的阻力，包括它被遮蔽的，有歧义的，要去掉歧义和遮蔽，让事物本身说话。所以这期间不可能存在自我，"我"只是起到一个通道的作用，让这个趋向性的东西显现出来。

就我个人的体验，马丁·布伯对摄影师会有很大的帮助，是因为摄影师都在处理拍摄对象的问题。他能让你跟拍摄对象有一个正确的关系。这个正确的关系是什么，得每个人自己去看。

《生活》："爱不是拥有，爱是践行"，也是马丁·布伯的核心思想，你说"精神也是这样，必须在关系中存在"，如何理解？

吕楠：对，爱在关系中存在。精神也是。我们不能拥有爱，也不能拥有精神。如果说，"我拥有精神"，那真是对精神犯下的真正的言罪。精神是在"我"与"你"之间，在对话之间，不能被拥有。你可以拥有思想，你拥有学识，拥有观点，拥有知识，但你绝不能拥有精神。比方说苏格拉底，他一直是生活在精神中，是因为他生活在对话中。你看书，精神就在书和你之间，这个交流的关系没有了，精神就不存在了。

《生活》：说说别的领域，你佩服的人？

吕楠：佩服的有很多。比方说苏格拉底。他一直生活在对话中，也就是说，他是生活在精神中——直到他服毒药的前期，他还在跟朋友探讨灵魂的问题。再看歌德，歌德的基本思想是在《威廉·麦斯特》和《歌德谈话录》这两本书中，即使在谈话当中，他都能做到所谈的内容恰当、悦耳。这很难。所以歌德真的是能给人带来教育的人。还有，作家当中的普鲁斯特。他完整的书我看过两遍。他主要的思想就是在第七本《重现的时光》，我看了几百遍，学习它十年了。在诗人中，给人以教育的，不是从他的诗歌而是从他的思考中，瓦莱里是一个，但他到最后是属于思维过度，容易让思想瘫痪的。T.S.艾略特，就更严谨一些，他是不多的把事情说清楚的诗人或者学者。像艾略特，他写的东西失败了，我们都能从他的失败当中学到东西。当然我也知道很多人反对艾略特，但他对我有用。

……其实说这些啊，除了自己的身体和一点意志力，能属于我们的东西真的不多。我们都是通过学习学来的。只是把他们的东西，转化成为自己的。而且呢，也把自己所思所想的东西，在他们的思想中，去验证。这么多年看书，我突然发现，看的都是“死人”的书，就是说这些人经过了时间的考验，所以，时间是最严格的、最公正的、最残酷的批评家。

（采访：夏楠）

罗伯特·弗兰克摄影集

陈传兴
导演，摄影家，艺术评论学者

“感诚无可说，一字一徘徊”出自石涛绘画，同时亦是陈传兴对艺术家司徒强（1948－2011）的追忆。当陈传兴打开那本厚重的罗伯特·弗兰克（Robert Frank）巨作摄影集《观看：罗伯特·弗兰克的美国人》（*Looking in: Robert Frank's the Americans*）时，第一页的空白页上，除了罗伯特·弗兰克的签名之外，还可看到罗伯特·弗兰克所写的中文，这是他依据中文笔画，描下“陈传兴”这三字的中文字形轮廓。关于这背后的故事，几乎可发展成一本小说、一部电影，关于人与人之间的交织、情感之间的交流、时光对生命的磨损，逝去与获得终究只是没有起点亦没有终点的循环，直到最后，圆满必然会来临。

故事先从司徒强仍在世谈起。《观看：罗伯特·弗兰克的美国人》一书是《美国人》出版发行五十周年的纪念集，厚达五百二十八页，结合摄影师生平、摄影作品、论述、书信、手稿、图表、访谈、印样、对照性图示等，以及历年来各出版社在作品编辑与裁切上的差异，是一本全面剖析式的研究型摄影集。当时司徒强买了三四本，打算通过好友金旻，让罗伯特·弗兰克为书签名，司徒强刻意把每位要送的朋

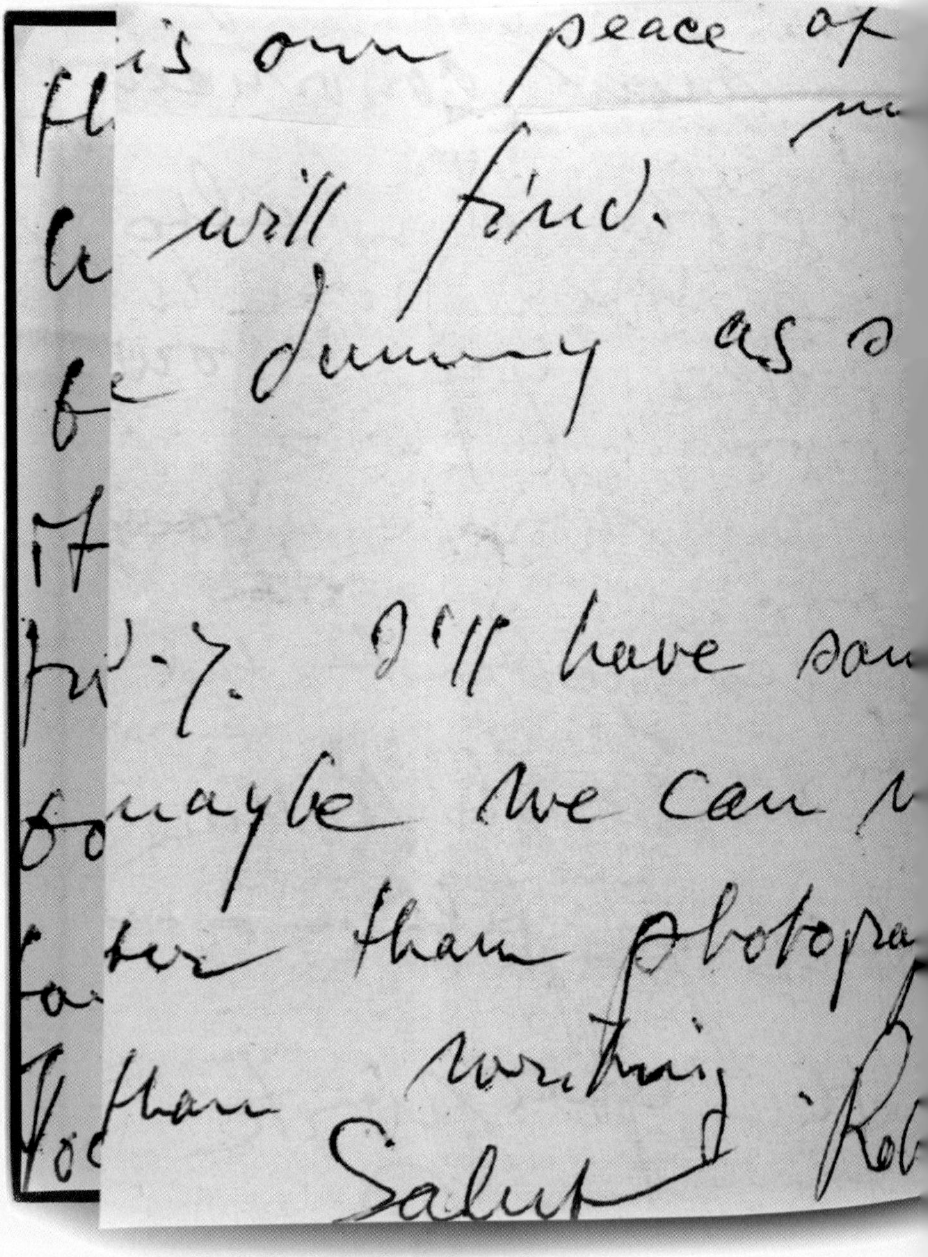

is own peace of

will find.

dummy as

I'll have som

maybe we can

than photogra

than writing

Salut Rob

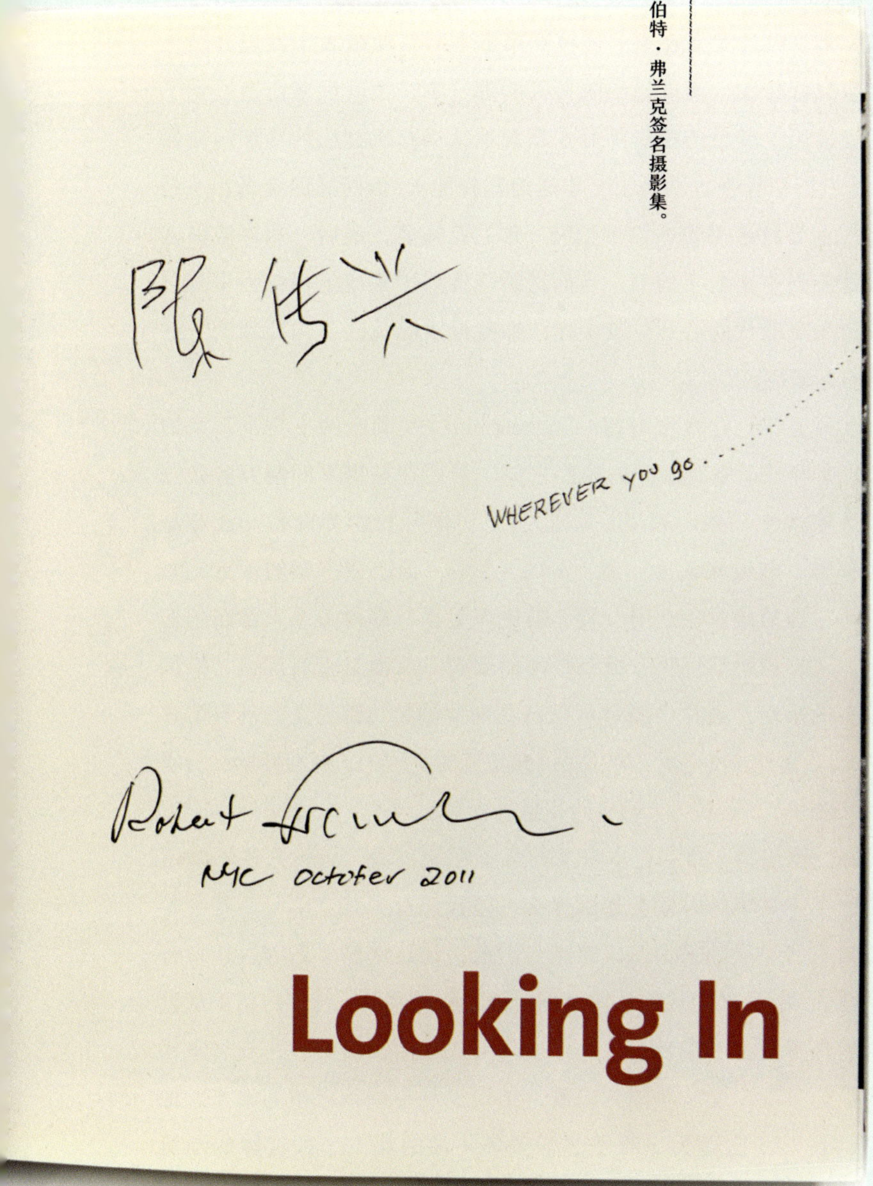

罗伯特·弗兰克签名摄影集。

陳傳兴

WHEREVER YOU go. . . . . .

Robert Frank
NYC October 2011

Looking In

友的中文名字写在纸上，以便让罗伯特·弗兰克照着描写，可惜那天罗伯特·弗兰克的太太在家，才签到第二本时，便被妻子发现并制止了，此事只好作罢，而要送给陈传兴的那一本，也就没来得及签到了。司徒强逝世后，昔日的摄影师好友郑森池从洛杉矶到纽约参加司徒强的丧礼（当初司徒强也准备了一本送给郑森池），恰好又遇金旻，于是再次委托金旻将该书带去给罗伯特·弗兰克签名，最后，郑森池将这本签有陈传兴中文名字的书，当面送给陈传兴，完成了司徒强生前对朋友那份无可取代的心意，其中亦浓缩凝聚了陈传兴与司徒强两人近四十年的真挚情谊。

一九五五年，在古根海姆（Guggenheim）奖助金的支持下，罗伯特·弗兰克展开了横跨美国的摄影之旅，最后在拍摄下的两万多张照片中，选取八十三张出版了《美国人》，对国际摄影界而言，无疑是一项里程碑。陈传兴认为："在《美国人》中，提出很多新的观点，对于摄影师与被拍摄对象之间一种新的伦理关系，那种关系不像布列松的观点，属于较超然优雅、较有距离的观看，反而是带有漂流、流浪，以及较多的感伤。照片中经常可以感受到罗伯特·弗兰克将自身情感卷在里面。"而这本《观看：罗伯特·弗兰克的美国人》更别具意义与研究价值，透视了《美国人》诞生的完整过程与记录。

此外，罗伯特·弗兰克本身又与常玉私交甚深，陈传兴说不知道他在描这个中文字的时候会想到什么，但我想至少某个部分，是会勾起他与常玉的那段往来情谊。漂流与消逝，让这本签了名的巨作带有"哀歌"般的惆怅。"司徒强从香港到台湾，再到纽约；在纽约认识从台湾过去的郑森池。罗伯特·弗兰克从瑞士到美国，拍摄一九五〇年代末期的美国景况，又从美国到巴黎，结识了从中国到巴黎的常玉。他们都是移民，在这里头交织了非常多条生命的线，一种奇妙的漂流，也是一种离散吧！当一位瑞士裔的美国摄影家，以描图方式写下我的名字时，背后已经包含类似隐形文字或多层文字的交叠。隐藏了太多的记忆跟情感，不单只是我个人，而是好几层、好几个人、好几十年的记忆与情感。”因缘聚散，流转不息，追忆固然感伤，却依然是永远的美好。

（撰文：李依依 | 摄影：杨镇豪）

大学时期的读书笔记

赖永海
哲学学者

上山下乡时，我十九岁，去福建宁化的革新机械厂做工人。厂里有个刀具的库房，工作流程是先蜡封，然后再包装起来。工业蜡挥发的气体对人体有害，但工作的时间相对于其他库房要少得多。冲着这点，我就自愿报名去了。这样，一周真正需要工作的时间，只有短短几个小时，之后便有许多空闲可以自己支配。那些时间我几乎都在读书。兵工厂在山区，除了毛选和马恩的书，并没有其他的书可以读。我很着迷于马克思著作中的思辨和逻辑。读完这些书，好像感到没有事情不能解释，也没有什么问题能难倒自己似的。有时，读完几章放下书，就很想找人辩论。几次交锋，发现也没有辩不过的。后来参加高考，志愿我填了三个：第一是哲学，第二也是哲学，第三还是哲学。

一九七三年我考入中山大学哲学系，同学们大多投身运动去了，图书馆总是空荡荡的。在那我读了很多之前接触不到的书，除了最初的马恩著作和毛选，也开始阅读中国古典与西方经典著作：如司马迁的《史记》、黑格尔的《小逻辑》等等，而且都很认真地做了很厚的笔记。"文革"真的是读书的好时候，很多时间自己掌握，现在想起来，自那个时间节点之后，大家的人生轨迹也就慢慢往不同的方向发展。当时我很少去上课，一空下来就往图书馆跑。毕业后，我留在《中山大学学报》工作。当时的主编夏书章待我很好，允许我不坐班。我总是最早到办公室，把办公室打扫干净，打好开水之后，等编辑部的老师来上班了，我就去图书馆。攻读博士学位期间，南京大学只有一部《大藏经》，我花了三年时间一本一本借回去研读，做了好几千张卡片。学术研究有一个特点，只有对研究对象有一个系统、全面的了解，才能保证研究的原创性。就做学问而言，多读书不一定能有成就，但不读书绝对不会有任何成就。当然，如果有一个好的读书方法，成功的概率就更高一些。另外，读书固然是要从中获得知识，但更应该从中获得智慧，培养一种好的思维方法。

人们经常习惯于把读书与知识联系起来，而较少关注读书与智慧的相互关系。实际上，知识虽然重要，但它只是一个低层次的或者说是基础性的东西，而智慧对于人生则是“无用之大用”。从某种意义上说，智慧是一种思维方法。而一种好的（或者说科学的）思维方法，其重要性，几乎到了能决定一个人的命运的地步。以前有一句话叫做“性格决定命运”，实际上，这句话只说对了一半——因为一个人的性格，在相当程度上是由思维方式决定的，而一种好的思维方式的形成，是与其读书的多寡及读书的方法息息相关的。就我的学术历程来说，这三十几年来，我的读书和研究，基本上是沿着“哲学-中国哲学-佛学”的轨迹走过来的，其中的一条主线就是“思维方法的训练与培养”。很多人把佛教看成是宗教，也有少数人把它当作迷信。实际上，佛法中最深刻和精彩的，是其思维方式（佛教中称其为“般若智慧”），这种佛法智慧说到底是一种立体的、多维的思维方法：从释迦牟尼的“看破红尘，看破生死”，到禅宗的“退步原来是向前”，到苏东坡的“横看成岭侧成峰，远近高低各不同”，等等。所以，同样是读书，同样是研究，如果着眼点不同，方法不同，往往会“差之毫厘，失之千里”。

赖永海大学期间所做的关于《史记》与马恩全集的读书笔记。

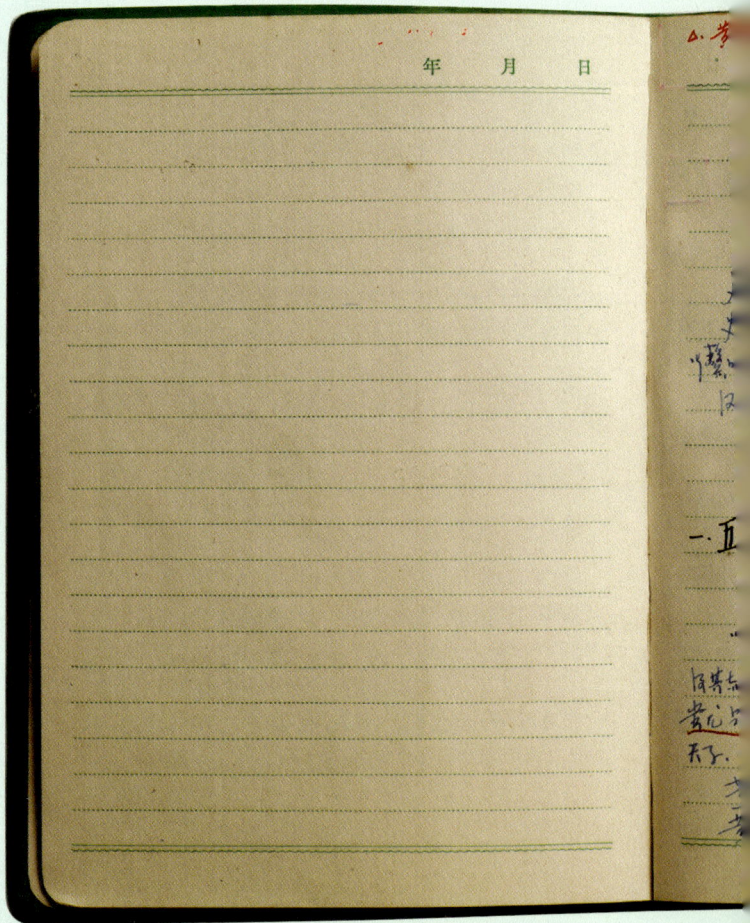

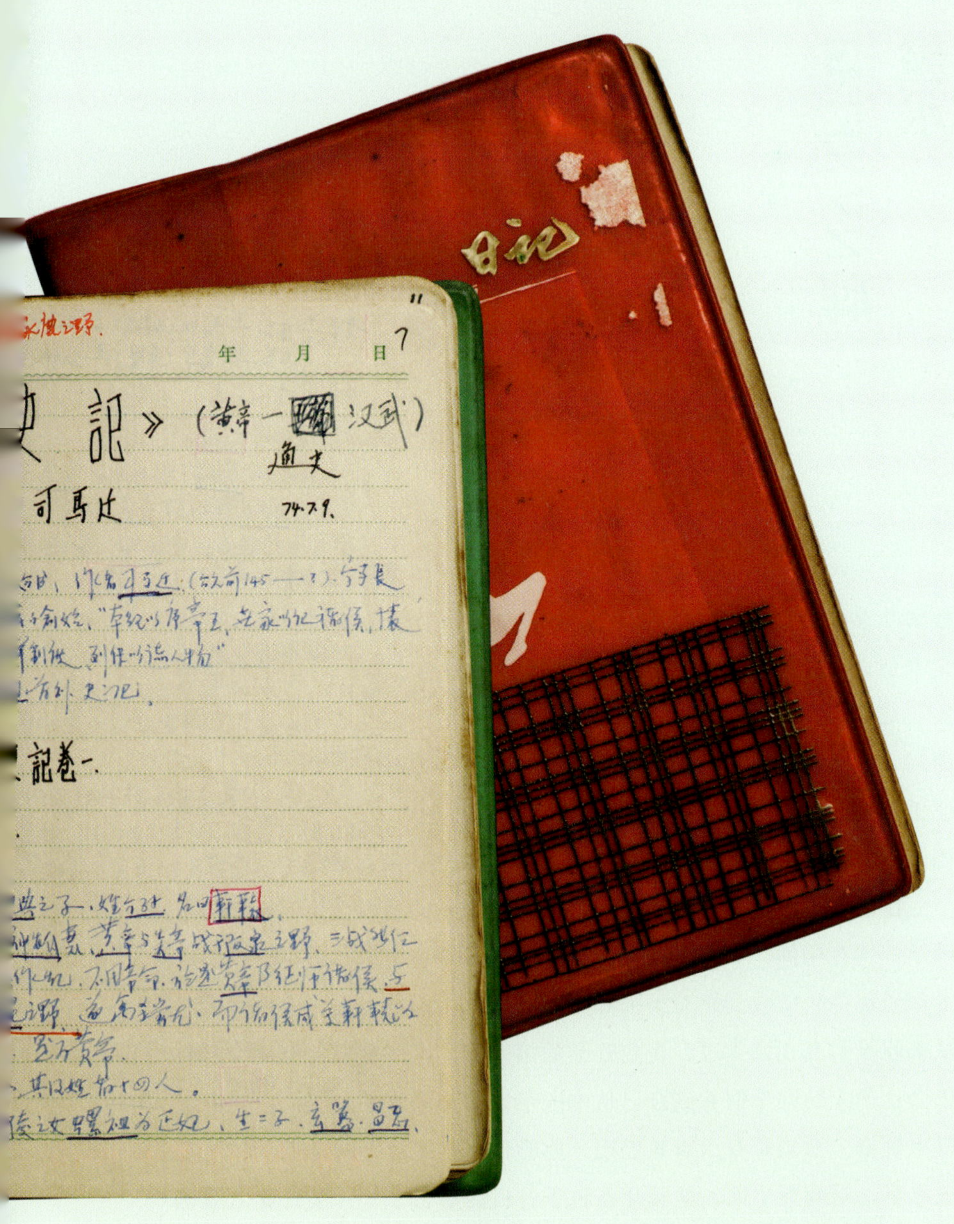

（撰文：吴晓初 | 摄影：祝君）

PELIKAN牌墨水

画家 苏笑柏

一九八七年夏天，我在自己三十八岁时，踌躇满志地来到德国的杜塞尔多夫艺术学院留学。杜塞尔多夫艺术学院是座没有围墙、完全开放式的大楼。大楼拐角处有家绘画材料店，有一百三十年的历史，是学生们常去的地方。去材料店的路上会经过一座桥，桥下是莱茵河，我常站在桥上望着艺术学院的大窗，努力想象未来几年自己在这里可能会发生的遭遇。我当时下的决心是，学讲一口不带中文腔的德语，熬满五年，腰缠万贯并取得艺术学位，然后荣归故里。

在教室上课时，我刚打开自己从中国带来的油画作品，便立刻被同学们围在中间，导师也在，我很从容。我没有把这些事写在明信片上寄给那些盼望收到贴有外国邮票的明信片的国内朋友，因为这些事从来就没有真正发生过。直到开学的第六周，在一次班会上，我才有机会让班上的同学们看到自己从中国带来的油画作品。我把它们重新钉上画框，油画布有点皱皱巴巴，色彩也有些生涩，同学们平静地看过之后，对我笑了笑，就散开各自干各自的事去了，并没有发生围观的情景。

一九八七年到德国后，苏笑柏花4.09马克买了这瓶PELIKAN牌墨水，二十多年里，每次搬家他都没忘把这瓶墨水塞进自己的手提箱里。

我决定买一批绘画材料，开始真实的留学学习。我离开教室，走出大门，拐弯走进了那家画材店。我对店主客气地微笑了一下，消失在画材店浩翰如海的瓶瓶罐罐里。约摸一小时后，店主朝我走来，问我是否需要他的帮助。我非常清楚地知道自己完全不需要帮助，我遇到的困难不是对画材质量或用途的识别，在这个专业店里我用不着别人帮我在戈雅牌或丢勒牌油彩之间作出选择。我不愿意承认我有价格的困惑，也不想在这儿待了这么久还空着手离开，就算我溜出画材店回到教室也无法面对同班同学对我的关注。无论如何，我也要买件跟美术有关的东西再离开。于是，我从架子上取下一瓶PELIKAN牌墨水，那是最小瓶装的，只有十毫升，三面用英文 、德文、法文印着说明，产地是W.Germany，W表示西边的意思，那年头德国还有东、西之分，另一面是年份一九八七和价格4.09马克。马克是欧元统一前西德国家货币，4马克相当于我在国内一个星期的工资。揣着这只小墨水瓶离开画材店时，我没有直接回学校，而是找了个没人的地方，独自伤心了一会儿。我把这只小瓶儿攥在手里，手掌心用力也不是，不用力也不是。找不出难受的理由。恍惚间，我走进了学院大楼的走道里。我上课的教室在楼道的尽头，那天，楼道格外地长，我走了好久。教室门虚掩着，同学们正用画笔蘸起厚厚的油彩抹在大画布上，空气中弥散着呛鼻的松节油味道。

接下来的时间里，我并没有用这瓶墨水画出惊世骇俗的作品。它实在太小太普通了，小到几乎不能蘸饱一支中号毛笔。但它毕竟是我在国外买的第一件绘画工具，很爱惜地用过几次后，我便把它搁在了我的抽屉里。多年以后，我从杜塞尔多夫艺术学院毕业，陆续搬了几次家，每次搬的东西都比上次多，但每次我都没忘把这小瓶墨水塞进自己的手提箱里。再后来，我使用的绘画材料越来越多，画的画也越来越大，家和工作室也从德国搬到上海不再迁移了，我把这瓶墨水不离不弃地搁在书架的一层空格里。当书架别的格档全都挤满书时，不知道为什么，我仍然让这瓶十毫升的小墨水瓶独占了一格。

（撰文：苏笑柏 | 摄影：方磊）

笔

李宗盛
音乐人

珍物？那多了去啦…… 我这样跟来邀稿的夏楠说。

时间是最伟大的魔术师。光阴流转，让再平常不过的物件变得隽永风流。

留下旧东西不是一个去芜存菁的过程，所留对象蕴含的记忆当然也不会全然尽是美好。

多年以后审视摩挲旧物对我来说，往往意味着自己与人生某些部分的和解与释然。

耐人寻味与美妙之处在于我们无法预知它意味着什么？又打算告诉我们些什么？

所以不如就统统先收着吧…… Only time will tell。

我的旧东西不但多，且大都保存完好。

女儿的乳牙、口水巾。热恋时情人传真来的思念信，生日时送的一双胶鞋。

小时候家里用的汤碗，娘给我亲手缝的内裤。十七年前在外地录音时路边工地捡的一块石头。高中联考二度名落孙山的成绩单。

当然，还有几十年来部分歌词原稿。

然后，就是这支笔了。

我一直是个学习很差的孩子。十几年的学龄生涯其实只是一个不断被告知不会有出息的过程。

可想而知写出来的东西经常不合标准答案，是错的，是会被老师体罚的。

往往当手上握着一支笔的时候，潜意识里意味着将要面对的是挫败和指责。

应该是这样的原因，使得我对执笔书写这件事从来就是退怯，无自信。

所以我放弃笔，拿起琴。

而生命之吊诡在于我选择了怀抱琴。

琴又指使我拾起了笔。

幸好这一回合我略占上风。

我极少匆匆地写下什么。在坐下来之前，我会磨蹭半天。缓下来。然后洗脸洗手。

我写字极慢同时稍嫌太用力。以至于有时能听见笔尖划过纸的声音。

另外我也特别地依赖、迷恋0.5HB的铅笔芯辗转于纸张的感觉。那种粗糙、迟钝、确实的接触，好像要把写的每一个字都种在纸上一般。

这些个物质的特点与我先天斟酌、迟疑反复的心性相互作用。构成了我创作中很重要的部分。

过程当然总是煎熬。

纸通常是无辜的，于是该负责的只剩我与笔。

心满意足如释重负时将它捧在掌心，再多的赞美也不算浮夸。

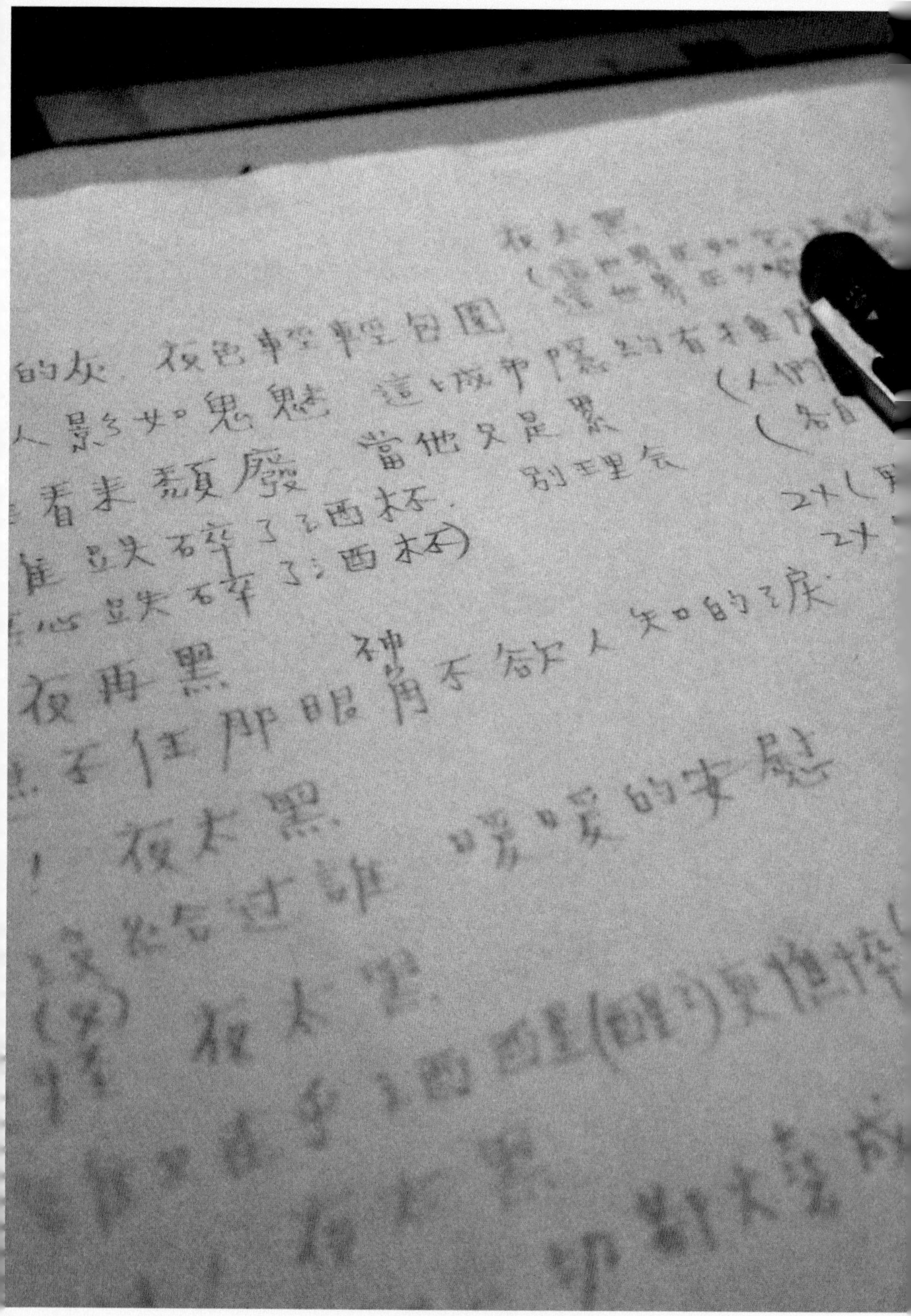

夜太黑

的灰. 夜色輕輕包圍

人影如鬼魅 這城市隱約有種 (人們

看来頹廢 當他又是累 (知

別理会

跌碎了酒杯. 2x (

(跌碎了酒杯) 2x

心跌碎了酒杯

夜再黑 肯不欲人知的淚

子任那明

夜太黑 暧昧的安慰

过

夜太黑

[illegible]

在琴之外，笔是李宗盛在创作中的另一个灵魂。

兜兜转转思绪阻滞时将它重重摔下，让它与我一起同受惩罚。

每当一首歌词侥幸完成，

伴随着的往往是花花的晨光，浮肿的脚与我一段感恩的祷告。

现在回想起来，写歌创作对当时二十出头想尽办法避免回家送瓦斯的我来说，其实更像是在进行一种仪式。

在体力劳动强度极大的工作之后，一把琴与一支笔让我不再是瓦斯行的工人。

琴与笔是我在创作的这个仪式中启动另一个灵魂，经营另一个身份，通往另一个世界的法器。

这支笔对于我。

就好比超人得装上最后一个神奇特殊的零件之后才可以大显神通一样。

因为怕弄丢了。如今我已经极少带着它出门。

极少人亲眼见过，那就拍几张照片给你看看吧。

（撰文/摄影：李宗盛）

友人的画

严力
诗人，画家

在二〇一四年《生活月刊》第98/99期合刊的首页，我看到了这样的标题与句子：人生旅伴。人与人的相遇是星辰彼此照耀，辉映天空。人与人的相伴，是足迹叠加，最终延伸为道路。

从我的一件珍物上就体现了这样的意义。那是在一九七三年的北京，当时“文革”还在持续，全中国笼罩着阶级斗争的雾霾，所有的文艺创作以宣传阶级斗争和迎合此起彼伏的政治运动为主题，没有其他的选择，对另类的选择就意味着冒险和牢狱之灾。但是这并不意味着它们不存在，生命的激情、青春、叛逆等等的自然规律是压不住的。我这样说，就是因为留下了证据。当时我妈妈在中科院河南的“五七干校”，爸爸被隔离审查，他被关在一个家属不知道的什么地方已经好几年了。我十九岁，在北京第二机床厂当学徒工第三年了，住在工厂的宿舍里也已三年。在宿舍里我有一个不是同车间的好朋友郑振信，他是五十年代后期从印尼回来的华侨，比我大五岁，喜欢画画，他们车间有时候会让他画一些政治宣传画。平时他会在一个小本本上画一些人物场景的速写。一九七三年的某个晚上，我们两个在宿舍一起喝

一九七三年，郑振信画严力（局部）。

啤酒、聊天，他激情洋溢地趁兴致画了一张记录式的水彩画，画面上描绘了我用电炉子煮萝卜和大白菜，抽烟喝酒，并幻想着与女孩子有什么浪漫的相遇，在右边靠下的地方记录了我当时即兴写的诗，而右下角则注上了“1973”和我们两个姓氏“严”、“郑”的第一个字母Y和Z。这一点值得说一下是因为在当时的社会政治环境下，凭着这张画的内容就可以被打上追求和幻想资产阶级糜烂生活方式的罪名，我们敢于把时间名字写上去，就是证明了我们想保留这个美好的夜晚，尽管我有着一九六六年至一九六七年时在上海经历过五次以上对我祖父抄家的惨痛记忆，但还是不怕冒险地相信自己有能力把它悄悄保留下来。也因为那时我已开始写自由体的诗，而我与诗人姜世伟（芒克）、栗世征（多多）一九七〇年就认识了，他们都是一九七〇年开始写诗的，那时我们写的都叫地下诗歌，只能互相交换看看，并锁在抽屉里。于是我就悄悄锁起了郑振信的这张画，现在看起来，它肯定也是促成我一九七九年突然画画的潜意识之一，一九七九年我在突然画了两个月之后正好参加了几位写诗画画的同道所组成的星星画会。而那时我大多数的画都是描述个人生活场景的，因为我们有那么多年没有自己，只有阶级和阶级斗争。

一九七三年的这张画是我的珍物，而我和郑振信正是前面提到的：人与人的相遇是星辰彼此照耀，辉映天空。从中国现代艺术的角度来看，我认为这张画是产生于“文革”中并被保留下来的最早的个人主义绘画，它不但对我和郑振信有意义，对艺术和历史来讲也是有深刻意义的。它证明了生命的顽强和其无法被压制的真实性，再高压的政治环境也不能长久地扭曲人性的正常追求。

“文革”结束后没几年，郑振信的海外亲戚就申请把他送到香港去了，一九八〇年他回北京看我，我们在玉渊潭公园一起怀旧。我是在一九八五年被批准去美国留学的，我出去时特意路经香港与郑振信会面，那时候他在一家绘画公司上班，以画装饰画谋生。后来我们保持了几年的通信，再后来，因为各自的生活变故又有十几年没有联系。二〇一三年的某一天我在微博上收到了他的信息，是一张我们两个一九八五年在香港的合影，于是我们又联系上了，他那时正好在天津探望亲戚，于是连夜特意从天津赶来上海看望了我，他已六十四岁，并进入退休状态。当我知道他还时常以画画自娱自乐时，我就与他约定过一两年一起办个自娱自乐的双人画展。

人生真是一言难尽啊，正所谓：人与人的相伴，是足迹叠加，最终延伸为道路。

（撰文/供图：严力）

三幅老照片

摄影家
刘铮

（右图）刘铮作为摄影师，收藏老照片也是跟摄影关联的一项重要内容。

第一幅《山西民间婚礼》

在众多网络所流传的诡异照片当中，我收藏的这幅《山西民间婚礼》算得上一幅，当你在网络搜索“冥婚”一词时，会有相当多的词条涉及到这幅照片。它被网络描述成中国民间冥婚恶习的写真照，指出照片中的女子其实是一死者，她是被支撑在一个架子之上，她眼珠上翻，小脚也是假的，等等，我第一次看到这令人不寒而栗的描述真是感到可笑，也深深体会到网络以讹传讹的力量。其实这一切都是一场误会，十多年前我曾将这幅照片提供给《中国国家地理》杂志当作封面，由于翻拍和印刷质量的影响使得原有照片的细节部分损失，于是一幅很正常很普通的民间婚礼照片被好奇者蒙上了神奇诡异的阴影，究竟是谁第一个给它披上神秘外衣不得而知，但这幅照片从此之后却被广泛传播，甚至出现了手工上色版本的明信片。在此之后，每次当我注视这幅照片时也渐渐生出某种莫名的“不祥”感，甚至也开始怀疑那女子的状态来，我曾很多次认真审视这幅照片，也曾试图揣测照片背后

的真实故事。我推测这幅照片一定不止这一张传世，作为婚礼影像多被新人赠予亲友，照片拍摄时代该在上世纪二十年代左右，如果哪日有幸得见照片人物的后人，该是一件有趣的事情。这一切都留给时间吧，那样我们可能会得知更多的关于这幅照片的秘密。

第二幅《民国少年足球队》

少年强则中国强，这是我当年第一眼见到这幅照片时所想到的。一九九八年我收藏了这幅让我从内心感慨的作品。照片中的每个少年眉宇之间都放射着英气和不凡，我非常感慨时代给这个民族的面孔带来的巨大改变，照片中的每一张面孔都是干净的，都是毫无畏惧的，这一切在今日之中国早已变得陌生。

照片拍摄于民国十二年山西文水，内容为文水第一高小校足球队员合影，现代足球起源于英国，而我国的现代足球运动是从十九世纪末和二十世纪初发展起来的。当时的香港和上海是我国开展现代足球运动最早的两个城市。随后，北京、天津、南京等地的教会学校中也开展了足球运动，进一步推动了学校足球运动的普及与发展。学生们毕业后走进社会，也把足球带进了社会活动中。足球就这样从学校走到社会，从沿海走到内地。这幅照片也算是中国早期足球民间发展的一个真实记录。若多年后国人足球有振兴之日，重看这幅作品也许会有另一种感触吧。

第三幅《溥仪与关东军将领合影》

二〇〇九年，我去日本做展览，在一个日籍英裔朋友的家宴之上，他向我展示了很多他多年的摄影收藏，我见到这幅溥仪与关东军将领

民國十二年 文水縣第一高小校足球同人撮影紀念 五月六號

合影。末代皇帝的照片见过很多，而这幅却是首次见到，照片摄于伪满时期长春伪皇宫内，拍摄者为当时日本人开在长春的照相馆。因为我长期收藏各时期多人合影照片，对于这幅作品甚是喜欢，但想来一定价格不菲，也便没有多问。多日之后，与该朋友告别之时，他递给我一个精心包装的信封作为礼物。我当时彻底惊呆，我完全猜出了其中的物品。他对我说：这幅记载中国历史的照片该由中国人收藏更为合适。我为这句话深深感动，从此此照片被我视为珍宝，珍藏至今。照片中瘦弱的溥仪被如狼似虎的日军将领包围，完全可以体会当时其尴尬处境，也深深地反映出那时代中国的悲哀。此作堪称描述当时历史的经典之作。多年前游长春伪皇宫博物院，在溥仪重要历史照片中也无此幅，一直有个心愿，复制一幅赠予此院，以示国人，然至今未能实现。

（撰文/供图：刘铮）

齐如山书札

旧香居

台北旧书店

在那提笔写信的年代里，人与人之间的因缘经常起于一封信札，中国两位戏曲大师齐如山与梅兰芳的因缘亦是如此。一九一三年，齐如山在北京天乐茶园观看梅兰芳主演的京剧《汾河湾》，认为梅兰芳在这出戏中的表演有改进余地，便写了长达三千言的信给梅兰芳，其意见亦获得梅兰芳的采纳，两人进而成为莫逆之交。齐如山在梅派艺术形成并走向成熟的过程中，扮演了重要的推动角色，另一方面，基于梅兰芳的全力协助，齐如山亦长期深入钻研京剧艺术不辍，成为一位著作等身的戏曲大师。在那提笔写信的年代里，相隔两地的沟通多半得依赖书信，然而，一九四九年后，战争与政治的隔阂，在齐如山与梅兰芳之间竖起一道连书信都难以传递的高墙，尽管缘起缘灭，他们彼此的情谊与关心未曾减少，却也只能天各一方而历久弥坚。

旧香居创办人吴辉康经营古籍与字画买卖已长达三十多年，目前主要由第二代吴雅慧、吴梓杰姐弟共同经营。约十年前起，旧香居打破旧书店传统，除了旧书之外亦可见新书，不时还有限量的特殊版本，并积极筹划相关展览与座谈会。旧香居延续了旧书的生命价值，在当

行頭盔頭
齊如山著
上下場
齊如山著

（左图）收藏于旧香居多年的齐如山书札与齐如山著作。

代生活中，赋予旧书店崭新而亲切的面貌，过往积累的专业经验，让此处成为作家与文艺爱好者聚集一堂的据点。环顾四周，那些被陈列在玻璃柜下的旧文献、旧书籍，仿佛皆承载着无数的故事与沉甸甸的情感，吴辉康与吴雅慧、吴梓杰共同选择的珍物——齐如山书札，便是最佳的例子。

吴雅慧说："信件，本来就是私密的物品。我父亲很早便开始经营信札，但当时绝大多数人更看重的是字画，我父亲认为信件同样具有珍贵价值，因为里头包含了许多人跟人之间的关系，以及大社会的状态。而写字，其实最能呈现每个人与他人不同的独特性。"

吴氏收藏有齐如山书札约五十多封，其中一大部分为齐如山写给陈纪滢的信件。这批信札体现了齐如山这名文人，在战争中无奈从大陆移居台湾，从呼风唤雨的京剧学者，到难以大展经纶的中国歌剧改良研究委员会主委。尽管如此，他依然在其专业领域用尽心思，这股精神与态度，在文字之间，透着表露无遗的情绪，亦糅杂了大时代下的凄凉与悲哀。吴雅慧说道："这批信件的年份跨度蛮长的，在字里行间，齐如山提到当初帮梅兰芳所写的剧本，以及他当时内心的许多想法与计划。此外，还从中得知一件令齐如山惋惜不已的小插曲。"这件小插曲即是，齐如山曾于一九五〇年初撰写《我与梅兰芳》一文，长达三万余字，经陈纪滢看过后转交其友人刊用，可惜该编辑遗失文稿，使得齐如山想索回修订出版的念头也只能打消，因此怏怏不快多年。

以尊重、珍惜的心情去对待收藏之物，始终是旧香居向外传递的态度。面对齐如山这五十余封信札，吴雅慧表示，目前已有出版构想，将来打算邀请学者参与，共同释文成书。一封封信犹如一块块拼图，超过半世纪后，依然能拼凑出关于历史、关于社会、关于人物的某一断面。信札的珍贵与迷人，莫过于此。（撰文：李依依 | 摄影：刘镇豪）

手刻本《共产党宣言》

出版人，朵云轩拍卖公司创始人

祝君波

上世纪七十年代初，中学毕业参加工作，我被幸运地从出版局分到百年老店朵云轩。当时正值“文革”动乱年代，朵云轩这一优雅的招牌竟被作为“封、资、修”大黑店砸烂，改成了上海书画社。但乱中有巧，一九七二年，毛主席送了一本朱熹的《楚辞集注》刻本给来访的日本首相田中角荣。上海有领导大概听说毛主席喜欢线装书，就决定在朵云轩设立一个部门，专门刻制版本书。

我国是古代印刷术的发明国，但人们大多提及北宋毕昇发明的活字印刷，关心起源的雕版书却不多。当时恢复这个工艺，从上海周边找来了六七位师傅，年纪最大的七十多岁，他们是民国年间留下来的国宝。其中有我的师傅罗旭浩和夏宏太，还有川沙一个张师傅，他刻书与众不同，不用拳刀而用斜口刀，刻起来稍慢一些。他们的任务是刻书，同时带教包括我和曹晓堤兄在内的八九位学徒。

木刻雕版书第一道工序是写书。把文章抄录在木版上。我们刻《共产党宣言》时的书写者是长江刻字厂的杨明华先生，他有一手绝活，会写反字，这样刻印出来就是正读的字了。但后来写《稼轩长短句》、《楚辞集注》的李成勋先生以及书写《毛主席诗词三十九首》的许宝驯先生只会写正字，写在薄的半透明的雁皮纸上，再反贴到木版上刻制。杨明华先生书写《共产党宣言》很辛苦，除了一式隽秀的长宋体，还有很多注释的蝇头小楷，还间杂一些外文字母，他写得苦，大家刻得也苦。

另一道工序是刻字。刻字不是依样画葫芦，必须理解书法的精神、结构。为此，每周有两三个半天让我们练字。记得发下过一本颜真卿《多宝塔》，但也不强求临它，我就是选的欧体《九成宫》。刻工的技艺一是学做拳刀。一个木把，一把刀条，简单实用。木把用黄杨木自己做，刀是金山山阳刀具厂打制的。而我的师傅罗旭浩自己尝试用钢锯条改制，我也用过，效果很好。其次是磨刀，学会磨刀了，工具顺手了，活也好干了。但磨刀和刻字两项，让我们没少吃苦头，一不小心，刺在手上，鲜血直流。我们几个徒弟，手上都留有刀疤。字是反刻的，先把一行字的左半边都刻好，这就伐刀，然后倒过来把右半边全刻好，这个时候，看到一个个字清晰地跳出来，心情是最好的。会刻不等于刻得好，要做到刀法娴熟，用刀干脆利落，还是要靠多年的积累。现在到了一定的年龄，再来看古人刻的宋刻本，才慢慢理解当时刻工的了不起。

大约经过一年左右的时间，史上第一部手工版《共产党宣言》就完工了。全书共刻了九十二块木版，在印刷机上瞬间可完成的工作，我们一二十人忙了一年多，并且还是抓得很紧的。这本书当时定价7元钱，算太昂贵了，所以销路不好。我收藏的这本印有“内部学习，每本2元”小红字的，是照顾刻工每人可限购一本。因为当时我的工资是17.84元，7元的书显然是太贵了。四十年过去了，我一直珍藏着这本书。尽管当时限印三百本，如今在拍卖行拍价逾万，但这对我来说是无价之宝，因为它记录了我四十余年出版生涯的第一步，以及那些难以忘怀的人和事。

（撰文：祝君波 | 摄影：贾睿）

产阶级所有制的
们不要同我们争论了。你们的观念
本身是资产阶级的生产关系和所有制关系的产
物，正象你们的法不过是被奉为法律的你们这个
阶级的意志一样，而这种意志的内容是由你们这
个阶级的物质生活条件来决定的。
你们的偏私观念使你们把自己的生产关系
和所有制关系从历史的、在生产过程中是暂时的

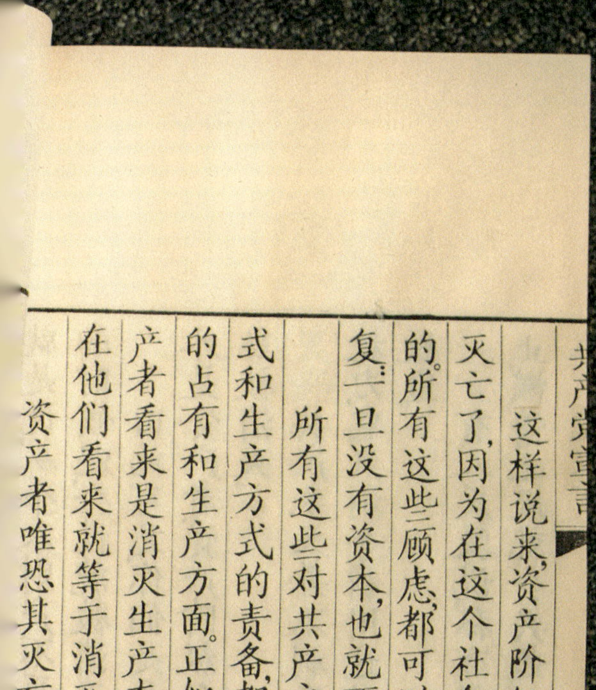

祝君波加入朵云轩的第一份工作是参与手刻本《共产党宣言》的制作。这本书经过一年左右时间完工。它记录了祝君波四十余年出版生涯的第一步。

这样说来，资产阶级社会早就应该因懒惰而灭亡了，因为在这个社会里是劳者不获，获者不劳的。所有这些顾虑，都可以归结为这样一个同义反复：一旦没有资本，也就不再有雇佣劳动了。

所有这些对共产主义的物质产品的占有方式和生产方式的责备，都同样被推广到精神产品的占有和生产方面。正如消灭阶级的所有制在资产者看来是消灭生产本身一样，消灭阶级的教育在他们看来就等于消灭一切教育。

资产者唯恐其灭亡的那种教育，对绝大多数

BR6428
Hoffman
Crockery Cookery
Volume I
of 2 Volumes
641

盲文书

徐冰
艺术家

（左图）一九九二年在美国偶然获得的一本盲文书，由一位盲人妇女馈赠，被徐冰至今视为珍贵之物带在身边。

一

刚到美国那阵子（一九九〇年代初），我常往返于Madison和South-Dakota之间，钱不多，就坐“灰狗”的班车。一天晚上，在Minneapolis换车，照样是占位子，放行李的人乱哄哄地挤在一起。灯光也特别昏暗。我旁边有一位妇女却始终坐着不动，腿上摊开着一本书。仔细留意，我才发现那是本“点字”书——原来她是位盲人。

我对任何读不懂的东西都有兴趣，觉得越读不懂的文字，就越给你一种美感，其实就是一种纹样、一种节奏。就和她攀谈起来，虽然我当时的英语非常差劲。也一定是我对“点字”太幼稚的问题，让她觉得我对她手里的这本书实在太好奇了。到了一个小站，她要下车了，她碰碰我，说：“这本书给你了。”我可不敢要，她说：“我读完了，不需要了。”

是这样，他们生活在精神和思维的空间里，不像我们，那么需要物质的占有。这本我读不懂的书，到现在我一直留着。1993年，我做

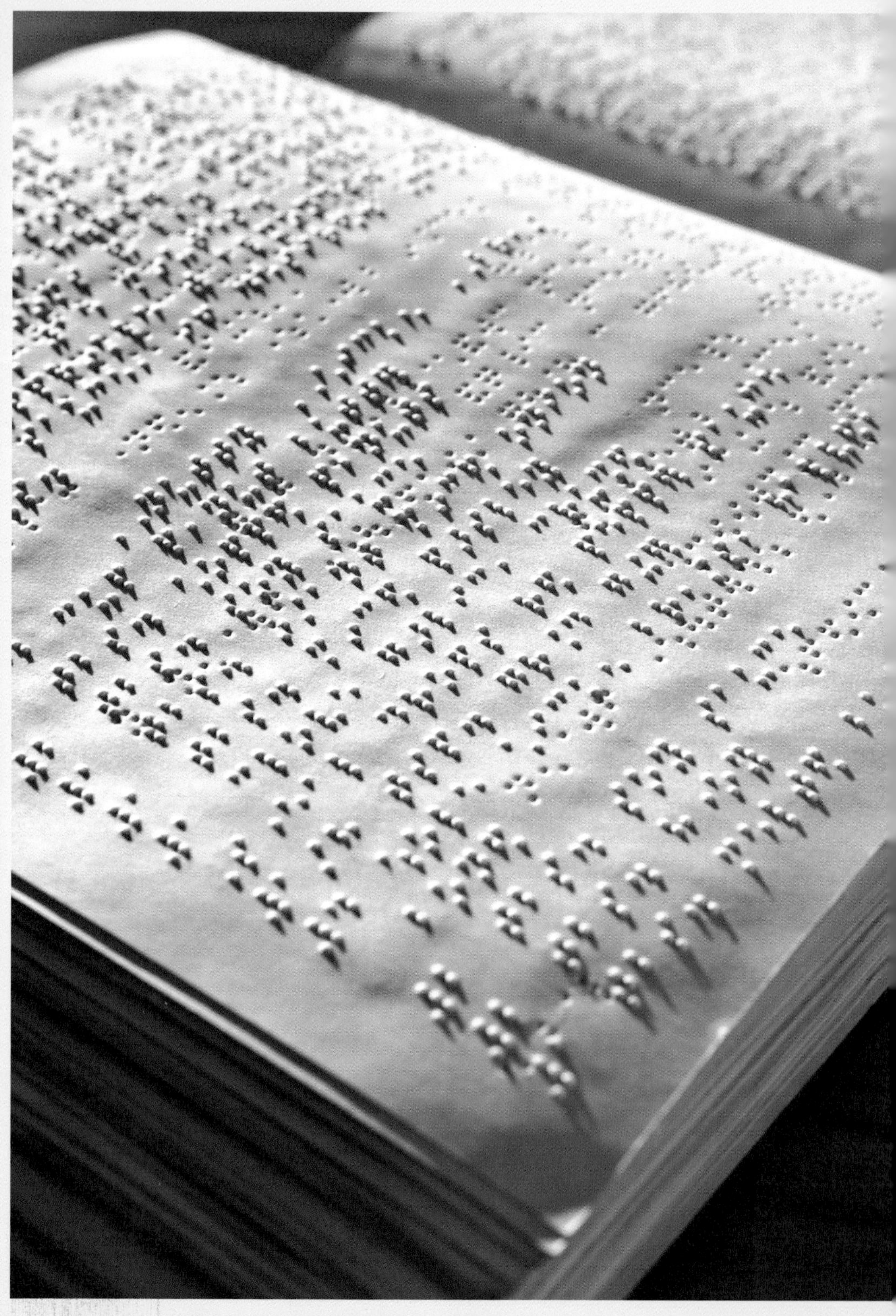

了一个作品叫《文盲文》。“文盲文”三字分解后即为“文盲”和“盲文”。这件装置呈现的形式为一个阅览室和展示在阅读台上的盲文书籍。在这些书的封面上与原文无关的英文书名与原盲文书名叠印在一起。观众翻开内页全为盲文。这对一般观众来说是不可知的。同样如果一位盲人读者，他也不知此书封面给一般人的是完全不同的信息。不同的人群从同样的事物中却获得不同的内容。这件作品测验并讨论了文化的偏差、误读及掩盖性等问题。

做作品的期间我去过一所盲人学校。学校校长也是盲人，她请我们去她的家做客。我接触到的盲人都很善良。也许是他们看不到特别邪恶的、乱七八糟的东西。他们的家里，也都没有什么家具，墙上也不会有画，就是家徒四壁，我想，因为他们不需要——他们生活在精神世界中。

二

中国人的哲学，中国人看事情的方法，我觉得很特殊，今天中国为何是今天的这样子，其实可从文字的线索来抓到一些东西。中国人的性格、工作方法从哪儿来的，怎么回事，中国人搞不清楚，西方人更搞不清楚。当然，社会主义的方法，市场经济的施行，西方价值观的引进，还有从古代来的方法都在起作用。而中国的核心方法，很多都是从文字的特殊性上来的。汉字决定了中国文化中很根本的东西。

中国人写字，是由发音来的。我们发音是单音节，汉语差不多可以说是唯一的单音节发音体系，所以汉字才成为唯一的（当然还有水书和东巴文两个小范围的少数民族文字）、活着的古老的象形体系的文字。世界上很多文字最早都是象形的，但是因为大部分都是黏着语系，词性的变化靠音的变化，象形无法发展下去。

有一次杨致远先生邀请我去看他的书法收藏，看到了赵孟頫手卷《大乘妙法莲华经卷第三》这件传世名作。给我的震撼非常大。萌生出创作《汉字的性格》的想法，是跟那次的观看体验有直接的关系。中国书法艺术注重线条推进的时间特征、运动痕迹以及在过程中的对于字体内在节奏的调控与把玩。汉字的这些特殊的书写方式塑造了中国人敏感、含蓄、内敛的性格，也培养了中国人对于“关系”、“格局”的认识。中国人懂得顺势而为，做事情会根据现有条件做出随即的判断。

古代评论书法并不是直接评论书法，不说这一笔好还是那一笔好，而且中国人不太评论作品本身，如果谈作品就是描述一番自然景象绝妙，就等于是谈论、评价了这篇字。谈论书法章法，是谈论打仗，怎么布阵，怎么用兵，你看卫夫人的《笔阵图》很有意思。关于用笔，是用“骨法筋法血法肉法”来表述的，要有“折剁骨”的力度。唐李世民批评萧子云：“无丈夫之气，行行若萦春蚓，字字如绾秋蛇。”我发现在这些儒雅的文化仪式感背后，存有“杀机”与“暴力”的一面。例如一些笔画的描述——点要像高峰坠石，横像缰绳勒马，竖要立柱千金，撇要像路断犀象等等。古人为何看重书法水平呢，因为能体现几点：传统礼教功底，性格的刚柔，耐力，平衡、调配的中和能力。有人问柳公权笔法，柳曰：“用笔在心，心正则笔正。”

中国人的境界全体现在对“度”的把握上，最高理想是中和。中国人在整体“关系”中平衡利弊的本事，即随机应变的智慧，甚至是我们不知不觉的本能状态。比如：中国人开车，随意得让外国人害怕，很多中国人不喜欢交通规则，而依赖于汽车之间的身体语言，两个车快碰到一起时，也很快就能决定我先走还是你先走。这完全不同于西方人依靠规则、严谨的处事原则。像再早几十年，大家都骑自行车，当一堆自行车从那么多方向骑往十字路口，混成一堆，还能够各走各的。

因为中国人写方块字写了好几千年，每一个汉字就是一幅图画，记住每一个文字就是记住一个图画，要把它写得好看，写得平衡，关系对。其实它是一个图像的把握和平衡的问题，这些东西影响了中国人思维的特点，会根据临时的条件来调整下一步做什么。好比写字，第二笔根据第一笔生成，第三笔又依托第二笔，最后一笔是强调整个字体的结构并最终做出整体的权衡。

其实汉字就决定了中国人是图像文化，是拷贝的文化。我们每个人一接受教育就是拷贝，把方块字模板一个一个拷贝在大脑里。每一个都是不变的，是整齐的。所以在中国文化中特别强调图像的整齐感。比如说诗词是整齐的，五言七律是极其模版化的，视觉化的。而拼音文字是长长短短的，写出来的东西在视觉上和我们也是不一样的。这就从根本上决定我们视觉思维的根性，更多是靠“看”来判断。而印度人、西方人思维不同；像我曾一起工作过的Discovery的一位导演，他总是一边说一边思考，就是越说越来劲，一写思维就开始停滞。现在手机可以语音输入，他就很高兴。而比起来中国人一般不太说话，是图像动物。

我们的性格来自书写汉字，我想，以后由于电脑，人不写字而是敲字，这会使我们的文化成分慢慢发生改变。书法成为少数专业门类，会不太有普遍性，几代人下来会和其他文化性格更接近了。很多人讨论汉字危机。我觉得我们的文化性格会被稀释。当然，今天的生活中仍然有些人像禅修一样地每天写字，这可能也是在这个容易失去坐标的时代里，自己找到的一种平衡的方法。

（口述：徐冰 | 采访：令狐磊、夏楠 | 摄影：刘一纬）

火柴盒

黎义恩

何鸿毅家族基金行政总裁

那是一九七五年秋的北大校园，“文革”末的一场政治斗争，批判邓小平。有干部贴大字报，也有学生去抄大字报的。这些场景被一位加拿大留学生记录在他35 mm的胶片上，随后放了几张小样片，刚好能存在火柴盒里。

“去年，在温哥华，我父亲家的一个旧笔筒里，掏出来这么一个很老式的火柴盒。打开一看，原来是我当学生那会儿拍的相片。我一九七六年就放在温哥华，后来竟然忘了。”

黎义恩（Ted Lipman），出生在巴西，早年在加拿大学习亚洲研究。因着对中国历史的浓厚兴趣，一九七五年他来北京学习中国现代史。他用一口地道的北京话，聊起他那段北大的留学时光。

“当时来中国留学的并不多，北大就几十个，而且多是朝鲜、越南等亚洲国家的，像我这样的西方人就更少了。我那时二十二岁吧，就像是开始一段探险！那时候我玩相机嘛，主要拍了一些北大同学写大字报、抄大字报。你看，我还试了多次曝光，拍了我的同学、同屋。这小小火柴盒所保留的影像，恰好见证了中国近代历史的一个重要的

这个印刻着「北京火柴厂」字样的老式火柴盒和里面十几张黑白照片，在消失三十七年后又出现在黎义恩跟前。它们唤起了他七十年代的回忆，如今就搁在黎义恩的办公桌上。

转折点：当时的中国，要决定走哪条路，是开放，还是继续保守的路线。”而对黎义恩而言，如果没有这段在北大的学习经历，他人生的锚可能不会定在中国。毕业后，黎义恩进了加拿大外交部，就任外交官三十五年。

而他人生的另一个转折点，是三年前离开外交部，受任为何鸿毅家族基金的行政总裁。这一颇具影响力的私人慈善团体创立于二〇〇五年，在海外建立多个平台，推广中华文化。近期紧锣密鼓正开展的项目就有：跟纽约古根汉美术馆合作，委约中国当代艺术家创作新作品，并通过出版学术刊物、讲座，拓展对中国当代艺术的讨论；除了当代艺术，基金会对传统艺术的推广也在进行中，今年，他们赞助多伦多安大略皇家博物馆和温哥华美术馆举办故宫文物展览。

“在文化界工作，比搞政治轻松多了。因为外交官主要的工作是解决矛盾。当然以前在外交部也会有许多学者交流、文化艺术交流的活动，因为外交也是通过文化、教育去推荐你本国的观点和意识形态。所以，前后两份工作也有不少相同的地方。”

虽然跨了一个领域，黎义恩依旧行使着大使的身份。

（撰文：周轶 | 摄影：Roy Lee）

访问学者证

李翔宁
建筑学家，策展人

这是我二〇〇六年到MIT当访问学者的证件。MIT是美国建筑历史理论研究最权威之地，也是建筑历史理论博士专业的发源地。我觉得自己去对了地方。

有几个感触是非常深的。建筑学院的学费比其他学院贵，毕业工资却很低，而像肯尼迪学院、哈佛管理学院、MIT的经济学，一出来，年薪十几万美元。读建筑性价比比较低。所以真正来读的人，都是怀着理想和抱负，愿意从事这样一件自己真心喜爱的事，而不是把它作为挣钱的工具。美国的这些名校学生比我们的学生要用功得多。MIT有很多学生，可以连续一个礼拜都不回宿舍，晚上就在教室里打个地铺，校内还因此发起“反体臭运动”。他们读书非常拼命。

有一门博士生的理论课，我当时是很震撼的：大家坐在一起，每个人选一个当代最著名的理论家哲学家，对他的作品进行评述。在国内这些学术大师，像弗兰滕、利弗·巴洛、塔夫里，这些人都是神，他们的东西像《圣经》一样，如觉得不对，一定是我理解错了而不是他错。但那些博士生大部分都持了批判的态度。国内很缺乏这种质疑和挑战精神。其实像哲学和文化的东西，很难分高下，没有绝对的标准，需要你自己判断。也不存在放诸四海而皆准的理论。它必然有一个适用的时段，它的提出必然是特地针对某一种现象的。更重要的，是建立这样一种理论视野，知道理论与理论间的关系是怎么样的，怎样导向另一个主义，而不是抱定某一个主义，抱定某一个大师，将他崇拜成偶像。这种学术态度的缺失，也是今天我们的建筑设计和实践会止步不前的一个原因。如果没有思想的观照，没有对实践的反思，你的实践永远不可能再上一个新的台阶或者到达一个更高的层次。

除了本校课程，还可以去听哈佛的历史理论课。这样两个课加在一起，美国东海岸这些主要的理论家和建筑师就都有机会了解了。这点是我最大的收获。我之前只是从事建筑历史理论的研究，到MIT后，对评论和理论有了新的认识，就决定转向建筑理论。建立起了学术的圈子是更直接的收益。回国后，有人在系里的网站上看到了我一门课的课程材料，就约我写关于中国建筑的文章。加拿大建筑中心觉得我这个题目跟他们关注的内容非常相像，就请我去讲座。一个好的学校，不光是教授知识，尤其在硕士和博士阶段，导师和学校的学术平台应该能够提供一个接触到更广阔天地的机会。

人生很奇怪。我本科毕业后，其实就被港大的硕士课程录取了，亚洲发展银行还给了我全奖的奖学金，本来应该就去了，但因为那年是一九九六年，马上就回归了，大家都不太清楚回归后会怎样，包括教育部也有恐慌，结果就是政策上不允许，那一年就没有放人去香港读研究生。也算是改变了人生。如果当年去了，现在我估计就在一个大公司里面做个建筑师，当然也挺好的，但是就不会像留在同济后对西方的理论产生兴趣，也就不会去美国了。

（口述：李翔宁 | 采访：黄玉琼 | 摄影：章媛丽）

MIT是唯一一所敢说「我们从不授名誉学位」的学校。在MIT，李翔宁认识到什么才是真正的学术研究。

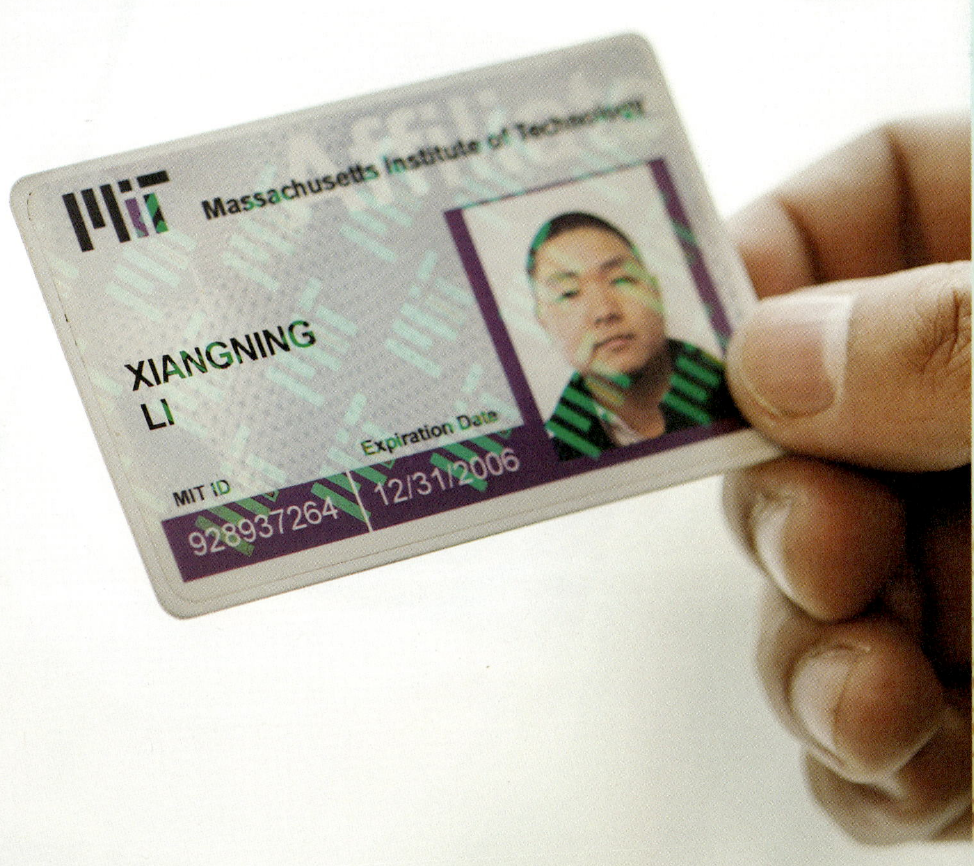

《鲁迅全集》。

《鲁迅全集》

钱理群
人文学者

对我影响最大的，显然是鲁迅。关于鲁迅，我写了太多的文章，《鲁迅全集》影响了我一生。

鲁迅对我的影响，有一个过程。我在中学时就读鲁迅作品，一九五六年，我上大学时，《鲁迅全集》出版了，我就把它全部读完了。我从北大毕业后到贵州，把《鲁迅全集》都带去了。在大学时，对鲁迅只是喜欢，没有太深入的了解；到“文革”期间，特别是“文革”后期，再读鲁迅，感觉完全不一样了。

我对鲁迅的理解，一开始受到毛泽东的影响。但我并不认为毛泽东对鲁迅的理解完全是没有价值的。我在贵州期间，写了很长的鲁迅研究杂记，其中有一篇文章就叫《鲁迅与毛泽东》，毛泽东启发我认识了鲁迅，但是同时，毛泽东也严重束缚了我对鲁迅的理解和研究。“文革”后期，我和年轻人一起读鲁迅，形成了我所说的“民间思想村落”，从那时开始，我几十年如一日地和年轻人一起读鲁迅。

当年我有一个梦想，就是想回到北大，给年轻人讲鲁迅。“文革”后，我回到北大读研究生，专业研究鲁迅，我的导师王瑶先生给了我更开阔的视野。更重要的是，“文革”结束后，一九八〇年代初期，对毛泽东的一些负面的评价开始有所了解，这对我是非常大的触动。所以我当时的任务，一是走出毛泽东，另外就是要走出毛泽东研究鲁迅的模式。我是通过走出毛泽东的鲁迅研究模式来走出毛泽东的，也完成了我的第一部著作——《心灵的探寻》。我想要走出毛泽东的模式，但是在其中还是能看出毛泽东的痕迹，并不是简单地完全否定的过程。

经历了一九八〇年代末到一九九〇年代的一些曲折，我再来研究鲁迅，出版了《与鲁迅相遇》，那部著作有了更大的变化，基本走出了毛泽东的鲁迅研究模式。应该说，我对鲁迅相对成熟的看法，在这本书中形成，包括叙述模式、语言等等。《心灵的探寻》还有年轻时代激昂的一面，到了《与鲁迅相遇》，整个叙述风格都比较从容了。对鲁迅有了更深入的认识，其实也隐含着对毛泽东认识的深入。

退休以后，我做的主要是两个和鲁迅有关的工作。一个是鲁迅的普及，建立起一系列的鲁迅阅读，从小学、中学、大学到研究生，到一般青年，鲁迅是要读一辈子的，要不断地与鲁迅相遇，相遇的方式、内容和途径会不同，使鲁迅真正成为一个民族的精神财富；另一方面，我也越来越注意鲁迅的现实意义，也就是我所谓的“活在当代的鲁迅”，我做了一系列的演讲，就是要让鲁迅和当代“面对面”，把鲁迅和当下中国的现实连接在一起。

（感谢范新先生，陈韵女士）

（口述：钱理群 | 采访：张泉 | 摄影：彭辉）

贡布里希的书信

范景中
艺术史学者

为了翻译《艺术的故事》(*The Story of Art*)，我从一九八四年开始和贡布里希(Sir E. H. Gombrich，1909–2001)通信。一九八九年，我曾邀请他来中国做讲座，他也同意了，结果没来成。

一九九〇年代初，我生病期间，给贡布里希写过一封信。我本来想借到牛津大学读书的机会拜访他，现在去不成了，这辈子可能都见不到了。

贡布里希收到信，有所感触，过了几年，他知道我的病情有好转，就一直找机会让我到欧洲和他见面。一九九四年，他获得了“歌德奖”。“歌德奖”由法兰克福市颁发，因为歌德的故居在法兰克福。“歌德奖”每四年颁发一次，获奖者有许多著名作家、科学家，好几位也是诺贝尔奖获得者，是一个相当了不起的奖项。美术史研究领域没有诺贝尔奖，美术史家所能获得的最高荣誉就是“歌德奖”。一九九四年是法兰克福市建市一千周年，正好也逢上“歌德奖”的颁发。贡布里希就请法兰克福市市长给我发邀请，来参加他的授奖仪式。

一九九四年八月二十五日，我先到德国的海德堡，拜访我的一个

（右图）贡布里希寄给范景中的书信、明信片和照片。

德国学生劳悟达，她是一位年轻学者，和贡布里希关系非常好，也接到了邀请。八月二十八日清晨，我们来到法兰克福，在圣保罗教堂参加授奖仪式。圣保罗教堂是一个很小的教堂，但是在德国历史上很著名，《保罗教堂宪法》就是在那里颁布的。

我们在十点半进入会场，坐到各自的指定位置，我被安排在第一排的右边靠中间走道的第一个座位上。环望四周，只有我一个中国人。

快到十一点时，贡布里希由他的夫人、法兰克福市市长还有汉堡大学的瓦格纳教授陪同，进入会场。他们从我旁边的走道走过来，大家都很自然地回头朝他们看，贡布里希却一直用目光寻找我，看到我以后，他对我笑了笑，举手打过招呼后才坐到中间自己的位置上。

十一点整，一位女钢琴家演奏了莫扎特的两首曲子。接着，法兰克福市市长开始讲话，德语我一句也听不懂，但是我能感受到德国政治家演讲的魅力，这位市长的演讲抑扬顿挫，就像念诗一样，西方人在演说方面的教育和训练，让我印象很深，一下子联想到古希腊修辞学的传统。随后，瓦格纳教授致辞，讲了贡布里希在美术史上的贡献。最后是贡布里希讲话，他年纪太大，坐在台中间预备的椅子上讲。他坐定以后，又专门冲我招了招手，听众的目光也移向了我。

演讲过后，大家转移到宴会厅，位置也都是指定的。这时我的德国学生坐在我旁边，给我做翻译。法兰克福市市长首先祝酒，他说，以前曾给一位音乐家颁过奖，致辞以后就把奖金支票很自然地揣进自己口袋里，颁奖结束，秘书告诉他，没把支票给获奖者，装进自己口袋里了。他这样边说着边掏出一张支票，又朗声道，你们看，这次我当着大家的面，把支票交给贡布里希先生。

贡布里希接过奖金，开始答谢。他说，我受邀下榻在你们的宾馆，躺在床上，发现天花板是一个放大镜，把我的头放得非常大，其实我

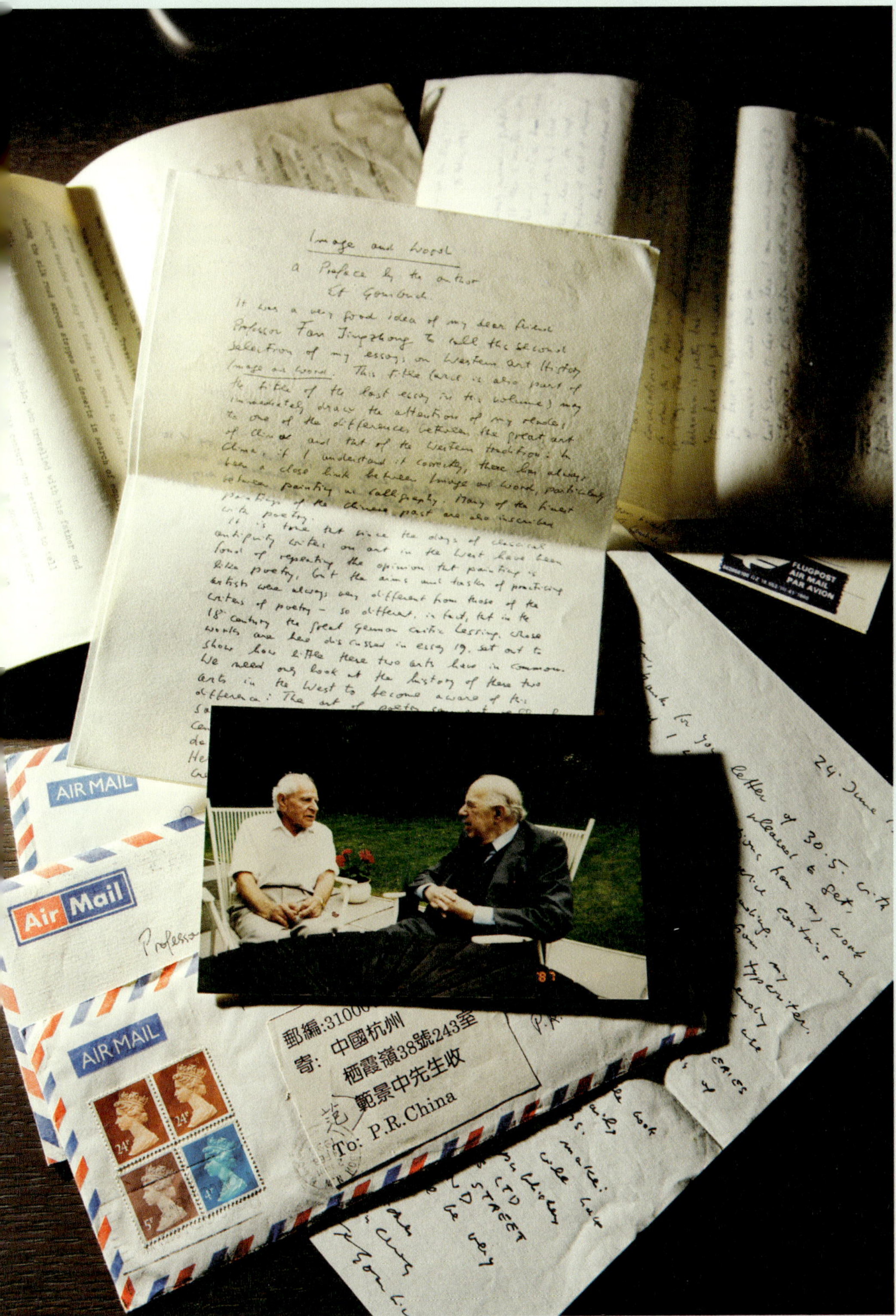
AIR MAIL
Air Mail
AIR MAIL
FLUGPOST
AIR MAIL
PAR AVION
郵編:31000
寄：中國杭州
栖霞嶺38號243室
範景中先生收
To: P.R.China

没有这么大；古希腊的修辞老师训练学生，常常让他们赞美不值得赞美的东西，例如要把一个微小的东西写得很大，比如赞美一只蚊子，把它说得如何如何了不起。我现在到这里来领奖，就是这种感觉。我本来没有这么大，却被放得这么大；我本来是一只小蚊子，却要被歌颂一番。尽管如此，我还是非常感谢你们给我颁发这笔奖金。贡布里希略微停顿一下，接着说，我也非常感谢在座的一位中国朋友——范景中教授，他把我的书译介到中国，使我的书拥有了中国的读者。

我非常感动，也感慨很深。这次贡布里希获奖仪式给我的教育，可以说是一场修辞学的教育，让我感受到语言的魅力，感受到语言是如何把人教化得更得体，更幽默，更有教养。我想，如果说学习美术史还有用处的话（从实用的角度来讲，美术史可能一点用处也没有，学生可能连工作都很难找到），它的魅力就在于让人的涵养更丰富起来。我又想，西方美术史的源头是修辞学，那么，中国美术史的源头又是什么？我想寻找一番，这也是我在《中华竹韵》这本书中所表达的一种寻找的过程。

这段往事，我从未向别人详细讲过。如今回忆往事，回想一个让自己殊深受益而又轻松、又高雅、又深浸文明的场合，我就会想起在贡布里希“歌德奖”授奖仪式上的这段经历。

（编者按：范景中教授在学界享有盛誉，他花费了很大的精力，翻译、引介了大量西方美术史研究的巨著，自己却十分谦逊，往往述而不作。当我们问起这个问题时，范老师回答，因为我觉得这些学者写得比我好。）

（口述：范景中 | 采访：张泉 | 摄影：钱东升）

旧电脑打字机

叶兆言
作家

中国有句古话叫名不正言不顺，一直觉得电子计算机名字不太好，起码是翻译不到位。我印象中的所谓计算机，必须和计算有关，应该是跟算盘差不多的计算器，玩玩加减乘除，阿拉伯数字按一遍，结果便出来了。

上世纪八十年代末，第一次接触到“四通”电脑打字机，现在想想，真是个非常奇怪的玩意儿。显示屏很小，窄窄的，写不了几行字。少见难免多怪，记得当时很兴奋，心想如果人生有幸，作为一名写作者，能有这么一台打字机相伴多好。过了不久，市场上开始出现PC机，到目前为止，我仍然不知道为什么叫PC。市场上还有过一种性能差不多的中华学习机，懂点电脑常识的人告诉我，这两样东西都可以用来学习打字，只要你用得顺手，都可以成为写作利器。

又过不久，我有了一台PC机，时间应该是一九九〇年，那年头用电脑写作的人还很少，我基本上可以算是爬雪山过草地的老革命老前辈。起码在南京作家中，属于最早的几个人之一。当时的价格三千元，没有硬盘，存储全靠360 K低密度软盘，必须接连使用两张这样的软盘，

PANDA

（左图）除了旧电脑，叶兆言家的书房至今还摆着一台熊猫牌收音机。这台当年毛主席也在用的收音机在叶家几十年了，除了唱片已经不能放，拧开收音机还是能收听电台源源播放的音乐。

才能很费劲地启动机器。写作时要注意不停地存盘，否则一不小心断电了，前功立刻尽弃。因为担心停电，有一段时间，一直在关心UPS不间断电源的价格，有它就不怕停电了，这玩意太贵，始终犹豫着没舍得买。后来有人送了个十兆的旧硬盘给我，安装在PC机上，效率立刻大大提高。

我的电脑，说白了就是一个打字机，过去是，现在仍然还是。电脑升级换代很快，太快，非常快就落伍了。刚开始，别人听说我用电脑写作都很吃惊，很佩服，渐渐地，再吃惊的已经是，你居然还在用这么一个破电脑写东西。十多年以后，终于不得不换电脑了，是国产的方正，当时也算品牌机了，几个小伙子过来安装调试，对着旧电脑发怔，说从来没见过这么古老的家伙，不仅老掉牙，连下巴也没了，感觉就像史前的恐龙。

我大多数作品都是在这个破旧的电脑上完成，说一句矫情话，美好的黄金岁月皆砸在了那锈迹斑斑的键盘上。到一大把岁数，才学会上网，才开始玩电子邮件，至今仍然还是个电脑菜鸟，可是我的打字速度飞快，从一开始，我就是使用五笔，为了将写字速度降下来，我常常只用一个手指头吊儿郎当地打字。打字快慢无关紧要，写小说其实很少会有思如泉涌，文学创作往往是个慢活，一般情况下，慢慢打字完全来得及。或许是太熟练，我发现自己的手比大脑想得还快。

记不清最初使用的那个版本叫什么，反正太原始了，都属于遥远的解放前。那个文档的标点符号常会出现在每行第一格上，怎么看都觉得别扭。记忆中，我总是在跟第一格的逗号和句号作斗争，从第二行开始整理，一遍又一遍修改。明知道文章最后发表，这样的状况并不会出现，电脑会自动校正，可是成了毛病，不改不舒服，不改不痛快，不改了就写不下去。过去用笔写作，只要出现错字，有了涂改，我会将稿纸撕了重写，现在改用电脑了，写错不怕，可是这个标点符号调整，花了相当多的工夫。

与旧电脑配备的还有一台九针打印机，今天说起来，都是古董级别，都可以当作收藏的文物。曾经与作家史铁生交流经验，他打印机的字体远没有我的好看，年代隔得太久远，我现在甚至都有些记不清结局，是寄给了他软盘程序，还是怎么样就不了了之。反正能记住的只是我们开始用电脑写信并打印出来，都觉得这样比手写更时髦。

最佩服自己的一点，电脑买回来当天，居然硬着头皮写千字文，居然就结结巴巴地写了一篇。这篇文章发在当时的《扬子晚报》上，可惜已经找不到，集子里也从未收过，最初的那种低密度软盘不仅容量很低，而且非常容易丢失文件，说没有就没有了。

二〇一四年一月十六日　河西

（撰文：叶兆言 | 摄影：祝君）

《中国人口发展史》

葛剑雄
历史学学者

葛剑雄的办公室里，书和待校的稿子堆得像九宫格。他说，你坐。然后熟练地把几摞稿纸推来推去，开辟出一块新空地来。隔着缝隙，两个人面对面坐着，刚刚好能看见对方的脸。他跟大约十年前从初、高中部合用的闭路电视里常见到的样子比起来，时间好像没在他身上发生什么变化，金色边框眼镜，藏蓝休闲夹克。那时他经常到学校来，做关于边疆和迁徙的讲座。白驹过隙，地理历史研究所已经搬到光华楼的二十一层，视野开阔。公告牌上贴着二〇一四年春节的放假安排。对葛剑雄来说，这只是他在复旦度过的一万多个清晨里普通无比的一天。他走路脚步很快，好像总在被什么追着跑。

一九六四年，在中学做实习教师的葛剑雄开始学打字，晚上在办公室用共用的打字机。一九六八年他有了自己的一台，打字机是从淮海路堆满抄家物资的旧货店花二十块钱买下的。英国的老牌子，木头盒子。当时这样做，难免遭怀疑，受质问。但他当时打的是毛主席语录，英文版。也没有人敢说这样做不对。那种不带自动对齐功能的打印机，出来的一行行字大多左高右低。他常花大半天的时间，钻研怎么把一行行的字母对齐。到了一九八五年，第一次去美国哈佛大学当访问学者，发现那里的研究生已经开始用苹果电脑写文章，他觉得很可惜，因为当时根本没有中文软件。哈佛燕京学社的访问学者办公室里配了一台佳能电子打字机，使他有了练习的机会。一九八八年国内开始有了四通电子打字机，八千元一台的机器，他拼命在用。第二年，他完成了自己的第一本书，用电子打字机写成的《中国人口发展史》，书的版式和页末的注解的编排都是人工处理的，那种机器还没有文字处理的功能。

这样，他开始准备买电脑了。葛剑雄的第一台电脑购于一九九〇年。当时电脑非常昂贵，政策规定，只有用外汇才可以购买。他当即买下一台长城8088，花费一千块美元。这还并非任意购买，只能凭出国护照证明自己的公派归国人员身份。除此之外，还有推广。一九九七年他担任历史地理研究所的所长，学校开始211计划，研究所作为第一批重点单位，拿到一笔经费。他立刻给所里的每个老师配电脑，最好的，每台一万多，可以带回家用。为这件事，有人告到纪委，意思是文科老师用什么电脑。“这也有条件，就是每个人都要学会。”由于当时的决定，现在的研究所里，即使是八十多岁的退休教师，都会用五笔，会熟练的电脑操作。二〇〇〇年开始，地理历史研究所跟美国哈佛合作，开发全面的数据库和最先进的制图软件。如果没有当时的普及，合作的机会未必如此水到渠成。

葛教授至今没有带手机的习惯，但用的电脑每隔几年就要换一台更好的。享受技术带来的好处，但不受束缚。物尽其用，点到为止。回忆起镶金的一九八〇年代，整个校园都在通宵达旦地讨论美学和哲学，但自己参与不多。因为总感觉学术上起步得比别人晚些，每天都

中·國·人·口·發·展·史
葛劍雄 著

感到有点时不我待。有时候爱跟室友下盘围棋，但常常没到终局就罢手。“一下午的时间耗费不起，无论何时，做什么事，轻重缓急，头脑都要清楚。”

（撰文：吴晓初 | 摄影：祝君）

雪茄

黄育海
出版人

如果有谁跟我谈话或聊天超过十分钟，他大概就会讨厌我，因为我会忍不住点起一支雪茄，否则，我会感觉交谈似乎难以进行下去。我曾经抽过二十多年纸烟，却从未上瘾，说不抽就可以不抽。但自从抽上雪茄后，情况就完全不同了。

记得第一次抽雪茄还是在黄永玉家，大约是在一九九九年，我的朋友李辉和应红夫妇带我去京郊黄先生府上拜访。那天，黄先生招待我们吃晚饭。他家的厨师据说是特地从湘西老家请来的，因此我们吃了一顿相当地道的湘西菜，也许是记忆中我吃过的最好的一顿湖南菜。酒足饭饱之后，黄先生郑重其事地捧出一个雪茄盒，拿出两支雪茄，他自己点上一支，另一支就递给了我。尽管是第一次抽，我却几乎立刻就喜欢上了它。雪茄的味道醇厚而浓烈，特别过瘾。一边享用着上好的雪茄，一边聆听着大师的妙谈，这真是一种无法形容的享受。不抽烟的李辉大概永远也体会不到这种快乐。

从此以后，我就对雪茄上了瘾。这里面还有一个原因，就是我发现国外出版圈里的老板，只要是男性，几乎没有人不抽雪茄。有一

在它的见证下，
企鹅经典书系被引进到了国内。

次，在法兰克福，英国企鹅出版集团总裁兼CEO约翰·马金森先生请我和一位埃及出版社社长以及一位印度出版社社长共进晚餐。德国的餐厅严格禁烟，马金森先生知道我有边喝酒边吸烟的习惯，便安慰我说等会带我去一个能过烟瘾的酒吧。晚餐过后，他果然把我们领去了位于Hessischer Hof酒店地下楼层的一个酒吧，那是法兰克福为数不多可以吸烟的酒吧之一。我们走进去后，发现里面已经挤满了人，连个座位都找不到，结果我们四个人就站在那里，一手端酒杯，一手拿雪茄，在烟雾腾腾的空间里，我感觉与这些国外同行的距离一下子拉近了。后来，马金森先生要约我见面时，常会问我有没有时间去北京或伦敦一起抽上一支雪茄？就是在一次次一起享用雪茄的过程中，马金森先生将他们公司最负盛名的企鹅经典书系授权我们在中国大陆出版。

另一位同道中人也是出版业内的重量级人物——英国安德鲁·纳伯格版权代理公司的总裁安德鲁。我们每年至少要在一起抽上一次雪茄。有次他来上海，晚餐过后，我拿出了一盒精心准备的限量版古巴雪茄。安德鲁是位虔诚的教徒，当时正值耶稣受难日。安德鲁解释说他每年都会给自己立下个规矩，在复活节前一周，戒掉一项嗜好，以表明与耶稣共同受难之意。而那一年他选择要戒的正是雪茄。我问他真的不要了吗？他看了一眼那盒诱人的尤物，回答说，如果抽的是一支这么好的雪茄，上帝应该也会原谅他的。我常说我与安德鲁之间的信任与友谊是伴随着一次次吞云吐雾而滋生并巩固的，这当然只是笑谈，但安德鲁将他们代理的丹·布朗、斯蒂芬·金等重要作家授权给我们，雪茄多多少少也起过一些微妙的作用吧。

当然，中国作家里也不乏雪茄爱好者，毕飞宇就是其中之一。我们一起在法兰克福一家土耳其餐厅吃过一顿饭。选择去那里正是因为毕飞宇熟悉那是一家不禁烟的餐厅。我们兴冲冲地赶到后，惬意地一人点上了一支雪茄。可不一会儿，这家餐厅的其他客人居然就受不了了，餐厅的领班只好过来跟我们商量，说他们这儿虽然允许吸烟，但我俩的雪茄味道实在太大，所以希望我们能够暂停一会儿或少抽一点。另一回，毕飞宇来上海，我恰巧要去外地出差，跟他见不上面。于是，我挑了两支雪茄并替他剪好，请我的同事转交给他，让他在上海抽。毕飞宇大为感动，对我的同事说，一个男人送给另一个男人最好的礼物莫过于雪茄。自然，毕飞宇后来把他的书交给了我们出版。而对一家出版公司来说，一位作家交付出他的作品，其实也是最好的礼物。

我常常在想，也许我这一辈子也戒不掉雪茄。很抱歉，要请我许多不抽烟的朋友谅解。因为点起一支雪茄，谈论我心爱的出版事业，这对我来说，便是人生最好的一种境界。

（撰文：黄育海 | 摄影：祝君）

辑五

灵犀

人生旅伴

一九六二年的吉他

丁武
摇滚音乐人

我是一个地道的北京人，六岁时就跟父母下放到东北温春，距历史上最著名的流放地——宁古塔非常近的小村庄。爸妈那时候忙，根本没时间管我，而我就读的五七干校小学又停课，所以那时对我来说，可能算是有点儿意外的幸福了，在大自然里无拘无束的，也爱上画画。十二三岁时，我第一次摸到了吉他，算是开始跟音乐结缘。后来，我开始喜欢摇滚，Pink Floyd乐队对我影响很大，我关注他们的音乐，关注他们创新的专辑封面，关注他们精致的现场表演，甚至他们对音乐的态度。从一开始寻找带有一些梦境色彩的自我感受，到逐渐学会关注他们的艺术表达。

我学过美术，又从事音乐，在我看来艺术是相通的，你多关注美术，在音乐创作时会更有画面感。其实艺术包容很多，音乐、美术、书法、文学，等等，哪一项对自身都是修炼。就像我来这世上走一遭，就是要从艺术中汲取更多营养和修炼自己的过程。我要主动地去面对它们，才能活得更充实，才能勇敢去面对自己。还记得唐朝乐队刚成立时，是最难熬的时候。其间，也曾暂时解散，我无奈出走新疆。那一段漂泊对于我来说是一种磨炼，更像人生的重启。那段生活和人情世故都是在城里没见过的，比较新鲜，也让我更平和。少数民族比较豪爽，也能歌善舞，他们的音乐让我开窍很多。

也许因为与音乐结缘是从吉他开始，我最珍爱的乐器就是吉他。我的古琴老师拥有一把特好的古琴，有一次，他告诉我，这世上，你喜欢的乐器一直在那儿，只要你努力，你真的喜好它，总有一天你会得到让你心满意足的乐器。二〇一二年，我在美国一家网站上发现了这把一九六二年的吉他时，欣喜若狂，手感与音色都是我想要的。于是，给当地朋友打电话请他先代为拿下。获得它是一个简单的过程，但此前酝酿的时间很长。在寻找的过程中，我对吉他的标准一直在变化。原来更喜欢那种比较硬朗的，款式与众不同、有些怪异的，一一尝试过不同的款式。在发现它时，我的标准正开始趋于传统，对颜色的要求也无须张扬。如果早些看到它，或许我不会懂它，这就是中国人讲究机缘巧合吧。这把吉他跟我的年龄一样大。某种程度上，我觉得与我有种暗合：某一个阶段你可能更喜欢这样的音乐，而往后另一个阶段你可能又会回过头重新喜欢上之前的音乐，这样反反复复交替出现吧，等这两种音乐都在你心里消化了，你理解了它们，你可能还会从生活中寻找新的声音。就像这个乐器一样，它一直在那儿，只是我之前没找到而已。其实，我想说的是，只要你有一个追求，或者某种爱好，你去寻找，终究你会得到你想要的。如果你之前没有这样的欲求，可能它也不会来到你身边。这跟人家常说的，你的兴趣爱好终究会指引你的路，一个道理。

到今年，我五十二岁，已经学会用朴素之心去面对所遇之事。做音乐，经历挺重要，成功的过程如同大浪淘沙，有信念，有勇气，有机遇，有天分，加上后天努力和时间的证明，几者融合在某个高度时

小时候因为病症手部不灵活而开始练习吉他，由此与音乐结缘。丁武寻觅良久才觅得这把与他同岁的老吉他，款式传统，张力很强，音色变化很大。五十余年仍保存得很好。

可能才会给你带来最好的感受。如果你没有经历的话，照本宣科，或者只是基于模仿，没有真正去参与过大起大落，可能也不会有太多的感受表达。但在过程中，你得学会面对。

（口述：丁武 | 采访：戴小蛮 | 摄影：刘一纬）

指挥棒

谭盾
作曲家，指挥家

这根指挥棒是我二十多年前在波士顿买的，它的棒体用芦苇秆制成，手柄部分用的软木，拿在手上很轻，但挥起时却能让观众感受到它的分量。我第一次用它指挥是与马友友和波士顿交响乐团的合作，这一拿就是二十多年，用到现在。

这根指挥棒凝聚了我从小学到读完博士，二十七年学习的心路历程。我在中央音乐学院学习的是双专业，指挥和作曲，跟随李华德教授学习指挥、赵行道教授学习作曲，去美国留学时，又受教于世界著名指挥家小泽征尔。后来成为职业作曲家后，发现自己最为崇拜的还是二十世纪最伟大的那些指挥作曲家，比如马勒和伯恩斯坦，前者的《大地之歌》，后者的《西城故事》，他们所有的作品基本都是当代最有影响力的作品。还有法国作曲家拉威尔、俄国作曲家斯特拉文斯基，都是全世界最伟大的指挥家，同时也是作曲家。我自然也希望自己的作品能由自己来指挥。

在指挥方面，我无疑是幸运的。因为我在作曲方面先成功了，所以当我可以自如地以作曲家的身份和世界上顶级的乐团合作时，他们

《女书》 1. Mother's Song (母親的歌)
© TanDun
Dramatico ♩=60 (Senza misura)
Harp
Hp.
improvise 11''
gliss (with Pedals)
dolce
①

谭盾用了二十多年的指挥棒。

也会邀请我去做指挥。我第一次用指挥棒是从指挥波士顿交响乐团开始的，第二次是费城交响乐团。一般而言，指挥家的道路是从下而上的，先从中学的合唱队开始，再到城市，继而到国家，最后成为世界级的大师。而因为作曲，我幸运地从开始就指挥了世界顶级乐团。

我记得第一次指挥波士顿交响乐团的时候，乐团总经理跟我说，你可以闭着眼睛想象这个乐团是一条河流，你不要去改变河流的走向，但是你要让自己在这条河流中间流得更自如，而使得这条河流更漂亮。这句话实在精彩！我常常是拿起指挥棒时要去感受手中无棒，在手中无棒的时候要感受心中有棒，这种“有”与“无”的辩证是一种强烈的道家意识和禅宗意味，就像老子说的“大音希声”、“大象无形”。我的指挥和老庄、禅宗有关，这让我对于指挥棒的使用非常敏感，形成了自己的风格，这也是我个人非常珍视的音乐的信仰。

在过去的二十多年，我的生活每天都和这根指挥棒息息相关。它对于我来说就像李小龙的三截棍，或者武僧手中的少林棍，是内部心灵与外在舞台的桥梁，也是自我和大众之间的桥梁，更是我的音乐从灵魂走向大自然的桥梁。从音乐的角度来说，无论是变化多端的风格、层次复杂的哲理、东西文化的融合，其实都跟使用这根指挥棒的风格、技巧有关。比如说用这根指挥棒指挥法国印象派的音乐时，它就会变得飘逸而阳光；当它用来指挥贝多芬的音乐时，会让人觉得刚柔相济、命运多舛；用来指挥我自己的音乐时，就会有瞬间的时空转换感，从黄土高原到楚国蛮疆，从江南丝竹跳到北方的紫禁城。

嵇康说，声音没有哀乐之分。声音之所以成为音乐，是因为内心有感触。这根指挥棒在普通人挥舞的时候自然是没有音乐的，但是在我手中却不一样，它传递的是内心深处的能量。

（口述：谭盾 | 采访：孙程 | 摄影：马岭）

单锋剑

徐皓峰
武侠小说作家，电影导演

我的初中，大门向北开，京城老话说是出流氓的风水。一日中午，校门口聚满人，看两人打架。他俩总不打，人越聚越多，忽然退潮般散开，一人亮了刀。

亮得不帅，一掏刀就掉在了地上，拾起来假追几步，见敌方逃了，自己也就走了。我们事后分析，估计他是故意失手，人都看见，惊走了人，他就得胜了。

那把刀，我们叫“单锋剑”。其实就是剑型匕首，只开一边刃，另

一边留着不开，等于刀背，剑成刀用。常见的清朝腰刀也会在刀背顶端开刃，称为反刃，刀头成了剑尖，刀成剑用。

一道刃上取舍，就混了刀剑的身。

单锋，为了不割伤自己，外侧开的刃向外，里侧不开刃，可抵在臂肉上。单锋剑反手持，贴在小臂下，具隐蔽性，用于偷袭——它不是个好东西，一九八〇年代都知道是小痞子用的。

回到那天故意掉刀的打架，求胜，不是弄死谁——这种风度哪来的？《岳飞传》写金宋之战，兵马千万废弃不用，两军各派一将单挑，败了就挂免战牌，难有战役。

以为《岳飞传》瞎说，那是动物世界的事，狮群、狼群、猴群里争王，都是单挑，没有伸援手的。

后读书看到人间有过，远在周朝，大军对垒如体育比赛，各出几辆战车打打，有了胜负就谈判了。到秦始皇，彻底没了这事，打仗就是一拥而上。

又察到民间保持着周风，清末土匪还这样，一个人上山，单挑土匪头子，胜了山寨就是他的，土匪头子自己下山。京津混混也这样，老混混挨了打，就让出自己的街。

我一直好奇这种古法是如何传承下来，土匪、混混在一九五〇年

代都剿灭了，事隔三十年，一九八〇年代学生聚众打架，来很多人，结果往往单挑。谁教给学生们的？

是一九六〇年代末京城外的军队大院子弟教的，他们跟敌人学的。他们的敌人是城区里的顽主，一九五〇年代混混被剿灭，混混毕竟是清朝既有的阶层，遗风强烈，隔了十年，还能学到。

晚清混混打架，不能进人家门。躲到家里就安全了，进屋打人者没品格，因为惊扰了别人父母子妻。再大的仇，也不能砸别人家，砸了要挨骂——这种老规矩，一九六〇年代末的顽主保持着，暴力是有底线的。

所以红卫兵抄家，在大院里畅行无阻，在胡同里，老民老户受不了，砸人家是古来大忌，常有老混混或新顽主来劝的事，甚至动手打了红卫兵，结果被送去劳改。那时的坏人有规矩，破了下限，看着心里别扭，要主持公道。

大院子弟从小上苏联式幼儿园、内部中小学，看内部放映的外国电影，本应洋范，却严重痞气，都因为跟顽主打架，对我们影响最大的往往是我们的敌人。

亮刀，吓走人，就完事了。清末民初的京城街头斗殴，以不死人为原则，天津街头甚至不能亮铁器，只能用木棒。所以会有单锋剑，以不开刃的一面应敌，急了才刃向外。单锋，是给人活命。

更多时候，带匕首不是扎别人，是扎自己。遇到事，扎自己大腿一刀，或是把刀递给敌人，说：“今儿这事这么办，有本事弄死我。”对方服你的蛮力，就收兵了。

民间意识是不取人命，你摆出视死如归的谱儿，对方就服了，没事了。

一九八〇年代经济搞活后，电台里播《岳飞传》评书，街头有了弄死人的事。单锋剑能杀人了，成了管制刀具。

（撰文：徐皓峰 | 摄影：方磊）

《看见·黑陶茶盘壹号》

朱哲琴
音乐人

就在前不久，我刚刚发行了双CD《月出》。这张唱片的制作是从一个两万公里的行程开始的，一支十人的工作团队，历时四个月走访中国五个民族地区的山村乡寨，在民间音乐的发源地寻访记录民间传世的乐音。之后的三年，我们从上千首的采样里整理、编辑、提取，将这些来自不同族群文化和生态时空的南腔北调汇聚、梳理、整合、承接、凸显、呼应，终于有了《月出》。确切地讲，它是一张由多民族歌乐师和新锐音乐家共同绘制的中国当代音乐地图，我们先将各个区域的内涵和精神内核提取出来：新疆的荒芜与绚烂；西藏的人性与神性同修；贵州的原始本能与野性奔放；蒙古人兼具的游牧民族的宽广天地与生存孤独…… 遭遇当下，有形唱片的确在消失中。这是不可逆的趋势。但这种所谓的无常其实是常态—— 以前人们通过劳动号子，通过巫师来传递音乐，从唱诗班，到戏剧，到演出，到唱片—— 载体不断改变，音乐本身并没有消亡。我是一个悲观主义者，我认为所有的东西都会过去都会完结。但我又是一个乐观主义者，我总是能看到感受到一个有希望的未来。我认为中国会有一个振兴的文艺的未来，因为原创精神、独立的价值观、完整的行为操守，我们都曾经有过，并对周边的世界产生巨大的影响，但是现在我们迷失了，然而迷失不等于永远失去。

（右图）《看见·黑陶茶盘壹号》安于一隅，润物细无声。

二〇〇九年，联合国开发计划署（UNDP）任命我为“亲善大使”，并联合发起“世界看见”中国民族文化保护与发展亲善行动，过去的五年中，我们陆续开展了一系列活动——民族音乐寻访之旅、民族手工艺寻访之旅、展览、论坛等等，旨在振兴民艺，推动“中国创造”。二〇一〇年，“世界看见”亲善行动团队，携设计师、媒体展开“世界看见”民族手工艺寻访之旅，行经云南、贵州、西藏、内蒙古、青海五省区进行民族手工艺寻访和调查工作。在云南香格里拉站，力邀著名设计师石大宇同行，希望能在寻访传统工艺后用设计延续民艺的传承，并为传统注入新的活力，真正带入当代生活。我们一同走访了云南香格里拉的尼西，发现这里是黑陶重要的传承地，村民世世代代使用的生活器皿都是由黑陶手工制作，当地人质朴纯粹的生活打动了寻访团队，也给了石大宇极大的设计感悟。然而，传统手工艺面临着诸多问题和挑战——当地由黑陶制作的很多器皿可以被其他东西取代，导致对黑陶的关注度越来越低。在当地还一直流传着黑陶受到神灵庇佑，无法带出尼西村的传说——其实是由于黑陶烧制温度很低、硬度不足等工艺限制，导致器皿极其易碎。

材质有局限、无法量产、不能通过顺畅的产业模式进入当代生活，是许多手工艺面临的尴尬局面。二〇一二年，一个崭新的品牌应运而生——“看见”，我担任艺术总监。作为“世界看见”在当代民艺产业的实践者，“看见”传承中国传统造物之智慧，融入当代生活，倡导“上乘非奢侈”之品牌精神，希望集结更多的地方手工业者、设计师、生产资源、销售渠道，建立立体的当代民艺设计产业平台，重塑当代中国

生活方式。经过长时间锻造，从香格里拉黑陶生发灵感，由石大宇设计、黑陶大师田景峰挑战极限反复研究尝试的《看见·黑陶茶盘壹号》于二〇一三年诞生，也成为“看见”监制的第一个产品，为热爱品茶、迷恋茶文化的人带来了知音。

（口述：朱哲琴 | 采访：沈多）

旧琵琶

陈燮君
文博学者

人要有一个追求。少年立志很重要。问我少年立下的志是什么？很简单，一辈子，最后发表多少篇文章，出版了多少本书，画了多少张画，学会了几样乐器……

这把琵琶呢，是一九六六年我爷爷买给我的，从南京东路一家旧货商店里。当时他的积蓄加起来也就是六十元，他拿出了四十元，几乎是倾其三分之二。这在当时是一个不小的数字。我爷爷他成全了我的一个梦想，我一直希望能够学琵琶。

因为"文革"，不用到学校去上课了，就开始下功夫学习书画和乐器。在买琵琶以前，我用五元钱买了一把二胡。对二胡有了初步认识后，就想好好地学琵琶，而且当时有一个很好的机会，我父亲有个朋友叫林石城，中央音乐学院的一位教授。后来才知道，不得了！他是浦东派琵琶的传人，中央音乐学院的第一位琵琶教授。老师，其实也是一种缘分。当然买琵琶的时候还没有马上认识林石城先生。最早我是跟一个邻居学的。后来向林先生拜师，他家在马当路，我就常常抱着琵琶去他那里练琴。

事情说来也巧。二〇一二年下半年，林石城先生的儿子林嘉庆在上海成立了工作室，当然林石城先生已经过世了七八年。林嘉庆作为浦东派琵琶的传人，工作室挂牌，当时组织方邀请了我。其实主持人不知道我跟林石城先生、林嘉庆先生有那么近的关系，就是邀请我上台独奏两曲。结果碰到林嘉庆先生，那么多年过去了，大家很亲热、很亲热。我没敢在台上讲故事，倒是林嘉庆先生上台时说，我是他的师兄（我比他大四岁），说起我到他家学琴的事，让我既兴奋，又惭愧。那次我们同台演奏，给大家印象比较深刻。

这几十年来，我跟琵琶的缘分越来越深。也有人好奇，怎么四十多年了，琵琶还在弹，因为大家看你工作很忙，文博、文化、社会科学研究，还书法、绘画作品不断，推断说没有时间再去玩琵琶。可是一听呢，我弹得还很熟练。其实这也是由琵琶带来的，学乐器培养了人的毅力，做什么事情比较有长性。其实我真正学习琵琶的时间只有两年，一九六八年十一月就参加工作了，进了仪表系统。我在厂里从事的是技术工作，搞航天航空工程。当时也参加小分队演出。那时电力紧缺，经常让电，晚上上夜班，小分队就通宵排练，我就通宵弹琵琶。很多人说我是"童子功"，我觉得"童子功"是个很模糊的概念，简单一点说，就是多少年来一直没有中断。我自己也找到一个"保温"的办法，比如每天晚上七点要看新闻，我就一边看新闻一边练手势，一心两用。二胡也不离身，琵琶还在弹，还有小提琴。这三件乐器，基本没有停下来过。因为比较用心地在"保温"，加上有各种实践机会，才让它能够不断地发展。我觉得人应该有精神生活，这样活起来充实！

陪伴了陈燮君四十多年的琵琶，是爷爷当年花了全部储蓄的三分之二，从旧货商店购买的。

因为买了琵琶，家里面也多了一种音乐色彩，我爷爷在晚年，非常喜欢我弹琵琶给他听。也因为有了琵琶、二胡、小提琴，我们住的楼上，慢慢慢慢喜欢音乐的、喜欢玩乐器的人多了。那时候我住在上海圆明园路，下面是单位，四楼才住人。我们楼上有一个小乐队，邻居之间非常和睦，逢年过节都演奏。像大年夜，吃完年夜饭，就是小乐队一年一度的“春节演出”，雷打不动。到了夏天，那时候没空调，没风扇，人们在底楼乘凉，我们的小乐队也发挥作用。

四年前，父亲住进医院。那是春节前，我应邀参加上海市理论界、文化界、新闻界、出版界同仁的迎新春联欢会。我和上海民族乐团演奏家罗小慈搭档，她弹古筝，我弹琵琶，舞蹈家黄豆豆跳舞，三人同台演出。父亲过世的前一天，我在国际会议中心彩排。彩排完了以后我知道父亲跟我们在一起的时间不多了。我就抱着琵琶到他病床旁边，为他弹奏他喜欢听的乐曲，都是六七十年代的老歌，他特别高兴。那是兔年，我还画了一张兔年贺卡，放在他的枕头边。第二天正式演出。上台是下午四点，弹完以后离开演出现场，其实也没说马上要到医院去，原想先去一个艺术馆——因为晚上必定是要去医院的，驾驶员怎么就刚好开到我父亲所在的医院下面，此时我接到我妹妹的电话：我父亲已经到了生命的最后关头。

我爷爷在他的整个晚年，直到过世前，都在听着我弹琵琶。父亲临终也是在听着我弹琵琶。

（口述：陈燮君 | 采访：夏楠 | 摄影：马岭）

《七碗茶歌》青花瓷笔筒

廖宝秀
台北故宫博物院顾问

一九八二年进入故宫工作，我撰写的第一篇文章是以日文介绍故宫藏品，篇内陶瓷介绍多于其他。陶瓷原是我的首爱，然而在故宫发表的第一篇论文却是陶瓷与茶文化结合的《从出土饮器论唐代的饮茶文化》。

一九八三年我进入院长办公室佐理事务，秦孝仪院长日常生活俱见文人雅趣，时常从家里自带盆栽装点办公室，秘书办公室窗边也养了一只他带来的金丝雀，每天可听其悦耳歌唱。偶遇盆景替换不及时，陈设书斋插花或创意小盆景自然就成为我的工作之一。秦院长原有饮茶习惯，但多使用传统双连大壶泡法，壶嘴对口直接啜饮，然也欣然接受我们一盅一杯功夫茶泡法，因此每日到下午三四点钟若因工作忙碌忘了冲泡，则开玩笑问道今日怎不赐茶喝呢？确实工作至下午疲乏时，啜上一口乌龙茶，如饮甘露劳困顿消，这也是我二十余年于故宫的日常行事之一。

一九八四年春，故宫依据秦院长的理念于展览馆四楼设立“三希堂”茶室，同年底出版《三希堂茶话》。他认为来故宫参观文物的访客，

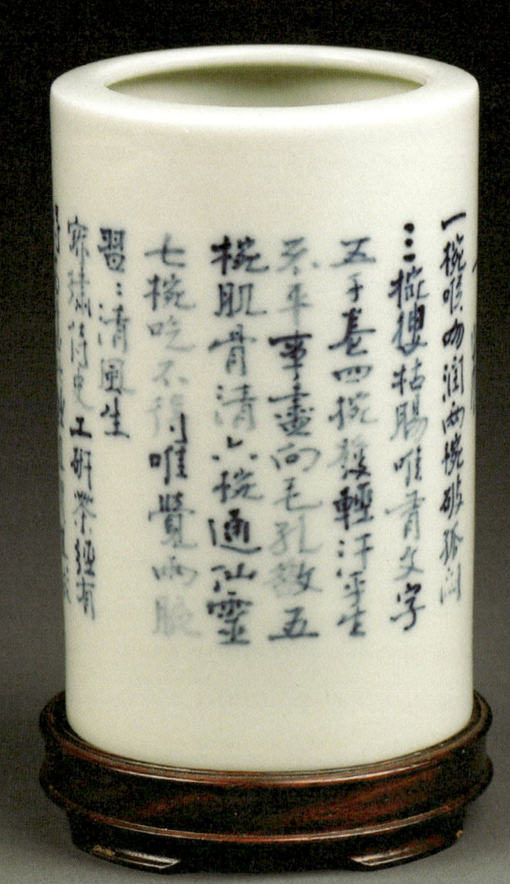

秦孝仪院长向蔡晓芳先生多要了一个未上釉的瓷胎小笔筒，以青花钴料于笔筒外壁上书写唐代卢仝的《七碗茶歌》并题跋，烧制好后赠与廖宝秀，以示鼓励。

疲累时如有清雅的中国式茶室及品茶方式，不仅能让观众身心皆可体验传统文化的精髓，而且能让人流连，再次造访。《三希堂茶话》是一本袖珍型的口袋书籍，内容与故宫收藏的茶文化相关，主编袁旃主任知我平时有泡茶习惯，便希望我能写一篇现代台湾茶泡法，并简单介绍台湾茶。

不久之后，《国文天地》亦邀我写一篇茶与故宫文物相关文章，遂以《品茶艺术与情趣》为题发表，自此引发了我研究茶具史的契机。我的第一篇论文《从出土饮器论唐代的饮茶文化》及《陆羽〈茶经〉中之茶器与现代茶器之比较》都在同年发表。成书之后，未料到秦院长在书写自己的陶瓷画筒之余，也向蔡晓芳先生多要了一个未上釉的瓷胎小笔筒，以青花钴料于笔筒外壁上书写唐代卢仝的诗作《走笔谢孟谏议寄新茶》中的《七碗茶歌》“一碗喉吻润，两碗破孤闷，三碗搜枯肠，唯有文字五千卷。四碗发轻汗，平生不平事，尽向毛孔散。五碗肌骨轻，六碗通仙灵。七碗吃不得，唯觉两腋习习清风生”，诗后并题跋文“宝绣侍史工研茶经有得，为书此诗且贺其成书也。辛未春长心波”，烧成青花笔筒相赠。当我收到这个笔筒，当下又感动又觉惭愧，作为下属，充分了解身兼二职的长官（当时秦院长除担任故宫博物院院长之外，也是国民党党史委员会主任委员）工作如何忙碌，这样的一篇小文章，哪值得他老人家花工夫书写。然而这是他一向的作风，题字勉励下属或后辈，此次不辞辛苦书写，而且请晓芳窑烧成青花笔筒。

一九九八年我策划“明代宣德官窑菁华瓷器特展”，完成论文及特展图录时，秦院长再度题字相赠，上书篆书“为者常成，行者常至”八字小斗方。尽管我热爱故宫文物工作，但在千禧年之前，所有的写作及研究工作几乎都是于下班后及周末的时间，留守办公室完成的，个中辛劳，或唯有直属长官及办公室同僚能理解。然而当研究遇到挫折时，孤灯之下，金丝雀鸟仍以为是大白天而啼唱不已时，想起秦院长勉励的话，所有的困顿也自然消解了。

研究故宫陶瓷之余，我平日亦好品茗、把玩茶器及莳花植草。多次奉命以台湾高山杉林溪培育的牡丹策划“牡丹花造景特展”；在故宫近代馆中以“盆栽造景”、“琴棋书画”及“茶与花”策划布置陈设。由于盆栽与盆花造景，随着季节，每周须更替植木与花卉，并搭配院藏画幅意境，营造古今辉映情景，从传统中创新，点出造景的文化意涵。因此每每于周末“上山下海”寻找与季节相应，又能配合院藏书画、器物的植材。年间几无假期，偶发怨言，秦院长闻之告勉曰：“凡事不要畏难，要当作趣味去做，故宫文物中有太多古人的智慧，这是个知识宝库。”经此提点，加以个性中对美好事物的向往，促成我在往后漫长的研究岁月中，有做不完的课题，充满喜乐，至今仍觉幸运无比，乐在其中，喜欢分享个人对历代名瓷、茶器、花器的研究心得。

（撰文/供图：廖宝秀）

敦煌唐乐舞图卷

史敏
舞蹈艺术家

一九八〇年，在天津的一次演出排练期间，史敏和她的舞蹈伙伴们借到了一件当时由画家张孝友绘制的《敦煌唐乐舞图卷》。“是印刷出来的画册，当时我们都觉得那画里的人物太漂亮了，于是就全都趴在床上描那些人物。”那个图卷里，以敦煌壁画上的伎乐菩萨为原型，绘制了将近一百个人物图，每个人物或乐或舞，仪态万千。“当时我们把这个叫‘敦煌百姿图’，它几乎囊括了所有敦煌舞蹈动作。”在看到“百姿图”之前，史敏和其他舞蹈演员也看过一些诸如“反弹琵琶”的图画，但是“百姿图”对大家的冲击无可取代。

在那个炎热的夏天，一群女孩趴在宿舍里，把一张张薄纸覆盖在画册上，再自己用炭素笔一张张把人物图描下来。“没有人给我们下任务，我们就是觉得太好看了，要描下来留着。那年天津海河的水都干了——特别热的一年——一群人在那一个月里所有的闲暇时间都用来描‘百姿图’。”那年史敏只有十四岁，在甘肃省歌舞团跳敦煌舞，当时《丝路花雨》盛况空前，每到一个地方都要演出几十场，平均每天要跳两场。

一九八〇年，在天津的一次演出排练期间，史敏和她的舞蹈伙伴们借到了一件当时由画家张孝友绘制的《敦煌唐乐舞图卷》，史敏把画卷描在白纸上，收藏起来。之后她将一张张A4大小的画粘贴起来，连成一张约八米长的画卷。

一九八〇年代中期，史敏第一次走进莫高窟，看到了敦煌壁画上那些被人为损坏的部分，心里难过："那时候，看到被人抠掉的那些画，真是可惜。"当时她已经是《丝路花雨》的主演——在这部以敦煌舞为主要舞蹈语言的舞剧中饰演"英娘"。见到壁画上精美绝伦的伎乐图，除了震撼还有心疼。

"古人真是不得了！对美的领悟、追求，后来我在跳敦煌舞的时候，我都觉得敦煌壁画把人体的美发挥到了极致。"在北京舞蹈学院读大二的时候，杨丽萍的第一次独舞晚会，史敏去民族宫看了，"我看完后特别地感动，像是悟到了一些道理：作为一个好演员，必须要有自己的灵魂。"史敏的灵魂，游走在莫高窟的敦煌壁画里。

一九九七年史敏退出舞台，一九九八至二〇〇〇年在香港教课，回来以后她在舞蹈学院任全职教师。"我的学生几乎都记得，史老师描过一张好长好长的敦煌百姿图。"原本描画时用的是A4大小的白纸，之后史敏把每张纸连接粘贴起来，做成长卷的样子，展开来约八米长。

"二〇〇六年开始研究敦煌舞，进过很多次莫高窟，但是直到现在，我还觉得自己才刚刚入门——敦煌实在是个大宝库，营养太多，看不过来。"史敏带着自己的学生，研究敦煌壁画里每一个伎乐形象，将舞姿与意趣融入到自己的舞蹈作品里。

"敦煌就是这样，它会埋在人的心里，时不时地冒出来，给自己养分。"

（撰文：佟佳熹 | 摄影：刘刚）

胡子

叶锦添
舞美设计师

愉快的他为我们剪下了一些自己的胡子。

工作室的大镜子前面，叶锦添找到一把办公用的剪子，对着镜子剪。但又力求不要因此破坏现在的模样——想要剪了却又像是没剪过一样。“因为我马上要用护照呀，护照上的照片是有胡子的，都剪掉怕上不了飞机。”

用一张A4白纸接着，短又碎，胡子——或可算是胡渣——散落在白纸上，起先是无规则地散着，后来又被堆成了一小堆。

看似顽皮，但却是一个极认真的回答，回答一个我们预先为他设置好的题目。

从二〇〇八年开始，叶锦添创作了一系列以“lily”为名的装置作品。它们呈现为女孩人偶的样子，真人比例大小，五官有混血儿的味道——叶锦添还做了两个五米高的超大“lily”，一走进他在北京的工作室，大lily就冲击进视线里，无法躲开——真人比例的lily，每个“人”所穿的衣服搭配都不一样，呈现不同的身份与性格。

“人本身，身上含有很多信息，我看着你，就会看到你的性格、背景，就会发现你的生活习惯、价值观，这些都是有意识的选择。”

“关节可以有限地扭动，有时也让我想起木偶戏。”叶锦添说自己曾经参与表演过木偶戏，而他的lily也像是参与演出了我们的人生。在工作室里，lily们或站，或坐，坐着的沙发，也是叶锦添和工作伙伴们常坐的，站立的角落，偶尔也有工作人员从那里经过。“她不是一个人，是一个外星人，重复我们的生活。”其中有一个lily呈现为一副骷髅骨架，也穿着衣服，坐在沙发上，“骨架不意味着死亡——她本来没有生命在里面。”叶锦添想要表达一种“离开自己再看自己”的观念，他把人类的信息，投射到人偶身上，但服饰并非自己设计，“衣服全都是买来的，比如有些是我去日本逛街买的，有些是其他地方的”。都是“拿来”，像一个普通女孩装扮自己的过程。

叶锦添说自己没有宗教，但是有信仰。这其中的奥妙，旁人在看他的lily时，可以感受到一些些，却无法从语言中获得解释。

而关于“珍物”，当我期待叶锦添“拿出”一件对他极重要、极有意义的物品时，他起先静静想了一会儿，一时拿不出答案来。“珍贵的‘东西’不见得是物体，反而是必须要和人有关系。物质太多了，反而没有最重要的。”他坦言自己曾经有一件衣服对他挺重要，那是一件军装外套，他曾经总穿着，有时连睡觉都穿着，可惜几年前丢失了。“东西总是丢掉，没有长久的。所以一想起‘珍贵的’，脑中就是一片空白。反而是我的胡子很‘确定’——它每天跟着我，长得很快，刮掉后三天就可以长出来。”

他想到两个回答：一个是空白，一个是胡子。

“形式可以不受限制，但必须是真实的回答。”

胡子带着一种解释的味道：他的生活习惯、价值观，以及他的有意识的选择……

（撰文：佟佳熹 | 摄影：庄严）

为了我们这个采访，
叶锦添特意剪下了一些自己的胡子。

丝绦穗子

王珮瑜

京剧艺术家

（左图）这条宝蓝色丝绦穗子是孟小冬晚年购置的，后来送给弟子蔡国蘅，蔡先生临终前又将它送给弟子王珮瑜。

老师蔡国蘅先生临终前将这条宝蓝色丝绦穗子赠与王珮瑜时，距此物的原主人孟小冬离世已近三十年。王珮瑜很难形容触手那一刻的感觉，而这种感觉却又是如此熟悉，是十四岁从老旦改学老生，听余叔岩先生的十八张半唱片和孟小冬的《搜孤救孤》录音带时，是被京剧界泰斗谭元寿先生赞为“小冬皇”时，或是为世间仅存的一段孟小冬的录音配像时？她觉得这是冥冥中和孟先生注定的一场相遇，同宗余派，同是女老生，人们已习惯将这两个名字放在一起。二十年里，她像是一直在不同的时空里与孟小冬进行对话，也正因如此，她自觉能从其他人理解不了的层面上去理解孟小冬。

她与孟小冬最直接的一次对话源于跟蔡国蘅先生学戏。蔡先生的家族在民国时期的天津卫颇为煊赫，蔡父在海关司要职，一九四九年举家迁往香港，亦在此时，孟小冬随杜家一同抵港，蔡国蘅成为孟小冬在南渡后收的诸位弟子之一，却也是极重要的一位，在隐没寻常巷陌生活的冬皇近旁侍候，学戏但不登台，为先生开车，并陪伴出席各种场合，如此二十六年，直至斯人故去。孟先生生前将一串丝绦穗子送给了蔡国蘅，极亮的宝蓝色丝线，穗子串以细粒圆珠，长有近一米，这是她晚年购置的一件私人饰品，并不是舞台上专用的有功能性的装饰，故外界未曾见过。

王珮瑜跟蔡国蘅学戏时，老先生已年近八十，精神尚好。二〇〇三年，蔡国蘅到上海探望在此工作的儿子，适逢“非典”暴发，限制人员流动，香港更处风口浪尖上，蔡先生不得已滞留上海，借此机会，王珮瑜每天去他下榻的宾馆学戏，蔡先生指点了她包括《洪羊洞》、《失空斩》、《搜孤》、《奇冤报》、《骂曹》等以前演过多次的余派戏。这些戏都是孟小冬当年立雪余门习得的真传，她曾反复说及自己并没有一丝改动，完全按照余先生的唱法。蔡国蘅在与孟小冬经年的相处中仔细观察并学习她的唱法，将所见所得一并教授给王珮瑜。除此之外，他更多的是告诉她孟先生是如何唱这一段的，在某年和谁一起时是怎样唱的，孟先生私下为人处事的方式，丰满了一代冬皇离开舞台之后的形象，使王珮瑜更为深入地揣摩孟小冬的性格以及舞台之上塑造人物的气度，至于是否要学孟的唱法，则放由她自己去选择。毕竟她学余派的戏这么多年，自然有辨别能力。在这三四个月不间断的学戏中，相较于专业知识，蔡先生给予她更多的是眼界的提升。她可以不学孟小冬的唱法，但必须要知道她是如何唱的。

倏忽蔡先生已经去世十年。十年间，丝绦穗子她只在舞台上用过两次，都是在《捉放曹》这出戏中。这是固定扮相饰品，只能用于系在书生腰带的左后侧，因是宝蓝色，所以还需角色所穿的靴子为蓝色，这几个条件一整合，也就只能用在陈宫这个角色上。“每次戴上它都会有一种肃穆感，好像孟先生的灵魂、气场，都还在那个地方。虽然知道是不可能的，但就是会有这种仪式感。”最近一次佩戴是在年前的传统骨子老戏演出中，她准备收起来不再用了，故人三十多年前的遗物，串珠的丝线已不复当年的韧性，她怕在舞台上一个不小心拽断了，有负恩师所赠的传续之意了。若从蔡先生这边算来，她是余派的第四代传人，丝穗从孟小冬传到她手上，像是一个薪火相传的符号，来日也要从她手上传下去。

（撰文：孙程 | 摄影：方磊）

泥器赛特

赵广超

学者，艺术家

我喜欢器物，但没有拥有器物的习惯。要说，身边只有一个龙山文化的罐子和这个小神像，都是我自己动手制成的仿作。

那是一九八〇年代，试做了几件泥器，就这件没有丢掉，做得粗，希望大家也看得出是个埃及小神像。当年在巴黎大学上了没几天课便跑到开罗，沿着尼罗河尝试找寻这个文化的“强大意志”。

有一天，见到一个非常非常巨大的沙漠战神赛特（Seth），不期然受到震撼，于是就做了些草稿，回去尝试一个“很小很小的巨大”。

我不懂泥艺，却凭直觉觉得非泥活不可，当时边做边恳求手中的泥巴，帮我把感受到的力量说出来。最后便是这个样子，陪伴了我三十年。

赛特也是风暴之神，给人打击多于保护，唯在打击中仿佛也在勾起被打击者的勇气和力量。我相信自己是很钟爱它的，它让我深刻地体会到，动人，是个断不会受限于狭隘的地理界限的名词。

（撰文/供图：赵广超）

泥器赛特神像，赵广超自己动手制成。

LUMIÈRE
TONS CHAUDS
IRS
LUMIÈRE
LUGDA
64×90

干版正片

吕乐
电影摄影师，导演

（左图）九十年代初回到中国之前，法国友人赠送的干版正片，上面记录着已经逝去的北京。

这张干版正片上是清末的北京，我猜这是个黄昏，大街上几乎没有人。照片上能隐约看见冬天的景山、北海、故宫和午门，拍摄位置大概在东河沿儿附近。如今的北京，再也不是这样。这是一个做电影评论的法国朋友在一九九〇年代我回国之前送的临别礼物，留了很多年。其实原本还有另外一组，是一九一四年到一九一九年华人参加一战客死在法国的公墓明信片，当时从巴黎到诺曼底的副线都是由华工修筑的，一九一九年战争快要结束时，却突然发生一场巨大的流感，很多工人都死于疾病。那些明信片现在已经找不到了。我不是什么特别爱好积攒物件的人，也很少将什么作为特别了不起的纪念。这几张相片，也因为是朋友赠送的礼物，也就怀着情谊收下了。说到底，这些老照片，虽然愿意留下，愿意看它，但它们代表的总是逝去的时光，而不是我们的生活。这一点上，我跟太太的看法很相似。我俩的屋子里，顶多收些书。

我觉得这一切都跟时代有很大的关系，可能只是曾经的时代过去了。绘画、胶片都变成了奢侈事。经济条件和物质基础越来越发达，从事跟图像影像相关工作的人会越来越多。这是大时代给你的机会，加上自己的阅历，顺势而为也许就会很好。我自己那点文艺生活的起源，说起来其实很单纯。就是画马。我小时候，马特别多，大马路上就能看见，一九六九年随着父母去干校，农场里有许多马。就小孩子式地模仿着画。后来上了学才开始系统地学素描，自己那时才开始接触一点技术。再后来接触苏联文学，一九七〇年代末知道了凡·高和高更的经历，也读到他们的书信集；慢慢就有法国文学和美国文学，接受外界的东西，那时也上学了，对殖民时代的文学感兴趣，毛姆、玛格丽特·杜拉斯，那种西方人在殖民地生活的描写。再慢慢地，开始读日本文学，比如川端和芥川，再后来有三岛。等到出国之后，又开始接触了许多东欧小说家的作品，里面有很多对社会主义阵营的反思，昆德拉和尤内斯库。其实到了一九八〇年代，影像在我这里就开始比文学的比重更大了，当时在法国留学，看了不少电影。

这段时间我开始读科幻小说。我觉得人类是在靠科技向前推着走，因特网、纳米技术、外太空探索、基因工程……这也是我为什么觉得积攒和收藏没什么意义，过去之物终有一天会变成尘土。这个阶段的我，对于未来会怎样，也许是自己再不存在了的世界会是怎样之类的问题感兴趣。不过说起来，人的兴趣其实是随着每个不同生命阶段的关注点在变化的。

（撰文：吴晓初 | 摄影：李冰）

煤油灯

蓬蒿剧场

北京第一家民间小剧场

我做文案还是因为喜欢研究人的心理，后来发现戏剧对人性有着更精准、更艺术化的阐述。我们都知道在欧洲很多城市里都有小剧场，有的只能坐二三十人，大多还配有咖啡馆或酒吧。它们的硬件设施可能一般，却更受欢迎，人们来看话剧，在咖啡馆探讨观感，小剧场成了人们交流文化、艺术的场所。

从蓬蒿剧场的开始至今，我付出很多却乐此不疲。头两年是剧场最艰难的时期，资源还都不匹配，却是我感觉最好的时期。可能人内心美丽时，世界也会美丽，那时，我觉得一切欣欣向荣，有着很多莫名的希望。但从二〇一一年开始，内心开始有种不安定感，可能你坦诚付出一切时，那是把双刃剑，好的坏的都会进你的内心，有时会让自己无所适从。做剧场是一种信念，在那段时间，我因继续管理还是艺术创作而迷失在这伟大的事业里。这种不安督促我在二〇一三年，导演了自己的第一部戏《我可怜的马拉特》。

在这部戏中，三个二战时期的年轻人，他们都有各自梦想，最终却因为内心的困境而造成他们的梦想没有实现。它探讨了有梦想就尽

CHINA

力不要让自己成为碌碌无为的人。这盏煤油灯之所以成为我的珍视之物，是因为马拉特点着它上场，为了照亮，也为了取暖。

当这部戏导完后，曾经影响我很久的那些不安立刻离开了，我获得一种绝对自由，那是一种重生。我想，我找到了如何继续蓬蒿剧场的信念与方法。如果说之前是凭着感性在坚持这份事业，那这之后，将是更为专业化的艺术管理。

（左图）《我可怜的马拉特》中，当马拉特上场时，他提着一盏煤油灯出现在战后废墟上，这盏灯被他用于照亮，也用于取暖。空间并不大的剧场上弥漫着煤油灯的气味。战争英雄马拉特的梦想是成为架桥师，但在三十六岁时，他说：「我非常后悔，有很多机会要我去，但因为我害怕，我犹豫了。」梁丹丹希望通过这个故事探讨我们在多大程度上浪费自己，如果有梦想就去追逐，不要让自己成为平庸的人。

（口述：梁丹丹 | 采访：戴小蛮 | 摄影：刘一纬）

揉茶木锅

梁骏德
金骏眉首泡制作人，骏德茶厂创始人

在武夷山，梁骏德常被称呼为梁师傅。刚抵桐木关，梁师傅就带我们去看他亲手制作的香榧木揉茶锅。因为搬家的缘故，木锅暂时放在新厂房的一个小间里，上面落了灰尘。

“这个锅是选好香榧木后，请我们当地的木匠师傅一点点挖成形的，”梁师傅边用手扫着木锅上的土，边说，“做这个木锅，是为了恢复当年的传统工艺，让后辈知道、了解、传承。早年间做茶，是用脚来揉茶的，后来改手揉，这是初制茶的一道工序。香榧木属红豆杉科，硬度适中，本身气味不大，茶放进去，不会吸杂味受影响。如今每年做高档手工茶时，会用到这种锅，一共有两个，每个锅能装一斤半鲜叶，轻拉重推，二十分钟即熟。”梁师傅一边演示着揉茶的手法，而他看木锅的眼神，仿如看自己的孩子一样，很温柔。

在手的摩挲下，木锅渐渐露出清晰的褐色茶渍，沿木头的纹理浸染滋润，本色边缘包围着茶色锅身。简单，结实，稳定，在主人的关爱下见其风情，这木锅，因用而美。人、茶、锅，亲密无间起来。

关于茶的启蒙，须从梁骏德八岁时候讲起。在庙湾小学读书，到采茶季，学校就会放假。梁骏德跟奶奶住，奶奶的茶山少，又没加入村里的互助组，所以要自己采茶自己制茶。奶奶是小脚，只能用手揉茶，不得力；于是就教他用脚揉茶，这样快得多了。现在的揉茶木锅，就是从当年用脚揉茶的木锅启发得来的。长到十六岁，梁骏德开始跟着父亲系统学习制茶工艺。及至二十一岁，他成了生产队制茶骨干，并负责技术把关。梁骏德感叹：当年做茶真是辛苦，一天四个人要做一千多斤毛茶干，每天休息最多两个小时，当时是烧竹篾片来照明——眼睛就是那会儿熬坏的。

“父辈讲茶有三起三落，岂止啊？！六起六落都不止。”回忆的闸门打开，从制茶到销售，从出口到内销，从手工到机械，从初制到精制，从正山小种到金骏眉……茶业兴衰起落的种种，他带我们在过往的岁月里溯源缓行，定格在一帧帧画面上，茶，已是融进了他的生命里，成为不可或缺的部分。

这坚定的守望也许早已溶注在他的血液。从一九八二年茶山承包到户开始，不管茶叶市场滑坡低落成什么样子，他的茶山，从未荒芜过。这，缘于他从小喜欢上茶山，爱茶。做茶，觉得开心；做出好茶，尤其开心。而且茶是卖给大家喝的，茶做得好，大家喝得高兴。梁师傅尤其自豪的是，这些年始终严把质量关，每年从他手上出去的几十甚至上百吨茶，从未出过差错，质量没问题，农残检验没问题。他说：“做茶，要有耐心，沉住气，马马虎虎是行不通的。”

金骏眉的诞生，带动了红茶市场，尤其是桐木的红茶。梁师傅认为，红茶的工艺不复杂，设备也不繁多，于是逐利的人，趁机一哄而上，茶叶自然会良莠不齐。但实际上茶要做好，做出口感，难度就大了，这也是他更注重坚持传统，从原材料、技术上把好关的原因。去年，厂里沿用传统工艺制作的系列产品，卖得很好。梁师傅说，金骏眉价位很高，每斤金骏眉需要五万到八万颗芽头，太奢侈了，普通老

梁骏德按红茶传统制作工艺做的香榧木揉茶锅。

百姓哪儿喝得起！茶，慢慢地，一定是要返璞归真的。恪守传统，把好质量关，做能让普通老百姓喝得起的茶。沿着这种方向做茶，心里踏实。

末了，他一再说，国家太平安稳，是我们做茶人的福气。现在，吃饭不成问题，房子也盖起来了，靠信誉、原材料地理优势，回归传统，保持住现有的产量、质量，稳住市场，是他最大的期望。他是吃过苦头的人，酸甜苦辣经历过来，现在做茶，不单单是为了赚钱，而且还要把传统工艺传承下去，坚持桐木原料、标准，把整个桐木的品牌建立，稳定地走上市场。

生于桐木茶叶世家的梁师傅，祖传制茶，传至他，已是第二十三代。家谱里除了记录人，还有相关制茶的诗文。从香榧木揉茶锅，到族谱延续的制茶家族，可以清晰看见这位茶师的“传承”脉络。

（撰文：宋春 | 摄影：刘仕海）

新天鹅堡的木雕

陈丹燕
作家

二〇〇五年，我在美国中部玉米田深处的一个安静小城住，十月的一个礼拜天，离我租住的公寓不远的一条街道上，邻居们在自家后院摆出家中剩余的东西，互济有无。我刚安顿不久，正想买些小东西用，就去了那条街。

一棵巨大的覆盆子树下，树枝上悬挂着成千上万的青青小果子，树下敞开着的装阳光牌橘子汁的纸板箱里，有一副九成新的立体声耳机、几本马克·吐温的声音书CD、一套花园种植指南、一叠看起来买来就未用过的相框，以及一大本全新的二〇〇一年SAT考试复习参考书。在那些物品之间，我发现了一个非常眼熟的圆形木刻浮雕。几分钟后，我想起来，那上面雕刻着的高高塔楼的城堡，应该就是德国南部的新天鹅堡。我拾起那块结实的褐色木圆盘，发现在城堡下方细长的旗帜上的那一行德文，标明了那个城堡正是新天鹅堡。在德国，我渐渐学会用英文字的拼写猜测德文字的意思，有时还真的能猜出一些，比如“新”，也认得一些德文字，比如“城堡”，与英文全无联系。我一九九二年春天时去过那里，那时我真没什么钱，在城堡下的纪念品这只「失而复得」的木盘，承载了「得偿所愿」的欣悦，以及自「错过」到「重逢」之间的，个人的努力。

商店里，墙上满满挂着大大小小的木刻城堡圆盘，我曾仰头望着，为自己不能够买一个小木雕留做纪念而感到失落。

我拿起那个木雕小盘子，它的重量唤醒了我的记忆，我甚至因此而想起了那家纪念品店里灰亮的天光，那天下着雪，虽然已经四月了。

我想起我在那里喝了一杯热可可。那时我还不习惯独自一人吃饭，所以常常在外面饿肚子，但喝点什么就无所谓。那时我真是一个战战兢兢的菜鸟。

我在它的背面找到未被撕去的白色黏纸，上面标着的价钱还是一九九〇年代德国用的马克。我去新天鹅堡时，也用德国马克。那时，欧元还未诞生。

失而复得的愉快在我心中轻轻激荡，我赶紧将它买下来。当我拥有这个新天鹅堡的木头纪念圆盘时，已是我造访它的十二年之后。十二年前我第一次去德国，住在慕尼黑。这十二年以来，我有许多次机会去德国各个城市，我熟悉法兰克福机场和柏林机场，就好像熟悉上海机场那样。当我拥有这个褐色木盘时，好像是命运安排好了似的，它背后还留着马克标价。它让我想起来，新天鹅堡是我抵达的第一个德国古迹。

世间的事似乎都有自己的定数，是属于你的，终究在许多次错过后，最终还会回到你手边。这个木雕似乎教会我这个道理了。

（撰文：陈丹燕 | 摄影：刘振源）

端盘子的小兔子

徐则臣 作家

盘子不是兔子端的，而是焊接在蹲着的脚前，很大，大到可以装下四五只兔子。但我儿子坚持认为那大盘子就是兔子在端着，只要别人挪动那只兔子，他就说:“还给我，端盘子的小兔子是我的。”

儿子马上两岁半，从他几个月大，知道喜欢一个东西开始，就认为那个端盘子的兔子是他的。兔子是黄铜做的，盘子也是，端盘子的铜兔子没我的巴掌大，但很沉实，每天我们进门，随手将钥匙串放到兔子“端的”盘子里。在我从国内外买回来的各种小物件中，唯一让老婆觉得买对了的，就是这个小兔子。“儿子，”老婆对儿子说，“你爸偶尔还是有先见之明的。”因为儿子喜欢，碰巧儿子又是属兔的。

二〇〇九年我在美国一所大学做驻校作家，住一对教授夫妇家里。没事我经常和教授夫妇开车出去溜达，远了跨州过市，穿过半个美国，近的，就在城市和周围的小镇上瞎逛。周末会去Yardsell的旧货摊子上转悠。没有一个成规模的旧货市场，都在自家的门口或者院子里摆着，所以叫Yardsell。凡不想要的，都可以拿出来卖，古董、旧书、老家具、高尔夫球杆、小提琴、不穿的鞋袜和衣服。卖主一般会在离家不远的

有时候，器物像有着生命一般，
为生活加添着趣味。

交通要道放指示牌，我们就按图索骥，一下午能看很多个摊子。除了英文原版旧书，我买的都是小玩意：边缘站着骑马跃步的谢尔曼将军的金属烟灰缸、前胸和后背手绘怪异图案的T恤衫、若干年前从非洲舶到美利坚的造型夸张的人体木雕，还有这个端盘子的铜兔子。

我很喜欢这个小兔子，第一秒钟就对上了眼。那是家有经验的Yardsell，主人似乎在有意识地干这个，那一大片住宅区里，他们家的生意最大，摆满了各种古旧的小玩意，八音盒就好几个，还有好几尊中国流传过去的瓷质观音菩萨和带绿松石的藏饰，有点像北京潘家园和大钟寺的古董摊子。铜兔子淹没在一堆金属质旧货里。一打眼，我就把手伸了过去。

没有比它放钥匙串更合适的东西了。我想把它送给教授夫妇。他们总是找不着车和家门的钥匙，每次进了门就随手一丢，离开家时只好到处找钥匙。要五美元，四美元成交，很便宜。我说，把它放在客厅的窗台边，进了门就把钥匙放进圆盘里，小兔子帮你们看着，再不会丢了。他们死活不要。他们发现了我看这小兔子的目光有点直。难得淘到极喜爱的东西，一定要带回中国去。他们坚辞不受。没办法，我包好，放在箱子里背回了北京。我给他们送了一个好看的南瓜状大肚子广口罐。第二年我去爱荷华大学参加国际写作计划，又去他们家玩了一周。罐子还在窗台上，落了一层灰尘，每次出门前他们依然要到处找钥匙。

看来这兔子的确应该带回来。二〇一一年我儿子出生，属兔，他像我第一眼就看上它一样，喜欢这个小东西。你可以把钥匙放在铜兔子“端的”盘子里，但你不能动它，不小心挪个位置，他都要正告你：

“别动我的小兔子！”

（撰文：徐则臣 | 摄影：李冰）

肥肉

朱赢椿
设计师

二〇〇八年我在南京宁海路的夜市闲逛，无意中发现有一堆“红烧肥肉”卖，看起来油油的，摸起来软软的，据商贩说是塑料做的，可以当钥匙扣。我如获至宝，买了一块，把吊绳扯了，只留块“肥肉”，时常在工作室里把玩。

有一天，一个从国外回来的学生来看我，穿了条白色的连衣裙，打扮得很漂亮，还带了束鲜花。我请她坐下，接过花束正要去找花瓶。突然听她“啊——”地大叫一声，只见她从沙发上弹了起来，脸涨得通红。原来她不经意间坐在我随手放在沙发上的那块“红烧肉”上了。她把“肉”扔开，扭过头去检查裙子是否被染上油渍。我一边安慰她一边弓着身子从沙发底下找到那块“肥肉”，递给她，开玩笑道：“不好意思，工作室卫生条件不太好。”女生一开始很惊讶，不过当她意识到这是一块假肉时，就捂着嘴笑个不停，然后开始说起小时候爷爷奶奶是怎么逼着她吃肉，还有她奶奶讲的好多关于肉的故事。

后来我就化无意为故意，在工作室用这个“圈套”套出了很多故事来。

有时候我和朋友们去外面的小饭馆吃饭，也会把这块仿真肥肉带在身上。点一盘凉拌茼蒿，待服务员把菜端上来转身走后，我就把这块“肉”偷偷放进绿油油的茼蒿里，然后用筷子拨弄着喊老板来看，责问他凉拌茼蒿里为什么要放一块油腻腻的红烧肉。老板忙着赔礼道歉，可着劲说后厨不小心，一定要扣他们工资，问我要重做还是免单。我就说，这都不必，坐下来给我们讲一个肥肉故事就算了。老板发现这是恶作剧之后，又气又笑，抹去额头汗珠，坐下来，点一根烟，聊起肥肉故事来。很多时候，除了老板讲，饭桌上的朋友也跟着讲。

渐渐地，我发现用这样的方法虽然能听到不少故事，但时不时要冒着被人打一顿的危险，就兼而采用约稿的方式，寻找更多关于肥肉的故事。

（撰文：朱赢椿 | 摄影：方磊）

用一块「肥肉」套出别人的故事。二〇一四年，朱赢椿策划主编《肥肉》一书。

孤岛碟片

欧阳江河
诗人

在我的生活中，音乐是特别重要的。所以，对我来说，我最珍视的东西，相当于一张孤岛碟片。在欧洲知识界，孤岛碟片是一个被广泛问及的问题。这个问题隐含一种尖顶的象征性，直抵存在之根本，我将其与孔子学说的核心观念“止”联系起来。孤岛碟片在精神音乐的意义上恰如这个“止”，人的一生不仅要知行，还要知止。

具体到一张碟片，我会选择苏联钢琴家里赫特演奏的舒伯特的作品D 894。

为什么是里赫特？里赫特是我最热爱的音乐家，他的演奏是一种接地气、有生命感、有大地感觉的演奏，把所谓的“土气的”、“笨的”东西都纳入进来，有一种对生命的刻骨理解。音乐不仅只是一种娱乐，也是思想的一部分。里赫特为什么这么适合我？因为他是一位思想家、知识分子意义上的钢琴家。英国人特别尊敬里赫特，英国曾评选影响二十世纪世界文明的五个最伟大的人物，里赫特就在其中，另外四位是列宁、弗洛伊德、爱因斯坦和甘地。我看到后很惊讶，后来我想，如果从音乐的意义上选二十世纪最具代表性的一个人，不一定欧阳江河的「孤岛碟片」，是苏联钢琴家里赫特演奏的舒伯特作品D894。

是里赫特；但是，如果从文明的意义上选一个世纪音乐人，一定是里赫特。他是文明意义上的演奏者。他的节奏，不仅是钢琴、音乐和节拍器所规定的东西，更是一种人类的、生命学意义上的呼吸，是思想的呼吸。更不用说他的触键，他的那种直抵大地深处五十米的指力。没别的人能有这样的指力：它是地心引力、矿藏、黑暗、垂直阳光、水源、树根、沉默、虚无等这一切的总括和汇集。

为什么我喜欢舒伯特？舒伯特是我最喜欢的音乐家。我最崇拜、认为最重要的音乐家，肯定是巴赫和贝多芬，瓦格纳也非常伟大。但是我最热爱的——最能跟我的生命和灵魂发生作用的，最能跟我的前世、今生和来世都起到沟通的，我觉得我死后还会听的音乐，我会带到天上去听的音乐——是舒伯特的音乐。舒伯特的音乐有一种来世感。

里赫特在晚年的一个访谈中说，所有音乐家的作品他都是演奏给听众的，只留下一位音乐家的作品演奏给自己听，就是舒伯特。他演奏舒伯特时，全然不管听众，也不顾及音乐原理的规则，他完全是在舒伯特的音乐里实现自己生命的超度，是一种自我凝视、自我冥想和自我倾听。古老的苏菲派诗人鲁米写道，有一百种方式下跪和亲吻大地。而舒伯特，是里赫特下跪和亲吻大地的唯一方式。所以我听里赫特演奏的D 894，是被他吸进去的。我成为舒伯特的一部分，成为里赫特的一部分，同时我还保留了我自己的一部分，是三位一体的。

为什么是里赫特演奏的D 894？他弹奏的舒伯特作品，最高成就非D 960莫属。我选D 894有更多别裁性质的考虑。从学院派的角度来说，里赫特演奏D 894，把结构的精确性放弃了，把时间的无限延长放进必须被完成的刻度里，把幽幽万古放进演奏一首曲子的正常时间里。德国钢琴家肯普夫，我也非常喜欢，肯普夫演奏D 894，总计二十来分钟，里赫特演奏这个曲子，有四十多分钟，尤其第一乐章，他演奏了二十六分钟，而同样的乐章，肯普夫仅用时八分多钟。

我收藏的这个版本，是里赫特自己整理、编辑的。我第一次听是在一九九三年，我是那年三月去的纽约，刚好这一套篇幅庞大的CD发行，全球限量三千套，我立时买下一套。当时里赫特预感到自己时日无多，就自己动手整理、编辑了这套带有告别和遗嘱性质的CD。里赫特的音乐有很多盗版，他从来都无所谓，也不加深究。里赫特到了晚期，多少大型演奏会的订单他都不理睬，大场合他不弹，他喜欢到瑞士、德国、法国的一些小城、小教堂之类的场合，为几十个人演奏，收一点点钱，甚至不收钱。他的演出是反商业的，是深处的交流，大家真正静下心来听音乐。他晚期大量弹奏巴赫和舒伯特，有时也弹贝多芬，但不多，因为贝多芬的英雄气质和戏剧性不太适合他晚期的心境。俄罗斯作曲家中，他晚年弹来合乎心境的，是斯克里亚宾和肖斯塔科维奇，我听过一次他弹奏的老肖二十四首前奏曲中的五首，真是弹得秋风萧瑟，树叶一片一片往下掉落。

D894这张CD我其实很少听，一年不会超过三次，而有的音乐我可能一天都不止听三次。但是，要让我选一张带到孤岛的CD，我会带上它，不去听它，偶尔听一下。在孤岛上，能待在一起就够了。

（口述：欧阳江河 | 采访：张泉 | 摄影：李冰）

豆·粟·芽

黄豆豆
舞蹈艺术家

这是谭盾《武侠三部曲》的电影原声CD，是黄豆豆一直珍藏的电影原声。不单因为里边的乐曲好听，他珍视的是谭盾留在CD封套上的三个字“豆粟芽”。

“谭老师馈赠过我不少CD，我最钟爱这张。你看，分别取了我的‘豆’、我太太的‘粟’、我女儿的‘芽’，把我们一家人的名字放在了一起，多巧妙呀！”

回忆起第一次与谭盾合作，是二○○○年的编钟乐舞——《周朝六舞团》。

“你可以把自己的肢体想象成一件乐器，用‘他’来演奏我的音乐。”谭盾的这句话开启了黄豆豆舞蹈创作的新观念。除了阅读有关青铜器的书，黄豆豆随谭盾去武汉，近距离地观看曾侯乙编钟。逾千年的礼乐文明早已失传，编钟上铭刻着的甲骨文与铭文也成为一种表意符号。黄豆豆感受到甲骨文的线条节奏似乎与青铜器的音质有着某种联系。在随后的舞蹈创作中，他在强调乐舞仪式的同时，也突出了甲骨文与青铜乐器之间的关系。接下来的十几年的时间，他与谭盾的合作不断，《禅宗少林·音乐大典》、《皮肉傩鼓》、《秦始皇》、《牡丹亭》，

简单的三个字，
于黄豆豆却是寓意深刻。

每一次都是大手笔。

“谭老师的艺术境界很高，他对舞蹈艺术有着很深刻的理解。创作时，他从不刻意要求我如何去编舞，而是给我极大的创作空间。他跟我谈他的创作思路，谈音乐，谈音乐背后的根，让我自己去体会、去感悟、去创作。”除了在技法层面上精湛的舞台表现力，黄豆豆更是以舞蹈表现自己的思想，用心提炼着自己的舞蹈语汇。

他尊谭盾为导师，感激他在艺术上对自己的指引、启迪。二〇〇六年，黄豆豆与妻子粟奕获得美国ACC奖学金赴纽约深造，其间与谭盾有不少的交流。他最忘不了初到纽约时，谭盾提的两句话：“谭老师嘱咐我两点：‘第一，跟遇到的每一个人说英语；第二，花光所有的钱去买票看演出！’这两点回过头来看，确实是最要紧的两件事了。”

有了女儿之后，黄豆豆对生活的态度有了较大改变，他希望自己能够在事业和家庭之间取得平衡。他说，有了家庭的男人要懂得取舍，不能什么事都做，什么机会都不舍得放弃。就像谭盾从他一家三口人的名字中所抽取的这三个字一样，精简、精练、精彩，且寓意深刻。不会舍，就难有得。

二〇一五年，黄豆豆启动他的雅乐舞蹈计划，用两三年的时间，潜心研究失传已久的雅乐舞蹈。虽然知道这是件困难重重的事，但他明白寻根、回归传统能让自己在艺术的路上走得更远、更有意义。

（撰文：周轶 | 摄影：方磊）

草台班的灯

赵川
作家，戏剧工作者

这种灯质量粗糙，有时就搁在家里，有时它们被两个摞在一起，放在双肩背包里带出门。这类灯大都用于建筑施工和装修，工地上常见，但它也是我的戏剧演出用灯。在我的剧场里，它和日光灯、节能灯或其他被专业人士称为非剧场灯光的照明光源一样，通常不是被拿来玩特殊效果，而就是我的主要演出灯光。

在那些演出场合，常会有光线不够，或开关不便操控等的问题。比如将要演出的是间大教室，倒有几排日光灯，但它们总共才两个开关，一开满屋子都亮；而灯的开关在房间正面白墙上，站上去掰会影响演出。所以，这些年习惯背些灯和接线板出门，这样能更自由地利用那些特定的演出空间。我不喜欢正规剧场里刻意的“空的空间”，那是种因专业了而带来的空洞化。空间先被定义成了没有意义的。被我当做剧场的空间，它们大都规格各异，只在我们到达后才客串成了剧场。它们不是为售票卖座而存在，往往随意袒露着各种自然的社会质感。它们原本的日常功能可能是书店、展厅、教室、门厅、会议室、酒吧、酒店婚宴厅、礼堂、篮球场、电台录音棚、画廊、居民小区里露天空间、帐篷、建筑工地、等待拆迁的房子，或由仓库及地下室改造成的另类艺术空间等。我们带去的灯和空间里原有的灯，不分亲疏，在现场快速尝试和研究后，都有可能用上。在房间原有的固定灯光下，演出可以更贴近日常些。而带去的这种炙热的光源，带动并揭示着日常后面的戏剧性，以及对变化的想象。

有一年，我在印度新德里国家戏剧学院的小剧场演完戏，观众热烈鼓掌，一遍又一遍。站在台上，突然有种错愕：老远从中国跑去那里，要切磋的就是我们从西方学来的那套剧场样式？对于我今天的生活，什么是更贴切的关乎这种生活现场的剧场和它的应有之美？

或者，这种思考也不是那个瞬间才有。它早已以不同的方式，对我提出问题，并要求回答。我和同仁们二〇〇五年成立戏剧团队草台班，第一出戏《三八线游戏》做完，结果每一个参加集体创作的人，都站在了舞台上。因为我们相信每个表达者最好能身体力行、能对想要表达的内容，直接有所承担。剧场正是这样一种场所。那时幸好来了资深戏剧人张献，他说他要不就来控灯光吧。结果台上是一群不是演员的人在演出，幕后是一位不是灯光师的人在控灯。而我们演出的剧场，是韩国光州纪念一九八〇年光州人民暴动的自由公园中的一座帐篷。二〇一三年十二月在南方一所大学里演完这年最后一场戏，我们演的是《不安的石头》。看戏的同学老师们围坐在演出空间里，他们大多数跟中间的演出者不超过两三米距离。灯光打到演出者身上，一样也打到观众，大家是同在的。戏结束后的演后谈，年轻人讲着由戏引发的社会思考，和灯光一样有热量。

这样的演出绝大多数只能在坚固耸立和设施齐备的剧场之外。那些场所原本依附于体制，现在大多同时兼为小利益团体的牟利空间，进入需要种种妥协。尤其在上海，它们总体上是娱乐产业。我跟草台班的同仁们很多时候以集体方式创作，以游民方式演戏，跟当下大多

这种常见于施工场地的灯，俗称「小太阳」。草台班做剧场时，往往用到它。它的光，让草台班的演出更接近于赵川所想要的效果：自然、朴素、祛魅。

戏剧从业人员对戏剧和剧场的理解不一样。我们把那些看作是关于人们如何在一起，理解自己怎样存在于这个社会中的沟通方式。草台班戏剧在高门大户之外，很边缘、力量单薄，但试图质疑那些看似已被锁定了的人与人在一起的既定方案，并应对生活在其中的悲催经验。

二〇〇九年后，灯光设计和现场操控，慢慢也成了我在创作构想和导演之外，演出前和演出时的重要工作。剧场里灯光创造出的氛围、变化和节奏，多数时候直接关系到戏剧的叙事节奏和美学气质。那样的现场灯光，让戏剧接近我想要的自然、朴素和祛魅。通常我会在场地里找一个不显眼的地方，把自己安顿下来，用接线板铺排线路；在演出中按这些接线板上的开关，根据戏的进展，变化光亮，推动新生的场景。

（撰文：赵川 | 摄影：范庆）

「花儿」

苏阳
民族摇滚音乐人

我上学的时候很爱看书，在数学语文政治等课上，看完了《水浒》、《三国》、《七侠五义》、《岳飞传》、《呼家将》等书。一个偶然的机会，我的语文老师表扬了我，鼓励我参加兴趣小组，我父母就很高兴，给我订了当时的《星星》诗刊。这大概是一九八二年吧，我十四岁，我们有一个很严厉的英语老师，她的课上我们都很规矩，没人敢交头接耳搞小动作，那就只有看小说了。我不知道是怎么把《星星》诗刊带到学校的，应该是我带错了书，没带小说，所以那天英语课上我实在无聊，只有偷偷翻开了这本《星星》诗刊。《星星》诗刊当时在每期的后面，有一个叫《十二象》的讲诗的专栏，是流沙河写的，他没有急着讲诗，第一个象，他讲的是《易》之象，就是在《诗经》出现前，《易经》里面的象征手法的筮辞，由此说到中国的象征，到中国独特的兴象，中国的隐象、喻象、拟象等，后来他都归为中国的意象。在这个过程中我也知道了王维，知道了刘禹锡，知道了“窗含西岭千秋雪，门泊东吴万里船”，知道了“玉容寂寞泪阑干，梨花一枝春带雨”，也知道了伊兹拉·庞德的“ 人群里这些脸忽然闪现；花丛在一条湿黑的树枝”。

阿哥连尕妹是啊哟
一对的鸽子唦哎哟
尾巴上连的是
噌愣……仓啷……
扑噜……啪啦……
嗞——地响
惹人的哨子唦啊哟

仓啷之令

31208 第 页

（左图）「花儿」——《仓啷啷令》。

我记得看到他讲意象的时候，我才知道，噢！那些看起来很优雅高端的诗人，他们都是靠意象来闹事的！我抬头看着一脸青春痘的英语老师，她正在严厉地讲着某位同学一再错了的作业，但是我好像忽然多长了一双眼睛，已经知道了世界的一个秘密一样，偷偷自命不凡了起来。从此，我最爱上的就是英语课。但是《十二象》越到后面，越需要静下心来好好地读，可英语是一个多么严厉的课堂啊，靠偷看学不会的，所以，后面的几乎都没看懂，但是更听不懂英语课，无事可做，宁可看着《十二象》发呆。学校后来还要求我们几个写诗参加市里的比赛，我写了，当然没有被选中。我当然没有成为一个诗人，也没有学会他讲的诗和意象的一切，青春期以后，我都没有好好读过诗。就这样，慢慢忘了那些短暂的喜悦。这位老师也不会想到，曾有过一个像在教室窗外搭手窥看黑板的孩子，一个最不及格的学生、正宗的门外汉，连票友都算不上了。成年后，我甚至总会借着酒劲，问我的诗人朋友们：为什么你们写的诗我总是看不懂？他们礼貌地对我笑笑，我只能喝我的酒。看样子那些英语课，使我错误和浅薄地理解了意象的含义，就像我长了一双错误的眼睛，还好，反正我也不写诗，只有偶尔用这双错眼去看写意画，看不多的诗赋和小曲，看动心的山水，看动听的歌。

一九九〇年代，摇滚乐来了，我住在同心路，走很远的路说很多好听话借来录像带，我们为之激动，心跳得震天响，但一句也听不懂，也没有办法学会让我倾心的琴技，更没有机会去看见那些让我激动的吉他手和歌手的灵魂。我开始后悔我当初没有好好学英语，好吧，那就只有用懵懂的热血和这双早都过时的眼睛，看过"醉里挑灯看剑"也看过英格威·玛姆斯汀，看过十一月之雨，看过恐怖海峡（Private investigations），也看过Primus，也看过平克·弗洛伊德的《月之暗面》，就这样伴随和补偿木讷俗套的平庸日子。二〇〇〇年后，大街上到处都在展示新新世界新新时代的时候，中年的我开始接触民歌，有一首“花儿”（“花儿”又称“少年”，是流传在甘肃、宁夏、青海、新疆回族地区的一种民歌，实际上是一种高腔山歌。）这样唱：

阿哥连尕妹是啊哟，一对的鸽子吗哎哟
尾巴上连的是
噌愣愣愣愣愣，仓啷啷啷啷啷
扑噜噜噜噜噜，啪啦啦啦啦啦嗖——地响
惹人的哨子吗啊哟

噢！什么样的眼睛才能看到毛墩墩的眼睛和动弹的心！这双眼睛里的世界开始有了不一样的色彩，却又顺着时间看了回去，仿佛又回到了十四岁，第一次看到流沙河讲的那些关关呼应着的雎鸠，他们在河之洲，却也在苍凉的山间，被山风吹得黝黑的窈窕淑女，虽不一定漂亮但是丰盛的生命，接受那些粗糙的君子，歌声撩拨。或许这一切，风马牛不相及？

（撰文：苏阳）

古琴

周兵
纪录片导演

与我们见面之前不久，周兵参与了一期电视综艺节目的录制。“穿麻布，喜欢茶，礼佛，骑单车，玩沉香，弹古琴…… 我好像都占了。”在湖南卫视的《天天向上》里，节目组把“新土豪”的特征总结出来，布置好氛围后，等待嘉宾周兵对号入座。

接触古琴已超过十年的周兵，最近开始正式学习起古琴来。早在二〇〇三年拍纪录片《故宫》时，周兵见到古琴，他就喜欢上了。但抚琴需要静心，偏偏拍片子又不是一件能安静做的事情。他用“虚实之间”来形容这种分裂，却也因工作的忙碌而平静地接受这种分裂。

“教我古琴的是一位韩国的师傅。”周兵的办公室里沉香缭绕，阳光透过蒲帘柔和地洒进，而古琴需要琴桌，办公室里却是没有的。于是他盘起腿来，把琴放在腿上，两个膝盖支撑琴身，也怡然自得。韩国的古琴师傅是一位僧人，周兵跟随他学习，已经可以弹奏多首古琴曲。

在与我们见面的前几分钟里，周兵还处于忙个不停的工作状态，他已经连续接待了好几拨来客：有谈项目的，有同事交流工作的，还有

媒体合作的……“今天没法午休了。”他皱皱眉头，“午休”让他联想的是健康。一谈起同龄人的健康状况，他就流露出遗憾与隐忧：“几位好友，有些是企业的老总，正值壮年却因劳累过度身患重疾。”

几年来周兵一直计划制作一部以中医为内容的纪录片，却因为投资尚未到位而无法立即实现。“中医是一门生命科学，它结合了医学、哲学等多门学科，是开启中国文化源流的一把钥匙，它的背后蕴藏了一种生活方式。”周兵想要在片子中“还中医本来面貌”，他想让民众知道，中医是如何从古代，走到今天。目前社会上有各种声音，其中对中医的质疑，也是周兵想要面对的：“为了这个我跟罗永浩吵过架，但我会把这些反对的声音放进片子里。”

“恬淡虚无，真气从之，精神内守，病安从来？”周兵相信，这些养生智慧，不仅仅福泽了人的健康，更能从价值观的角度给人精神营养。他读《黄帝内经》，认同“大医可治国”，不仅仅为了治病，也是哲学、政治。

为了筹备《中医》，周兵付出更多精力和时间。家人曾跟他打趣道：“为了拍这部片子要是把身体搞坏了，岂不是成了中医养生的反面教材？”

“做什么事情都要恰到好处。”像所有深谙中庸之道的人一样，“中庸就是一种恰到好处的状态。”周兵试图用抚琴来达到一种内心的平衡，每天他都会留出时间单独给自己和琴。

（撰文：江旋 | 摄影：李冰）

菜篮子

杨丽萍
舞蹈艺术家

（右图）菜篮子原本是杨丽萍的母亲在菜地里摘菜用的。一次看到母亲正用它盛刚摘下来的菜，杨丽萍觉得篮子很美，就跟母亲要来，自己用——她把它当成手袋使用，里面放满了自己的私人物品。

马年的大年初一，杨丽萍从北京回到昆明，和家人一起过年。这个时刻，没什么比回到自己的土地上，更让人觉得愉快与踏实。

“人的生命加起来也就八九十年，有些事情还没等到你反应过来已经过去了，所以别想那么多。你就是把我放到一个孤岛上，我也会种瓜栽菜能生活得很好。”其实在两年前，就曾听杨丽萍说起过她关于“种地种菜”的“经验”——无论她住到哪里，常住或暂居，她都会把周边的环境做个人化的改造，比如在空地里开垦出一小块菜地，抑或是在没水的地方制造一个假瀑布流来流去。生活中无论衣服、舞蹈道具，她都没法不当作珍贵的东西来看待。

这种情况发生在她的身上，似乎并没太多令人意外或错愕的感觉——这其实很奇妙，但也易被人忽视。尤其当她说起这几年对她最重要的物品，是一个菜篮子而不是其他东西的时候，我没能发出意外的惊叹——旁人的淡定或许成了最大的意外。

“这个菜篮子我带去了很多地方。”两年前杨丽萍出席一个商业活动时，就挎着菜篮子去了。篮子的功能等同于一个包包，里面什么都

有：药包、钱包、iPad、写字用的纸、排练时用的小道具……因为没有包包的拉链，里面的东西都一目了然。立即成为现场媒体们关注的焦点，网络上出现了各种评论，有说“秒杀一切大牌”的，也有把菜篮子和女性们在巴黎时装周上的表现作对比的，“我真的是无心的，直接拎着这个就去了，我觉得拿东西很方便啊，装了什么东西一目了然，比提个包方便多了。”

菜篮子原本是杨丽萍的母亲在菜地里摘菜用的。一次看到母亲正用它盛刚摘下来的菜，杨丽萍觉得篮子很美，就跟母亲要来，自己用。竹编的，底部是方形的平底，放置时很稳，提手的长度刚好适合挎着。这种篮子在云南民间很常用，杨丽萍说过，她小时候去地里摘菜拎只篮子，打猪草、背弟弟妹妹的时候则是背个竹筐，“这是一种习惯”。

“篮子里要有我的东西才像样，我要自己整理的。”杨丽萍重视篮子的使用状态，当这个器物里，盛放的是她自己的东西，按照她的意愿摆放，才真正地成了她的篮子。“比如她跟你的这种表达——她一直在强调她就像被天养着的，一切都顺其自然，如果在现实有不适合她的东西，她可以去寻找她自己的东西，这些东西都是云南人的特质，但是她又有很特殊的东西。”她的好友叶永青，说杨丽萍是典型的云南人性格。而少数民族的特质，也一样在杨丽萍的血液里，给她营养。

她看大家都挤在一条路上，她肯定会走另一条小路。

（撰文：佟佳熹 | 摄影：何滢赟）

瓷砧板

殳俏
作家

厨房的所有器物中，最喜欢砧板。冷艳的刀、火热的锅、各种新式旧式的烤箱灶台之类，我也都很喜欢，但砧板是特别能够吸引我的东西，每次在外面店铺里看到了，都会忍不住停下来观看、抚摸，然后就是想买。一块好的砧板，大多数时候的形态，就是一块沉默的木头，但它能够提供给食物的是完美的形状——在砧板上切剁时食材受力均匀，才可以得到完美的形状以及纯粹的味道——一块好的砧板不能让食物跟食物之间串味，要容易清洗，但不能吸附味道，且自身也要有洁净而极细微的木香，但又不至于跑到食物里面去。

我们小时候看到的家庭用砧板，大多是中规中矩的四方，但现在，很多设计师已经把砧板做得极富艺术气质，他们会参考用来做砧板的这块木头来自一棵什么样的树、长在什么地方，从而在切割上参考了自然的树墩模样。这样做出来的砧板，也真的是很美的，因为不是四方，多了一些圆角和弧度，所以使得切菜的人更容易找各个食材的受力点，也可以多一些空间来摆放及分类刚刚切好的食物。外出旅行到北欧、日本，那真是买好砧板的大好天地，但砧板这件东西，又

（左图）
「我倒是觉得这块砧板是能够带来好运的。想一想，这可是万念俱灰中保留下来的唯一一块。能如此浴火而生的器物，何况还是一块砧板，它是我的。」

有一个悖论在里头——因为它是会被越用越完美的，所以无论你在外头看中多少设计切割得非常精心的砧板，其实它们都不如家里那块老旧的板来得令你感怀。就好像一个人在外面的世界游历千山万水，遇见了很多令人惊喜的新朋友，但心里反而会更加珍视那位身边的旧友一样，最好的砧板，其实是需要慢慢培养的。千刀万捶的痕迹，反复擦洗的手感，每每在你的手中，它已经不是一块简单的沉默的木头。剁肉时的钝感，剖鱼时的滑溜，斩骨时的猛烈，切菜时的水灵，砧板所承受的一切，大概要比我们想象的更多。

所以跑到很会做菜的人的家里，我都会想要看看那几块御用的砧板是什么样，生板之刚烈，熟板之敦厚，板上密布的所有细痕，那都是太吸引人的。还有专用来切面包的砧板，总有股面粉的芳香，且摩挲起来温厚有力；专用来切芝士的砧板，一般都是木底配着瓷面，装饰着美丽的花纹，配着漂亮的芝士刀；有些朋友还很喜欢买一些砧板，就专门用来做菜盘，冷切肉、水果之类的放在上面端出来，虽然这砧板暂时失去了其本职功能，但这样的摆盘看着朴素喜气，也让人喜欢。我还特别中意那种放在肉铺里专供屠夫使用的巨大砧板，其实就是一个木头墩子，上面脂光油滑、乱痕密布，集豪情与憨厚于一身。上回在西班牙的一间火腿铺子看到一只直接用树桩做的，心向往之，如果能有间足够大的厨房，那必定要弄一只。我家里有五六块砧板，最为特别的，是这块切芝士的瓷砧板。浅浅的青蓝色，上面有条艳红色的金鱼，看过的朋友都称赞说配色美，形更美，因为看惯了那些德国或瑞士出品的木拼瓷的芝士小板，这块全瓷的更显东方风韵，而且乍一看更似砚台。这砧板得来也很有意思，某次我去上海一家瓷器店买酒壶酒杯，看到这方漂亮的瓷砧板被搁置在柜台后面的一个架子上，就问老板这卖不卖，多少钱。老板是年轻女性，店里所有瓷器都是自己设计自己烧制的，听到这话，面露沮丧之色答道，别提了，本来想烧一组这种瓷砧板的，但不知道为什么，屡试屡败，烧坏了无数块之后只得这一块完整的，所以她也真的放弃了，不高兴再试了。“你要，就送给你。”

（撰文：殳俏 | 摄影：李冰）

人物索引

诗歌

黄灿然
202

1963年生，福建泉州人，毕业于暨南大学新闻系，曾为香港《大公报》国际新闻翻译，著有诗集《游泳池畔的冥想》、《我的灵魂》、《奇迹集》，评论集《必要的角度》、《在两大传统的阴影下》，专栏结集《格拉斯的烟斗》等。译有大量欧美诗歌和文论。华语文学传媒大奖2011年年度诗人。

欧阳江河
372

1956年生于四川省泸州。原名江河，著名诗人，诗学、音乐及文化批评家，《今天》文学社社长。出版中文诗集7部，包括《谁去谁留》、《事物的眼泪》、《黄山谷的豹》等，文论及随笔集《站在虚构这边》。在香港出版诗集《凤凰》。在台湾出版诗集《手艺与注目礼》。在国外出版中德双语诗集《快餐馆》、中英双语诗集《重影》、中法双语诗集《谁去谁留》。他被视为20世纪80年代以来中国最重要的代表性诗人之一。

严力
265

诗人、画家，1954年出生于北京。1973年开始诗歌创作，1979年开始绘画创作。目前居住于上海、北京、纽约。

于坚
238

云南师范大学文学院教授。20岁开始写作，持续近四十年。著有诗集、文集二十余种。曾获台湾《联合报》14届新诗奖、"华语文学传媒大奖"年度诗人奖、鲁迅文学奖、《人民文学》散文奖、德语版诗选集《零档案》获德国亚非拉文学作品推广协会"Litprom"主办的"'感受世界'——亚非拉优秀文学作品评选"第一名。纪录片《碧色车站》入围阿姆斯特丹国际纪录片银狼奖单元。摄影作品系列获美国《国家地理杂志》华夏典藏奖（2012年）。

小说

曹乃谦
226

1949年出生，山西省应县人。原名曹乃天，因为应县发音"天"和"谦"相同，便改了。中国当代著名作家，在海内外拥有广泛的影响，作品被译为英文、法文、德文、日文、瑞典文等多种文字出版。代表作有长篇小说《到黑夜想你没办法》、散文集《你变成狐子我变成狼》、短篇小说集《最后的村庄》、中篇小说集《佛的孤独》等。

陈丹燕
363

作家，少年时代即开始发表作品，她写作的开始，主题大多是青春与社会规则的冲突，这种青春写作到1993年长篇小说《一个女孩》的出版被画上句号。尔后她写作了六本非虚构的上海故事。同时她做了大量的洲际旅行，从中美洲的哥斯达黎加云林到地球上最北边的斯瓦尔巴德群岛。她用不同的文学形式来描述旅途所见，使它们成为一种旅行文学，包括了小说和散文。

金宇澄
89

生于上海，黑龙江务农7年，回沪任钳工、文化宫职员，1985年发表小说，1988年任《上海文学》小说编辑。曾主编《漂泊在红海洋》、《城市地图》等。现为《上海文学》常务副主编。2012年发表《碗——死亡笔记》，反思1970年代"知识青年运动"恶果，同年发表长篇小说《繁花》，描摹上海的过往与现状。

徐则臣
366

1978年生，江苏东海人，毕业于北京大学中文系，文学硕士，现供职于人民文学杂志社。著有长篇小说《午夜之门》、《夜火车》、《耶路撒冷》，小说集《跑步穿过中关村》、《天上人间》、《居延》，文学随笔集《把大师挂在嘴上》、《到世界去》等。曾获华语文学传媒大奖、小说月报百花奖等。2009年赴美国克瑞顿大学做驻校作家，2010年参加爱荷华大学国际写作计划。部分作品被译成德、韩、英、意、俄、荷、日、蒙等语。

叶兆言
301

原籍苏州，1957年生于南京，著名作家。1982年毕业于南京大学中文系，1986年获南京大学中文系硕士。曾任金陵职业大学教师，江苏文艺出版社编辑，江苏作家协会专业创作员。1980年开始发表作品，创作总字数约四百万字。著有中篇小说集《艳歌》、《夜泊秦淮》、《枣树的故事》，长篇小说《一九三七年的爱情》、《花影》、《花煞》、《别人的爱情》等。

电影

杜庆春
141

1971年出生，安徽安庆人。1993年毕业于安徽大学历史系。1997年于北京电影学院文学系电影美学专业毕业，获得艺术学硕士学位。从1997年开始在北京电影学院文学系任教至今，教授《电影理论原理》、《影片分析》等课程。在《现代传播》、《当代电影》、《现代艺术》和《北京电影学院学报》等学术期刊发表10万字左右的学术文章。

贾樟柯
130

中国导演，山西汾阳人，中国第六代导演代表人物之一。毕业于北京电影学院文学系。1990年在报考南开大学失败后在父母建议下转学美术，在报考山西大学美术学院失败后，对电影产生兴趣。1993年就读于北京电影学院文学系。1995年起开始电影编导工作，同时任教于中央美术学院实验艺术系。主要成就：威尼斯国际电影节金狮奖、戛纳电影节最佳剧本奖。代表作品：《小山回家》、《小武》、《三峡好人》、《天注定》等。

吕乐
352

1957年12月生于天津，现居北京。中国电影摄影师、导演。从小喜欢绘画，中学毕业后到北京郊区农场工作，1978年考入北京电影学院摄影系。八十年代末留学法国。担任《活着》、《有话好好说》、《1942》等片的摄影。导演代表作品：《赵先生》、《小说》、《一维》。

周兵
387

纪录片导演。曾先后担任中央电视台《东方之子》栏目编导、《东方时空》特别节目《记忆》总编导、

《纪事》栏目制片人。2003年，任中央电视台新闻中心新闻评论部特别节目组制片人、大型系列纪录片《故宫》总导演。代表作品《故宫》、《台北故宫》、《敦煌》、《外滩佚事》、《汽车百年》、《下南洋》等。

戏剧

王珮瑜
346

著名坤生，梨园人称"瑜老板"。1978年生于苏州，宗余（叔岩）派。1992年考入上海市戏曲学校，2001年毕业于上海市师范大学表演艺术学院，曾师从王思及、朱秉谦、张学津、谭元寿、刘曾复等京剧名家。是新中国专业戏校培养的第一位京剧女老生。2011年获中国戏剧表演最高奖项梅花奖，是公认的京剧新生代领军人物。唱念做表皆深具古风，有"当代孟小冬"的美誉。

喻荣军
59

剧作家，上海演艺集团副总裁，上海国际当代戏剧节总监。已有五十多部舞台作品在国内外几十家剧院上演，并荣获包括中国戏剧曹禺剧本奖、中国话剧金狮奖编剧奖等国内外多项专业奖项。2000年以来，他主持的上海话剧艺术中心以及上海国际当代戏剧节邀请了100多台国外的戏剧进行演出。他主导和策划上海话剧艺术中心与50多个国家和地区的剧团及艺术家进行了合作演出。主要话剧作品有《去年冬天》、《WWW.COM》、《天堂隔壁是疯人院》和《老大》等。

张军
210

昆曲艺术家，联合国教科文组织和平艺术家，国家一级演员，素有中国"昆曲王子"之美誉。1974年出生于上海，先后毕业于上海市戏曲学校、上海交通大学和上海戏剧学院，专攻昆剧小生，师承著名表演艺术家蔡正仁、岳美缇、周志刚，是俞振飞大师的再传弟子。曾获中国戏剧表演最高奖项梅花奖、上海白玉兰戏剧表演主角奖、"联合国促进昆剧发展大奖"等奖项。

赵川
379

文字和戏剧工作者。出生并成长于上海，曾获2001年联合文学小说新人奖，2005年发起并主持民间剧场团体"草台班"。著有《上海抽象故事》、《不弃家园》、《鸳鸯蝴蝶》、《和你去欧洲》等。

音乐

丁武
315

生于1962年，摇滚音乐人。1984年组建不倒翁乐队，1987年担任黑豹乐队主唱，随后第二年又组建唐朝乐队，担任主唱和吉他手。1990年推出唐朝乐队的第一张专辑《梦回唐朝》。1994年在香港红磡体育馆的演出成为唐朝乐队鼎盛的标志。在25年中，唐朝出了4张专辑，每一张丁武都要求精益求精，表达真实。2013年的《芒刺》，是在乐队蛰伏五年后，唱片业并不景气的情况下，自己担任制作人并出资制作的。

何训田
104

作曲家，音乐新语言开创者。1981年创立"三时说"和"音乐维度论"；1982年创立"RD作曲法"，是中国当代第一部作曲法；1995年开创了国际唱片史上在全球发行第一张中文唱片的历史，创作的《阿姐鼓》、《央金玛》等唱片全集在全球八十多个国家出版发行；1996年创立"结构流作曲法"；1997年创立"空隙论"；2003年完成人类第一部献给所有物种的元音乐《声音图案》；2008年完成人类第一部前意识音乐《一訸上歌》。

李宗盛
260

音乐人。1958年7月19日生于台北北投。14岁时迷上吉他。1979年就读于新竹私立明新工业专科学校电机科。自1980年代起影响华语乐坛而被冠以"音乐教父"之名。为人熟知的作品有《寂寞难耐》、《我是一只小小鸟》等，最新创作《山丘》。

苏阳
383

来自银川，目前中国最优秀的民族摇滚音乐家代表。苏阳将西北民间音乐"花儿"、传统曲艺形式秦腔等与当代音乐进行嫁接、改良和解构，并通过西方现代音乐的理论和手法创造出一种全新的音乐语言。他的音乐对当下中国社会转型期给予莫大的关注。

谭盾
319

著名作曲家、指挥家。作为联合国教科文组织首位中国"全球亲善大使"，谭盾对世界乐坛产生了不可磨灭的影响，其作品跨越了古典与现代、东方与西方、多媒体与表演艺术的众多界限，他历时5年最新创作的微电影交响诗《女书》是一座中国音乐的里程碑。谭盾的作品赢得了包括格文美尔古典作曲大奖、德国巴赫奖、俄国肖斯塔科维奇大奖、格莱美大奖、奥斯卡最佳原创音乐奖等众多音乐大奖，并被美国音乐协会授予年度"最佳作曲家"称号。

黛青塔娜
166

1983年8月29日生于青海省海西州德令哈市，和硕特蒙古台吉耐尔部落的阿吾嘎思姓氏歌者，2006年加入HAYA乐团。2008年，第一张专辑《狼图腾》获得台湾第19届金曲奖最佳跨界音乐奖。2010年《寂静的天空》获得华语传媒最佳民族音乐奖、华语金曲奖、最佳世界音乐奖。2011年，《迁徙》获21届台湾金曲奖最佳跨界音乐奖。

舞蹈

黄豆豆
376

舞蹈家，中国舞蹈家协会副主席，上海歌舞团艺术总监。黄豆豆被誉为"在世界舞坛上舞出中国风的中国舞者"。1995年中央电视台春节晚会上的《醉鼓》，让黄豆豆一舞成名；之后几年囊获国内及国际级重大舞蹈比赛金奖及大奖。2011年荣获由中国国家艺术研究院授予的"首届中华艺文奖青年奖"。近来黄豆豆编舞及导演的作品受到国际舞坛的高度评价，被国际媒体评为"全世界最重要的三位年轻编舞家之一"、"中国的文化使者"。

林怀民
162

编舞家，云门舞集创办人兼艺术总监。1947年生于台湾嘉义。14岁开始发表小说，22岁出版《蝉》。大学就读政大新闻系。留美期间研习现代舞。1972年自美国爱荷华大学英文系小说创作班毕业，获艺术硕士学位。1973年创办云门舞集。1983年应邀创办"国立"艺术学院舞蹈系（现名台北艺术大学），出任系主任、研究所所长。舞作包括行草三部曲、《家族合唱》、《流浪者之歌》、《九歌》、《我的乡愁，我的歌》、《红楼梦》、《薪传》、《白蛇传》等八十余出。

史敏
339

国家一级演员，北京舞蹈学院古典舞系教授，敦煌舞研究室主任，中国舞蹈家协会会员。曾在大型民族舞剧《丝路花雨》中扮演英娘，舞剧《箜篌引》中扮演无忧公主，舞剧《山魂交响曲》中扮演苗依。1995年至今，在北京舞蹈学院的附中、古典舞系、民间舞系、编导系、研究生部和香港演艺学院中国舞系承担中国舞的教学工作。创作有《霓裳羽衣》、《庆善乐》、《反弹琵琶品》等多部作品，以及舞剧《九色鹿》和舞蹈艺术专题片《敦煌不沉眠》。

杨丽萍
390

舞蹈艺术家。1958年出生于云南大理。1971年进入西双版纳州歌舞团，之后调入中央民族歌舞团，并以“孔雀舞”闻名。1992年，她成为中国大陆第一位赴台湾表演的舞蹈家。1994年，独舞《雀之灵》荣获中华民族20世纪舞蹈经典作品金奖。歌舞《云南映象》、《藏谜》艺术总监、总编导及主舞者，中国民族民间舞蹈等级考试专家委员会委员。中国舞蹈家协会副主席、国家一级演员，享受国务院政府特殊津贴。

艺术

刘丹
20

1953年出生于南京，1978年入读江苏省国画院研究生，1981至2005年移民美国，2005年定居北京。展览：《水墨艺术》，纽约大都会，2013；《心道合一》，苏州博物馆，2013；《现代近代中国水墨画》，英国大英博物馆，2012；《石境》，法国集美博物馆，2012；《与古为徒》，美国波士顿博物馆，2010；《美的回归》专题展，德国柏林东方艺术博物馆，2005；《水墨长卷》收藏展，美国圣地亚哥艺术博物馆，1999；等等。

刘小东
67

1963年出生于辽宁，1988年毕业于中央美术学院油画系。1998至1999年在西班牙马德里康普鲁登塞大学美术学院研读。1994年至今在中央美术学院油画系任教。2013年，个展《在以色列和巴勒斯坦之间》在纽约Mary Boone画廊开幕。

苏笑柏
256

1949年出生于武汉，祖籍河北井陉。1969年毕业于武汉市工艺美术学校。湖北省美术院油画创作室创作员。1985年于中央美术学院油画进修班学习。1987年留学联邦德国杜塞尔多夫国立艺术学院。1994年，在德国紧靠卢森堡公国边境上购置“林安庄园”，进行艺术创作。2006年，回到上海，创建工作室，开始从事以大漆麻布为主的综合材料的绘画创作。

徐冰
282

祖籍浙江温岭。1955年生于重庆，两岁时随父母定居北京。1974年高中毕业后去山区农村插队，1976年开始发表作品和参加展览。1977年考入中央美术学院版画系。1981年毕业留该院任教。1990年赴美。1999年获得美国文化界的最高奖项“麦克 · 阿瑟天才奖”。现任中央美术学院副院长。

叶永青
145

1958年生于云南昆明。1982年毕业于四川美术学院绘画系油画专业。现任四川美术学院教授。个展：2012，雀神怪鸟，龙门雅集，上海；2011，断裂的流动——叶永青个展，余德耀基金会，雅加达；2010，时间的穿行者——叶永青黄桷坪二十年，坦克库，重庆当代艺术中心，重庆等。现居大理。

张晓刚
173

1958年生于昆明，1982年毕业于四川美术学院油画系，现生活工作于北京。个展：2012年“北京之声：张晓刚个展”（佩斯北京画廊，北京）；2010年“张晓刚：灵魂上的影子”（坦克库，重庆）、“16:9”（今日美术馆，北京）；2009年“史记”（佩斯北京画廊，北京）、“张晓刚：灵魂上的影子”（昆士兰美术馆，布里斯班，澳大利亚）等。

邵帆
184

1964年春生于北京艺术世家，自幼习画于父母，母亲邵晶坤、父亲赵域都是中国著名油画家，中央美术学院教授。邵帆，作为一个中国文人式的当代艺术家，一直以来以反当代艺术的方式进入当代艺术，他的作品根植于中国传统文化，他提出的“审老”作为当代艺术新观念受到广泛的关注，其风格独特的艺术作品成为国内外许多博物馆的重要收藏。

摄影

安哥
198

本名彭振戈，祖籍广东揭西，出生在大连，婴儿时期在平壤待过，1949年之后在北京上托儿所、幼儿园、小学、中学。1968年，高中毕业两年后，插队到了云南的西双版纳。1975年回城在广州当工人。1979年，因为对摄影的热爱，考入中国新闻社广东分社，成为摄影记者，记录了在1980年代拉开发展大幕的中国社会，是中国纪实摄影最具影响力的人物之一。

顾铮
64

学者、摄影批评家、摄影家和策展人。1959年生于上海，复旦大学新闻学院教授，博士生导师，复旦大学视觉文化研究中心副主任。专事摄影理论与实践、摄影史、视觉传播，担任《视界》丛刊、《艺术家茶座》、《中国摄影》、《欧洲摄影》（柏林）等刊物的编委。1998年毕业于日本大阪府立大学人类文化研究科比较文化研究专业，获学术博士学位。2001年访问于美国加州大学伯克利分校。2013年担任世界新闻摄影比赛“荷赛”终审评委。

阮义忠
177

摄影家，阮义忠摄影人文奖创始人。1950年生于台湾宜兰，早年喜爱美术，20岁时在《幼狮文艺》杂志做编辑，后任职《汉声》杂志英文版，开始拍照。他撰述的《二十位人性见证者——当代摄影大师》、《当代摄影新锐》、《摄影美学七问》在华人摄影界具启蒙作用。所创办的中英文双语杂志《摄影家》被认为是最优秀的世界性摄影杂志之一。个人摄影专题包括《人与土地》、《台北谣言》、《四季》、《失落的优雅》、《手的秘密》、《有名人物无名氏》、《正方形乡愁》、《恒持刹那》等。

刘铮
270

1969年生于河北省武强县。1991年毕业于北京理工大学工程光学系精密仪器专业，随后任《工人日报》摄影部摄影记者。1997年成为自由艺术家，先后与友人创立摄影民间刊物《新摄影》及《东方影像》工作室，传播观念摄影。2001年获平遥国际摄影节金奖。2004年《刘铮 · 革命》在北京798百年印象画廊展出。最新个展是2013年在三影堂展出的《惊梦》。代表作《国人》、《三界》、《革命》、《幸存者》、《军服》、《惊梦》等。

吕楠
242

1962年生于北京。1985至1989年在《民族画报》工作。1989年开始用15年时间完成了其恢宏如史诗般的"三部曲"：《被人遗忘的人》、《在路上》、《四季》。2006年完成的作品《缅北监狱》曾于《生活月刊》首发(2008年9月刊)。

荣荣&映里
137

荣荣：1968年出生于中国福建省漳州市。1993年搬到北京郊区的东村，开始对东村的年轻前卫艺术家进行长期拍摄。1996年创办《新摄影》杂志。2006年创办"三影堂摄影艺术中心"。
映里：1973年出生于日本神奈川县，1994年毕业于日本东京写真艺术专科学校。1994至1997年作为摄影记者工作于东京"朝日新闻社出版写真部"。1997年成为自由摄影家并开始独立创作活动。2006年创办"三影堂摄影艺术中心"。

建筑规划与保护

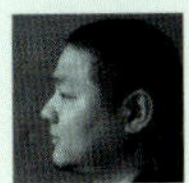

李翔宁
291

同济大学建筑与城市规划学院教授，中西学院院长，《时代建筑》杂志客座编辑。2006年美国麻省理工学院访问学者，讲授中国当代建筑与城市课程。曾在哈佛大学、普林斯顿大学、南加州大学和加拿大建筑中心等学术机构做演讲。担任2007年深圳双年展策展顾问、2013年深港双年展策展人、2013年上海西岸建筑与当代艺术双年展策展人。

马岩松
37

1975年出生于北京，毕业于美国耶鲁大学，获建筑学硕士学位以及Samuel J. Fogelson优秀设计毕业生奖。2004年，马岩松回到中国并成立了北京MAD建筑事务所，同时任教于中央美术学院。2006年9月，MAD在意大利第十届威尼斯国际建筑双年展期间举办了名为"MAD inChina"的个展。

欧宁+左靖
231

欧宁：1969年生于广东湛江。1993年毕业于深圳大学国际文化传播系。1994年创办音乐团体"新群众"。1996年创办设计公司Sonic China。1999年在深圳、广州两地创办电影团体"缘影会"。2011年创办新文学杂志《天南》(Chutzpah)，出任2011年成都双年展的"谋断有道：设计与社会工程"策展人并成为古根海姆美术馆2011年亚洲艺术委员会成员。现生活工作于安徽省黟县碧山村。

左靖：1970年11月生。策展人，杂志书《碧山》主编。2011年和欧宁发起碧山共同体计划，开始致力于乡村建设。曾担任南视觉美术馆（南京）执行馆长、伊比利亚当代艺术中心（北京）艺术总监。策划过的展览包括"未来考古学"第二届中国艺术三年展等。目前的工作领域包括乡村建设、独立电影和当代艺术。

阮仪三
86

1934年生，扬州人，长在苏州。师从陈从周、董泓鉴。同济大学教授、博士生导师、建设部同济大学国家历史文化名城研究中心主任。1980年代以来，促成平遥、丽江、江南"前六镇后六镇"等众多古城古镇的保护与申遗。曾获联合国教科文组织遗产保护委员会颁发的2003年亚太地区文化遗产保护杰出成就奖。2006年成立"上海阮仪三城市遗产保护基金会"。著有《护城纪实》、《古城笔记》、《江南古镇》、《江南古典私家园林》等。

童明
134

同济大学城市规划系教师、教授。主要作品：苏州大学文正学院教学楼、平江路董氏义庄茶室、南京高新区国际俱乐部、路桥旧城小公园改造、TMStudio工作室、苏泉苑茶室、十院宅、天亚别苑会所、南宁武鸣西江八大处园林、上海嘉定艺术家工作室等。参加主要展览：2006年深圳双年展，2006年荷兰鹿特丹"中国当代艺术展"，2007年上海双年展青浦分展，2008年香港双年展，2008年比利时Architopias建筑展。

园林

董豫赣
169

北京大学建筑学研究中心教师。在北大开设八年的通选课"现当代建筑赏析"，一直是北大最受欢迎的精品课程之一；为厘清讲义断续撰写的70余篇论文在各类杂志上刊登；近年来迷恋造园，相关造园设计作品连续数年入选《中国建筑艺术年鉴》，而为此在北大新开的"中国古典园林赏析"课，从当初三十余人的冷清小课，如今已成为一两百人的拥挤大课。

王澍
3

建筑师。1963年生于新疆。同济大学建筑城规学院建筑设计与理论专业博士，现为中国美院建筑艺术学院院长，"业余建筑工作室"主持人，中国美术家协会环境艺术委员会委员，中国实验建筑先锋之一。建筑作品包括苏州大学文正学院图书馆、上海顶层画廊、宁波美术馆、宁波博物馆、中国美院象山校区等。2012年获得普利兹克建筑奖，他是首位获此殊荣的中国人。

俞孔坚
206

景观设计师。1963年生于浙江金华。1995年获美国哈佛大学设计学博士学位，主攻城市规划与景观设计；1995至1997年任美国SWA集团景观规划与城市设计师和项目负责人。1997年回国任北京大学教授，创建北京大学景观规划设计中心和北京土人景观规划设计研究所。其主持设计的西藏昌都中路步行街获2002年中国人居环境范例奖，广东中山岐江公园获2002年度全美景观设计荣誉奖和第十届全国美展金奖。著有《城市景观之路——与市长们交流》等。

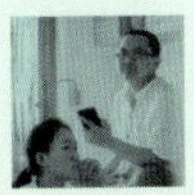

在造工作室
41

张波，1976年生，先后在非常建筑、都市实践等建筑事务所工作。张清帆，1981年生，有着画家和建筑师双重身份。两人于2007年在北京创立在造工作室，师法传统以滋养当下的建筑实践。位于北京老城的"九方宅"为其代表作。

设计

吕永中
34

1968年出生，现居上海，致力于建筑室内空间及家具设计。2011、2012连续两年被中国建筑学会室内设计分会评选为"CIID中国室内设计十大影响力人物"。空间设计作品获得美国IIDA国际室内设计协会2011年度最优秀空间设计大奖。设计是性格的影子，修炼是设计之师。他多样化的经验来自于对传统中国文化根深蒂固的景仰以及在实行与阐述当代设计时提出的特殊论点。他说生活需要理性，但不应该缺少意境，哪怕是短暂的。

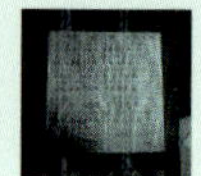

马可
220

1971年生于长春。1992年毕业于苏州丝绸工学院美术系。1996至2006年创建例外品牌并担任其设计总监。2006年在珠海创立无用设计艺术中心，致力于传统民间手工艺的保护、传承与创新。2007年首次参加巴黎时装周，发布作品“无用之土地”；贾樟柯就“无用”及马可本人拍摄的纪录片《无用》获得威尼斯电影节最佳纪录片奖。2013年创建珠海无用文化创意有限公司，专注于无用品牌建设工作。

又一山人
44

原名黄炳培，又名又一山人。1960年生于香港，现居香港。集艺术家、设计师、策展人、素食者于一身。过去十多年间，黄氏之设计、摄影及广告作品广涉商业与艺术领域，屡获香港、亚洲及国际奖项四百多项，长期和大陆例外品牌、方所书店合作，凝结东方美学亦充分体现他的探索价值，而设计教育亦被其视为下半生重要工作一环。作为创作人，经历香港多年重大变迁，其创造作品观照本土城市意识形态与物事间非凡的生命真意。

朱赢椿
369

1970年12月出生于江苏省淮阴市。随园书坊设计总监；南京师范大学出版社装帧设计部主任；从事书籍装帧设计及图书策划。2007年，他设计的《不裁》在德国莱比锡被选为“世界最美的书”铜奖，并被德国国家图书馆收藏。2008年，其创作并设计的《蚁呓》获“世界最美图书”荣誉奖。

出版

陈传兴
247

1952年出生于台北，1976至1986年留学法国，获巴黎高等社会科学院语言学、符号学博士学位，1986年返回台湾任教台湾清华大学。1986至1987年，负责《摄影美学七问》（与阮义忠）中五问的回答，在海内外产生深远影响。1998年创立行人出版社，现为行人文化实验室与目宿媒体创办人、导演、摄影家、艺术评论学者。出版专书包括《忧郁文件》、《道德不能罢免》、《银盐热》等，并为“他们在岛屿写作 —— 文学大师系列电影”总监制。

黄育海
309

资深出版人。1981年大学毕业，做过三年杂志记者，后进入浙江文艺出版社，几年后担任副总编辑，1998年调至浙江人民出版社任副总编辑。2001年进入贝塔斯曼咨询有限公司担任业务发展总监，同时任贝塔斯曼亚洲出版公司总编辑，兼任上海贝塔斯曼书友会编辑部总编辑。2004年，创办了上海九久读书人文化实业有限公司，现任董事长。

刘瑞琳
213

广西师范大学出版社总编辑，兼该社旗下北京贝贝特出版顾问有限公司总经理。曾任山东画报出版社副总编辑，《老照片》主编。“理想国”品牌创办人，“理想国”年度文化沙龙组委会执行主席。

祝君波
278

1955年生于上海，1972年进入上海市新闻出版界及朵云轩工作，从一个用功的雕版木刻学徒做起。1992年，祝君波成立了中国大陆第一家艺术品拍卖公司 —— 上海朵云轩拍卖公司，被誉为“中国拍卖第一人”。历任上海书画出版社社长、上海人民美术出版社社长、朵云轩总经理兼朵云轩拍卖公司总经理、上海市新闻出版局副局长、中国出版集团东方出版中心总经理兼党委书记。2012年3月起任上海市新闻出版局正局级副局长。

《紫禁城》
120

《紫禁城》是以明清历史、中国古代宫廷文化为经，以古代文物艺术、建筑营缮、历史掌故为纬的文化艺术类月刊。设有封面故事、特稿、大展巡礼、海外遗珍、连载、故宫今昔、书评等栏目，文章形式多样化、个性化，文风不拘一格；文笔明白晓畅；注重文物、古迹、典籍、档案等历史遗产蕴涵的文化信息，深入挖掘其背后往事。注重高质量的图像与文章结合，图片多为故宫独有。

哲学 & 美学

陈嘉映
98

1952年生于上海，后随父母迁居北京。1977年考入北京大学西语系德语专业，1978年5月考上外哲所研究生，1981年毕业后留校任教。1983年11月赴美留学，1990年以《论名称》一文获博士学位，其后赴欧洲工作一年，1993年5月回国，重返北大任教。2002年转至上海华东师范大学哲学系，被华东师范大学聘为终身教授、紫江学者。2008年1月，转入首都师范大学哲学系工作，任外国哲学学科专业负责人，特聘教授。

范景中
297

1951年生于天津。1977年考入北京师范大学哲学系。1979年入浙江美术学院攻读艺术理论研究生，获硕士学位。先后任《美术译丛》和《新美术》主编、中国美术学院教授、图书馆馆长、出版社总编等职，同时任教于南京师范大学、上海师范大学。著有《法国象征主义画家摩罗》、《古希腊雕刻》、《图像与观念》、《藏书铭印记》、《中华竹韵》等，译有《艺术的故事》、《艺术与错觉》、《通过知识获得解放：波普尔论文集》等。

赖永海
252

福建漳州人，1985年获南京大学哲学博士学位，现为南京大学教授、博士生导师、南京大学中华文化研究院院长，第五、第六届国务院学位委员会哲学学科评议组成员，第七届人力资源与社会保障部全国博士后流动站评审专家组成员，著有《中国佛性论》、《中国佛教文化论》等18部专著，主编全球第一部完整的《中国佛教通史》。

叶锦添
343

2001年以电影《卧虎藏龙》获奥斯卡“最佳美术设计奖”与英国电影学院“最佳服装设计奖”，为首位获得以上殊荣的华人艺术家。毕业于香港理工学院高级摄影专业，参与的第一部电影是《英雄本色》（1986年），二十多年来，担纲多部电影、戏剧的美术与服装创作。近年来，叶锦添不断探索“新东方主义”美学理念，是让世界了解到东方文化艺术之美最重要的艺术家之一。出版了《不确定时间》、《大火》、《繁花》、《流白》等十多部作品。

赵广超
350

生于香港，早年肄业于法国贝桑松艺术学院及巴黎第一大学，主修造型艺术及美术与设计分析，为法国国家高级造型艺术表现文凭硕士。20世纪90年代回港，执教于香港演艺学院及沙田工业学院，曾为香港理工大学设计学院客席讲师、香港大学专业进修学院设计系兼任导师、汕头大学长江艺术与设计学院教授，教授东西方艺术、设计与文化理论分析。现担任设计及文化研究工作室总监、中国美术学院中国文化设计研究所副所长、物事实验室主持人。

收藏

黄玄龍
10

收藏家，翦淞阁主，专注于文房清供领域的文化研究。现居台北。

靳宏伟
16

摄影收藏家。1956年出生，1989年自费赴美留学，1992年获马里兰艺术学院摄影硕士学位。1998年在美国亚特兰大白手起家创立了cjigroup ltd.公司。2006年开始收藏20世纪世界摄影大师的原作，迄今为止共有1200多幅。2013年4月收购了世界四大图片社之一的法国Sipa图片社，成为该图片社控股股东。2013年8月收购美国洛杉矶覆盖全美的新时代卫视9953频道。

旧香居
275

旧香居的前身创立于1970年代，当时为位于台北市信义路的“日圣书店”，由第一代负责人吴辉康经营古籍和字画买卖。目前由第二代吴雅慧、吴梓杰姐弟共同经营，以文史哲、社科及艺术类专业书籍为主，同时经营名人书画、信札手稿、文献史料、线装古书。从2003年起举办过“清代台湾文献资料展”、“30年代中国新文学珍本展”、“张大千画册暨文献展”等十几回主题展览、近七十场座谈会，长期致力于旧书文化的推广。

乔志兵
56

当代艺术收藏家。2006年底，乔志兵从国画收藏领域转入当代艺术收藏，近年来，他又从拍卖场转向画廊之间的直接合作。除了收藏有隋建国、展望、向京等知名艺术家的雕塑作品，同时也收藏了很多年轻艺术家的作品，并关注新媒体艺术的发展。在乔志兵看来，中国的艺术品市场兴起时间较短，收藏本身并非短期行为，一定要沉得住气。他未来的计划是做一些公共艺术的工作，在推广当代艺术的同时，也能让自己获得一定的成就感。

王薇
217

1963年10月生于上海。龙美术馆馆长、红色题材艺术品国内最大收藏家。几年前，王薇的名字还仅仅和她的先生、收藏大鳄刘益谦联系在一起。2003年，王薇走上自己的收藏之路。2009年，她用自己收藏的“红色景点”油画办了“革命的时代”展。2014年，位于徐汇滨江的龙美术馆西岸开幕，规模是浦东馆的3倍，侧重当代艺术的展示。

余德耀
76

1957年出生，印尼华人企业家、艺术收藏家和慈善家，现居上海。2005年，已经长时间收藏印尼艺术品的余德耀开始进军中国当代艺术收藏领域。从2007年高价购入岳敏君的《公主》开始，再到2010年以创纪录的价格买下张晓刚的《创世纪》收藏，余德耀在当代艺术品收藏领域逐渐成名。2008年，余德耀私人美术馆与基金会在印尼成立。上海余德耀美术馆于2013年落户徐汇区，并于2014年1月正式建成。

曾小俊
52

画家，艺术鉴赏家和收藏家。1954年出生于北京，1981年毕业于中央工艺美术学院壁画系，1983年移居美国，1997年回到北京。1996年与1999年在美国纽约China 2000 Fine Art画廊举办个展；2009年在美国纽约The Chinese Porcelain Company举办个展；2012年再度与刘丹于巴黎吉美博物馆举办“微妙玄通——中国艺术之石境”艺术展；2013年在香港苏富比艺术空间举行“丝绪/曾小俊”个展。出版《心远墨集》、《水墨》等作品集。

信仰

陈景展
114

道号善溪子，全真龙门派第三十二代焚修玄裔弟子。曾经在西安市青华宫、西安万寿八仙宫、北京平谷药王庙等地挂单修行。曾就读于中国道教学院首届经典讲习班、香港中文大学道教研究中心“第七届道教文化与管理暑期研修班”、国家宗教局培训中心“2013年全国道教界代表人士读书班”等。在中国道教协会主办的河南登封中岳庙、湖北十堰武当山、陕西华阴华山“玄门讲经”活动中获得通经奖、明经奖。

释宗舜
93

1967年出生，湖北武汉人。佛教禅宗曹洞宗第四十九代传人。曾任苏州戒幢佛学研究所研究部主任，主要担任《菩提道次第论》、净土宗发展史等课程的教学。现为中国佛学院教授，研究生导师。创办“无尽灯楼精舍”，弘扬社区佛法，号“无尽灯楼主人”。

尹鹤庭
117

毕业于北京大学，北京电影学院研究生，赴法攻读电影博士学位。1997年回国，先后担任法国驻华大使馆商务处官员、法国国家电视台亚洲记者站记者、《ELLE—世界时装之苑》主编等职位。2003年，她启程印度，回国后与印度著名瑜伽师默瀚共同创办悠季瑜伽，致力于瑜伽文化的推广、教师培训及图书出版，在北京、上海、广州设立了数家悠季瑜伽会馆及学院。著有《菩提树下太阳雨——印度心之旅》、《女人是一场修炼》。

文化传承

陈燮君
331

1952年生于上海。在美国圣路易斯华盛顿大学哲学系学习博士研究生课程。现任国际博物馆中国国家委员会副主席，中国博物馆协会副理事长，上海市文化广播影视管理局党委书记，上海市文物管理委员会副主任，上海博物馆研究员，兼亚欧基金会博物馆协会执委，美国亚洲协会国际理事会理事，上海文博学会理事长，上海市新学科学会会长。获上海社会科学院精英奖等荣誉证书和全国、省市哲学社会科学优秀成果奖七十多项。

樊锦诗
187

浙江杭州人，1938年出生于北京，成长在上海。曾任敦煌研究院院长。1963年自北京大学毕业后在敦煌研究院工作至今有50年，被誉为“敦煌的女儿”。主要致力于石窟考古、石窟科学保护和管理。1963年毕业于北京大学历史系考古专业。1998年4月任敦煌研究院院长。1999年被聘为教育部人文、社会科学重点研究基地兰州大学敦煌研究所名誉所长、学术委员会副主任。现任中国敦煌吐鲁番学会名誉会长，中央文史研究馆馆员，敦煌研究院名誉院长。

黄永松
25

1943年10月17日生于台湾省桃园县，1967年6月毕业于台湾艺专（今台湾艺术大学）美术科。1971年，黄永松成为《汉声》杂志创刊人。1988年，他带领《汉声》开始在中国各地成立汉声民间文化编辑工作站。黄永松几乎走过每个有着活态民间文化的地方。民间文化的流失让他感觉紧迫。他默默但用力地做着书、杂志和田野调查，古稀之年仍不停步。他说“不惜歌者苦，但伤知音稀”，而在孤独中永不黯淡的好奇，已化为赤子心。

廖宝秀
335

1952年生，1979年毕业于日本关西学院美学研究所，同年8月进台北故宫博物院做导览员。历任台北故宫博物院编辑、副研究员、研究员。主要致力于陶瓷器、茶器、花器工艺等研究。发表专书及论文有《典雅富丽——故宫藏瓷》、《茶韵茗事——故宫茶话》、《华丽彩瓷乾隆洋彩》、《也可以清心茶器·茶事·茶画》等六十余篇。2008年从台北故宫博物院退休，翌年进入台北市震旦艺术博物馆任副馆长，现任台北故宫博物院顾问。

徐皓峰
324

1973年出生，新生代武侠小说家，电影导演。1997年开始纯文学与传奇文学创作，在《小说界》和《中华传奇》杂志发表《1987年的武侠》、《处男葛不垒》等多篇小说。2006年整理出版《逝去的武林》。2007年出版武侠小说《道士下山》，被冠以“硬派武侠小说第一人”称号。2011年出版长篇小说《大日坛城》。2012年出版影评集《刀与星辰》。2011年拍摄电影《倭寇的踪迹》入围2011年威尼斯电影节地平线单元。2012年拍摄电影《箭士柳白猿》。

郑希成
111

1938年1月生人，幼年丧父。20岁进入北京象牙雕刻厂做学徒，继而成为工艺美术师、资料室管理员直至1995年退休。退休后受到四合院拆迁触动，震惊于生活环境的变化，从2002年开始画四合院。实地临摹或者借鉴文字影像资料，重现了一百六十多张北京四合院画像。2009年，出版了《京城民居宅院》画集。五十年代，从西藏回来的哥哥给郑希成带回了一尊铜佛像，他曾经把它改造成一个台灯，皈依佛教后他又将佛像修复原貌。

教育传承

葛剑雄
305

教授，历史学博士，博士生导师。祖籍浙江绍兴，1945年12月15日出生于浙江湖州。曾任复旦大学中国历史地理研究所、历史地理研究中心主任、复旦大学图书馆馆长，现任教育部社会科学委员会委员，十二届全国政协委员会常务委员。

刘道玉
125

教育家，1933年生于湖北枣阳，1953年考入武汉大学化学系，1961年进入留苏预备部，并到苏联科学院元素有机化学研究所留学，因中苏关系恶化，1963年中断学习回国。1977年任教育部高等教育司司长，为恢复统一高考起到了很大的作用。1981年任武汉大学校长，推行一系列改革措施，拉开了中国高等教育改革的序幕，在国内外产生了重大影响。

钱理群
294

1939年生于重庆，祖籍浙江杭州。北京大学资深教授。主要从事现代文学史研究，鲁迅、周作人研究与现代知识分子精神史研究，是1980年代以来中国最具影响力的人文学者之一。主要著作有《心灵的探寻》、《周作人论》、《中国现代文学三十年》（合著）、《丰富的痛苦》、《大小舞台之间》、《1948：天地玄黄》、《学魂重铸》、《话说周氏兄弟》、《走进当代的鲁迅》、《语文教育门外谈》、《钱理群讲学录》等。

许江
151

1955年生于福建福州，1982年毕业于浙江美术学院（现中国美术学院）油画系，1988年赴西德汉堡美术学院自由艺术系研修，现居浙江杭州，任中国美术学院院长、中国美术家协会副主席。许江长期担任上海双年展艺术委员会主任，并在高等艺术教育中推动了中国艺术教育的改革及新媒体艺术的发展。

易菁
31

1960年代生于北京。晚清军机重臣张之洞之后。上世纪90年代初皈依少林寺老方丈、近代禅门曹洞宗大德释德禅门下。自1998年在江苏徐州创办华夏传统文化学校，担任校长至今。著述有：《衣袂飘然曹溪风》、《〈大学〉之道》、《空谷心音》等。

文化推广

黄怒波
81

笔名骆英，诗人、企业家。1956年出生于兰州，长在宁夏银川。现任中坤集团董事长、中国作家协会会员、中国诗歌学会理事、中国登山协会副主席等职。曾推动了安徽黟县宏村的旅游文化开发；设立“北京大学中坤教育基金”。

蓬蒿剧场
355

2008年，王翔与梁丹丹联手开办蓬蒿剧场，成为北京第一家民间小剧场，在民国四合院基础上改建而成，可容纳100人观看演出，坚持剧场的公益性原则，不走商业路线、不走技术路线，以纯文学为根本，重文学，重理性，重灵魂，重灵性。2010年创办北京·南锣鼓巷戏剧节。王翔，武汉人，留美归来热爱话剧的牙科医生，蓬蒿剧场创始人、经理。梁丹丹，蓬蒿剧场创意总监、制作人，是富有创造力的戏剧导演。

黎义恩
288

出生于巴西，在里约热内卢、英国和温哥华长大。曾在加拿大不列颠哥伦比亚大学学习亚洲研究，随后在北京大学学习中国历史。20世纪80、90年代，他在加拿大驻中国外交部任职，担任过加拿大驻上海总领事、加拿大驻北京大使馆公使、加拿大驻台北贸易办事处代表、加拿大驻朝鲜和韩国的大使。2011年，他受任为何鸿毅家族基金行政总裁，统筹基金在香港、内地及海外的项目，倾力推广中华艺术文化、弘扬佛教哲学。

王胤
108

1962年出生。良友文化事业群总策划，良友文化基金会创办人，敦煌文化弘扬基金会发起人。《良友》画报是伍联德先生于1926年创办的中国第一本大型彩色画报。自21世纪开始在王胤先生的主理下，良友已从当年的出版机构，拓展成为引领信息时代风尚的文化事业群，包含开办《良友新视界》门户网站，打造富有人文关怀的电视栏目《纪录时间》等。2006年，联合国际狮子总会总会长谭荣根博士发起成立敦煌文化弘扬基金会。

朱哲琴
327

祖籍湖南，出生于广州，1990年毕业于广州师范学院。1995年专辑《阿姐鼓》在56个国家同步发行，从而享有国际声誉。为"世界看见"中国民族文化保护与发展亲善行动创始人。2013年4月，由她发起的"中国设计世界看见"中国原创作品展在"2013米兰设计周"举办。

周重林
181

1980年生，云南师宗人，现居昆明，作家、学者，中国茶业新复兴计划项目召集人，著有《茶叶秘密》、《茶叶战争》和《茶与酒，双生花》等。2006年参与创办《普洱》杂志，担任执行主编，2009年为云南大学茶马古道文化研究所研究员，研究方向为以茶和茶马古道为主体的物质观念史。

茶界

何健
47

台湾冶堂茶文化工作室主人，中华茶艺奖第一名，曾任中华茶联秘书长负责会务推广。早期深入研究宜兴紫砂壶及普洱茶。1957年出生于台湾基隆，大专商科毕业后考入银行工作三年，1985年成立冶堂工作室。他对茶的情有独钟及对壶和周边器物的运用极具慧眼，感染每个接近他的人。现位于台北永康街的冶堂已成为海内外爱茶人士必访之地。

梁骏德
358

1948年7月出生于武夷山星村镇桐木关茶叶世家，祖上世代都以做茶为生。梁骏德从小就对制茶工艺倍感兴趣，15岁时开始正式介入正山小种红茶初制加工（当学徒）；为金骏眉首泡制作人，现为骏德茶厂创始人。21岁时（1968年）成为生产队初制正山小种红茶的主要骨干并负责技术把关。在计划经济年代，每年茶叶评定等级都在村里名列前茅。荣获"福建红茶杰出贡献人物奖""中国茶文化传承贡献奖"。

吕礼臻
28

资深茶文化工作者。1952年6月6日出生于台北，从小向四叔习茶，自1980年代起经营茶行至今，致力推广生活茶。身为"臻味茶苑"创办人，亦担任台湾中华茶艺联合促进会总会长、世界茶联合会副会长。长期以来为台湾茶文化起了火车头的作用，除举办形形色色的茶艺活动、培养茶艺人才、提升社会饮茶风气外，亦致力于带动茶产业的提升。

生活风雅

任祥
194

京剧名伶顾正秋和台湾前"财政部长"任显群的小女儿，南怀瑾和圣严法师的学生，也是和杨祖珺同期出道的第一代民歌手，16岁时出了两张民歌唱片。她是建筑师姚仁喜的妻子，以及三个孩子的妈妈，也是位珠宝设计师，二十几年来设计过众多美丽的作品。她用5年时间搜集整理中国文化，写作四本著作《传家》。

沈宏非
191

知名专栏作家、电视节目策划人、制片人，自称"馋宗大师"。曾在北京、广州、香港三地从事媒体工作，连续居住超过十年以上的城市包括上海、广州、香港。既不擅烹饪，也不懂食材，却是公众眼中的权威美食家，媒体热捧的专业食评人。他专门将饮食男女最卑微的素材入文，明明是吃喝拉撒的尘世生活和微不足道的感官体验，在他笔下却都变成华丽、新奇、刺激的味蕾冒险。著有《写食主义》、《食相报告》、《思想工作》、《饮食男女》等。

殳俏
393

1980年生于上海，毕业于复旦大学，思想史学士，史学硕士。作家，出版人。作品集《人和食物是平等的》、《吃，吃的笑》、《元气糖》、《贪食纪》等，翻译艾柯杂文集《带着鲑鱼去旅行》。2013年创始悦食中国项目，出品同名纪录片和杂志《悦食Epicure》。

叶放
73

画家，艺术家。1962年生于苏州毕园，现居苏州南石皮记。苏州国画院国家高级美术师。状元之后，文人世家。出生于园林，工作于园林，生活于园林，又写园林，画园林，造园林。2003年在苏州完成的园林作品"南石皮记"，将中国古老而渐衰的叠山理水技艺发挥得淋漓尽致。2009年在意大利威尼斯创作的园林作品"达园"，是第一件参加威尼斯双年展的中国园林艺术作品，也是第一件在欧洲创作建造的中国园林艺术作品。

后记

文艺景象

令狐磊

一九七八年出生于广东，现客居上海。曾为《新周刊》主笔、创意总监；入职现代传播后作为创意总监参与创办《生活月刊》，曾兼任《周末画报》城市版总监、《新视线》主笔等职。担任《生活月刊》创意总监期间，其主持策划的报道曾多次获得亚洲出版人协会（SOPA）卓越编辑奖项。专栏作家，致力于梳理现代理性精神下的新浪漫主义。二〇一五年起，组建文化力研究所，主持上海精选时尚书店衡山·和集，实践文化与商业的创新空间再造。

中国的文艺复兴，这是一个值得每个当代中国文艺界人士憧憬的词语。

荷兰学者约翰·赫伊津哈如是说:“在听到‘文艺复兴’这个词时，迷恋过去的美丽的梦想家看到的是紫色和金色。”

我们透过这个以头文字R开始的词（Renaissance）透视出去，会看到些什么？是古希腊苏格拉底、柏拉图与亚里士多德的广场，是佛罗伦萨的乌菲齐美术馆里的乔托、波提切利、达·芬奇，还是明代的家具和摆放着澄心堂纸的书房？

不知道多少人会像我这样对“文艺复兴”这个词（尤其是英文Renaissance）如此地痴迷，并一直憧憬着这个词就在我所在的年代发生。只是，复兴何时的光华？意大利的文艺复兴是要复兴古希腊亚里士多德那时的精神，中国的文艺复兴，似乎一直存在着多重的时代背景。

我们希望找到一个美好年代的坐标，但常常忽视了身边的当下。王阳明说“知行合一”，美国思想启蒙者托马斯·潘恩（Thomas Paine），以一本只有二十页的小册子《常识》鼓舞了一代寻求独立精神的美国民众，他说：“我要做有意义的冒险。我要梦想，我要创造，我要失败，我也要成功。”

“文艺复兴”这个词有着“个人主义”与“时代性”的两层含义。它如同阳光穿透了中世纪笼罩在人身上的迷雾，有如再生的神话，让人得以找到自己独立精神的个体——这样的人，才是具备现代性人文主义的人。

但很多时候，我们会被个人跌宕的命运所感染，被人物当下的故事的烟霞所笼罩，在同时代，我们无法客观和准确地评判一个人，正如我们无法评判当下我们处于文艺复兴的哪一个阶段，更多的时候我们看到的是文艺的一些“景象”。

“景象”这个词已经几近消失于中文语境中，我们已习惯说风景，甚至是风景线——因为一本《良友》在一九三四年出版的《中华景象》书名，让我得以重拾这个富有诗意和力量的词。

那本留存到今为数不多的画册，现在看依然能感受到出版者的豪气与激情。书中发刊词说：“人患不自知，国族亦然，方今中华命脉之危，不绝如线，然通达国情，深知民瘼者，几何人矣广。”为此目的，良友组织全国摄影旅行团，在主编梁得所的带领下，行程三万里，前后历时十个多月，拍得照片上万幅，凡“山陬海涯，穷荒远激，民情风俗，景色物产，罔不均衡注意，尽量搜罗”，最后汇集为一本四百七十四页的超厚画册，首次呈现了一个真正的关于中国现实的景象。

我理解的“景象”更接近一种抽象的意境，一种气象。它未必全部来自眼睛所见，而可能是一种对气息的感受力，是个体的，也是集体的。

我们在探索一种可能，有没有可能从个体的人生历程出发，通过他对自身最珍贵之物及其所经历的时代回忆，通过一百个个案，覆盖二十个文化的领域，通过这个策划，或者说是一百份特别的调查问卷，在了解中国文艺界的人生故事、创作源泉的同时，我们也得以从一个侧面去观看当代中国的文艺景象。这里所呈现的一百件“珍物”，无论是物质或是记忆，我相信，一股文艺同心的精神，将由此潺涓汇流。而厚爱尊重，相互扶持，激发新能量，让每个文艺工作者都在各自的领域保持良好的创作状态，这便是文艺复兴的生生景象，至于是不是文艺的巅峰，就有待后世的评说了。

珍物故事

夏楠
曾长期担任《生活月刊》编辑总监。作为新的工作和学习历程，二〇一七年起旅居日本京都。

开动写这篇文字的前一个钟头，我还在位于上海局门路的《生活》编辑部，整理昔日的各种物件。

其中就有创刊时期（二〇〇五/二〇〇六年）的选题架构，当时用A4纸打印了来开会，每人一份，会开完我的纸头必定落下一堆关键词——有些词汇对后来的执行全局产生过重大影响……每期如是，一晃十多年走过来，读者不能知晓，长着完好样貌的每期杂志究竟经历了怎样的曲折。

他们也未必能联想，其原初就是这般生发在不乏混乱的空间中某一群人的头脑和言语的碰撞，有的激荡出了火花并延展开来，有的词汇被淹没，四围鸦雀无声。究竟初案中的百分之多少最终落实在了读者面前，而记者和摄影师进入现场所得跟预想又存有多大距离，编辑随时警觉地修正想法并使主题得以缜密进行……每个环节都不松懈，此间种种，都是只有幕后团队才掌握的故事。我就有几次深刻印象，对初案几乎是全盘否定式的，连主题都换了；不免感叹，作为杂志人，保持一种能被随时点燃的热情、对所涌现事物的敏锐判断力和及时共享信息的团队协作性，都使得这群人在贯彻执行的层面上表现得既顽固又相当地灵活。

我要说，《珍物》就是通过不下四次的会议，在一次次推翻初案之后又一点点摸索和建立了新的主题。曾经我对令狐说："还好，我们只有一次第一百期。"因为我们都不舍这个特别的纪念，唯恐将来的回忆里留下丝毫的缺憾。

一百人一百物，看似轻巧的主题，明明庞大的梳理，最考验的是每个采访的临场，每个微妙线头的提取以及与主题的对接。二〇一四年一月六日的十六点十八分，我建立了名为"一百期珍物"的微信群，及至这期专号在二〇一四年三月初出版上市，中间还跨了一个春节，总共执行时间仅一个月不到。翻找微信记录，便能清晰浮现那一幕幕，如何环环相扣，步步推进。

担当杂志艺术总监的徐冰老师在接信后的第一反应是，得想想啊。我（有些着急）提示说，书也可以，比如《禅学入门》怎么样？他回复得特别"徐冰"："可是可以，但没什么意外。"已经谈过的话题，他不愿重复叙述。直到我们见面以后，才知他原来要讲述"盲文书"的故事，那是在他初抵美国时期某次乘坐的"灰狗"班车里，遇见一位盲妇挤在昏暗光线中专注地"看"一本书，大概对方觉出他对这本书的好奇，下站前她将这本书送给了徐冰。她说，"我已经读完了，不需要它了。"这令徐冰想到，他们生活在精神和思维的空间里，不像我们那么需要物质的占有。这本让徐冰读不懂的书，促使他不久完成了作品《文盲文》。

刘小东是恋旧之人。他告诉我们，可以拍摄他的行李箱，里面有他中学时期的书信日记和速写本。前往工作室采访的记者佟佳熹吃惊地发现，在箱子里，刘小东用来装这些的竟然是《生活》杂志创刊时期随刊附赠的袋子。因此刘小东感叹道："对《生活》这本杂志很心疼，她承载着一个时代的记忆，《生活》已经成为一种讲究的杂志形象。"

叶锦添的话语颇有出世味道，说，一切皆空，没有什么物质是确定的。他想用胡子来表达，拍摄时候，他有点害羞地笑说，“本来想多剪一些，但是考虑最近坐飞机，证件照上有胡子，都剃光了怕不让过海关。”

颇为低调的吕楠、王澍、马可等几位老师，无需赘言他们的业界成就，但乐意向公众分享这类话题，实属罕见。如果说我们是用十二分的诚心敲开他们对媒体紧闭的门，也不为过。但愿看到这本书的他们，也觉得我们所做过的工作都是值得的、对他人多少有益处。

如今想来整个过程真是恍然，从睁眼醒来到深更半夜临睡，微信群组的同事们一直在保持信息更新，我也适时地发过几则“励志帖”，例如：

> 以后回头看，我们只有这一个一百期。所以要求大家，在最后的这一两周，全力以赴。
>
> 每个个案都多花些时间研究、采写，跟摄影师良好沟通，这样出来才会都好看。总之，在我们能做这个特大号的时候，希望大家珍惜！
>
> 如果有困难第一时间报告，千万不要把宝贵的时间耽误，这不是你一个人的时间，是大家的时间！耽误不起的。
>
> ……

专号终于出版，我身体也发生了耳鸣症状，至今没有完全消退。上海译文出版社的编辑陈飞雪和邹滢，当她们看到这本专号的时候非常吃惊，听闻团队的整个协作过程，了解背后我如此透支状况，决意拣出这期杂志专号，说要花出不亚于我们团队当时付出的精力，将它重新打磨成一本隽永的书。深为感谢她们的真挚和执着。

而同时，透过一期杂志专号可窥见我和同事们是在如何坚持梦想，越过一道道艰难。现在杂志已经做到了第一百三十三期（二〇一六年十二月号）。这两年里（二〇一四至二〇一六年），中国媒体行业急剧变化，众多纸媒传来停刊消息，《生活》的同事们聊以自慰：life goes on。因为个人原因，我也在不久前辞职，离开了工作过十一年的杂志。我在自己渐至熄灭的热情里感到一种巨大的空寂，最无法忍受的其实是停滞和重复。

杂志是一群人在一起的工作。我幸运地在年轻的时光里，就拥有这群理念投契、眼界开阔又踏实认真的同人，互为点燃彼此生命中的十一年。曾经那些为选题和版面争执得面红耳赤的日子也成为了美好的纪念。

前阵子遇见林怀民老师率云门一团来上海演出《水月》，抓了他的一点空叙旧，林老师知悉我辞职，大惊，但也说了一句意味深长的话："能在一个杂志做上十一年，已经是奇葩。但，你要感谢邵忠，他提供了这样一个平台，让你们这群人尽情发挥。"

因此写到这里，我想特别感谢邵忠先生，并时时予我们的鼓励。我也将这些话带给团队几位现任主力，路，依然在继续…… 也感谢诸如林怀民老师、阮义忠老师、李宗盛大哥，他们以忠实读者兼导师的身份，长久保持关注和勉励，每期必读并及时分享读后感，这对于鞭策团队不断提高自我要求是多么地重要啊！

如同每个人分享一件珍物一样，我也想分享生命中这段珍贵的光阴。它是精神的，也是物质的。也是因由杂志的平台，我认识了助益一生的朋友。他们是精神的，也是物质的。那些在现实中被压得很低很低的经验，那多少次以为经过不了的道路，幸遇这些光物质。是的，幸好拥有感恩的此刻。

二〇一六年十二月十一日于上海

致值得热爱的生活

图书在版编目（CIP）数据

珍物：中国文艺百人物语 /《生活月刊》编著.
-上海：上海译文出版社，2017.1（2018.3重印）
ISBN 978-7-5327-7253-7

I.①珍… II.①生… III.①随笔—作品集—中国—当代 IV.①I267.1

中国版本图书馆CIP数据核字（2016）第070032号

珍物
中国文艺百人物语
《生活月刊》编著

责任编辑 陈飞雪
邹 滢

出版统筹 赵武平
装帧设计 杨林青

上海译文出版社有限公司出版发行
网址：www.yiwen.com.cn
200001 上海市福建中路193号 www.ewen.co
上海丽佳制版印刷有限公司印刷

开本890×1240 1/32 印张13.5 字数168,000
2017年1月第1版 2018年3月第3次印刷

ISBN 978-7-5327-7253-7/I·4412
定价：98.00元